Anja Marschall

Lizzis letzter Tango

atb aufbau taschenbuch

Anja Marschall, geboren 1962 in Hamburg, war schon Zimmermädchen in London, Apfelpflückerin in Israel, Kioskverkäuferin an den Hamburger Landungsbrücken und Projektleiterin an der Uni. Heute lebt und arbeitet sie als Journalistin und Autorin in Schleswig-Holstein. Von ihr sind mehrere Krimis und ein historischer Roman erschienen.

Mehr unter: www.anja-marschall.de

Als ihr Mann Willi, ein mittelmäßig erfolgreicher Gauner vom Kiez, das Zeitliche segnet und ihr die Beute seines letzten Bankraubs in die Hände fällt, muss Elisabeth Böttcher, genannt Lizzi, nicht lange überlegen – Willis Vermächtnis soll ihr den Lebensabend versüßen und den Aufenthalt in einer schicken Seniorenresidenz finanzieren. Pech nur, dass ihre Tochter so gar kein Händchen für Männer hat und ihr einen Kleinganoven ins Haus bringt, der Lizzi ihr »Erspartes« abknöpft. Auf der Jagd nach ihrem Geld bekommt sie Unterstützung von der Pflegerin Mareike, gerät aber auch ins Visier des pensionierten Kommissars Pfeiffer, der noch immer auf der Suche nach Willis Beute ist. Als dann einer der Bewohner der Residenz erschossen wird, stecken Lizzi und ihre Begleiter auf einmal mittendrin in einer Mordermittlung und bekommen es mit einem Täter zu tun, der noch mehr Namen auf seiner Liste hat …

Anja Marschall

Lizzis letzter Tango

Kriminalroman

atb aufbau taschenbuch

MIX
Papier aus verantwortungsvollen Quellen
FSC® C083411

ISBN 978-3-7466-3163-9

Aufbau Taschenbuch ist eine Marke
der Aufbau Verlag GmbH & Co. KG

1. Auflage 2015

Umschlaggestaltung und Motiv www.buerosued.de, München
Gesetzt in der Minion Pro durch Greiner & Reichel, Köln
Druck und Binden CPI books GmbH, Leck, Germany
Printed in Germany

www.aufbau-verlag.de

1

Lizzi sah von dem Kreuzworträtsel auf ihrem Schoß auf. Die Stirn in Falten gelegt, blickte sie über den Rand ihrer Lesebrille, um den Mann auf der Mattscheibe ihres alten Fernsehers besser beobachten zu können. Sie war sich sicher, dass auch er nicht alle Antworten wusste und stets nur so tat als ob. In aller Seelenruhe saß er auf seinem Stuhl, wissend, dass es die nervösen Leute vor ihm waren, die die Antworten kennen mussten. Nicht er.

Lizzi nickte. Nein, es war ganz klar, Günther Jauch hatte keinen blassen Schimmer, warum 1909 im Hamburger Rathaus plötzlich ein Sachse von der Bildfläche verschwunden war.

»Weil er den Kopf senkte, Herr Jauch. Weil er den Kopf senkte«, murmelte Lizzi und widmete sich wieder ihrem Rätsel.

Das mit dem verschwundenen Sachsen wusste jeder in der Stadt, auch die kleine Lizzi aus Hamburg-Altona. Es war an ihrem zehnten Geburtstag gewesen, als der Vater sie mit ins Rathaus genommen hatte. Im weißen Rüschenkleid und mit Schleife im Haar hatte sie staunend zu dem Wandbild hochgeschaut, auf dem ein Bischof samt klerikalem Gefolge zu sehen war. Vor ihm kniete ein spärlich bekleideter Sachse. Er und die Männer hinter ihm wollten im Sumpf der Elbe eine Stadt gründen – Hamburg. Lizzis Vater hatte dem Kind erklärt, dass der Senat den Maler seinerzeit jedoch gezwungen habe, den knienden Sachsen wieder zu entfernen. »Warum?« – »Weil ein Hamburger niemals vor der Obrigkeit kniet, mein Kind. Nicht vor Königen und nicht vor Kirchenmännern.« Darum also segne der Bischof nur die Luft vor sich. Das war der Moment, in dem sich die kleine Lizzi vornahm, auf keinen Fall einen dummen Maler zu heiraten. Und außerdem wollte sie von nun an immer stolz darauf sein, in einer Stadt zu leben, wo man vor denen da oben niemals das Knie beugte. Bis heute hatte sie sich an ihren Vorsatz gehalten.

Lizzi legte das Kreuzworträtsel auf den Beistelltisch, der neben ihrem Fernsehsessel stand. Dann stemmte sie sich mit einem tiefen Seufzer hoch. Gemächlich schlurfte sie zur eichenen Schrankwand hinüber.

Dort im Regal stand ihr ganzer Stolz: eine imposante Reihe von zwanzig Brockhausbänden, in feines grünes Leder gebunden, die sie sich vor vielen Jahren in Ratenzahlung geleistet hatte. Das war noch in den Siebzigern gewesen, als sie und Willi mit Töchterchen Andrea in Altona am Fischmarkt wohnten. Zwei Zimmer, vierter Stock.

Doch die Zeit in der kleinen Wohnung war längst vorbei. Jetzt lebte die ehemalige Schlachtereiverkäuferin Elisabeth Böttcher, genannt Lizzi, in der teuersten und vornehmsten Seniorenresidenz der Hansestadt. Mit Elbblick. Beste Lage. Piekfeine Von und Zu in den Appartements nebenan. Den Speisesaal nannten sie hier »Kasino«, und man musste nicht bei der Essenausgabe anstehen, sondern ging zum »Buffet« oder ließ sich am Tisch bedienen. Die Anmeldung war hier eine »Rezeption«, und im Foyer gab es keinen Blumenladen, sondern eine »Blumenboutique«. Dass Luigi, der hauseigene Friseur, ein echter Italiener war, zweifelte Lizzi jedoch an, seit sie herausgefunden hatte, dass er den Unterschied zwischen *pomodoro* und *prosciutto* nicht kannte.

Wenn jemand Lizzi fragte, wie sie sich einen Altersruhesitz dieser Preisklasse leisten konnte, behauptete sie immer, sie habe im Lotto gewonnen. Nachgeprüft hatte das glücklicherweise noch keiner. Und falls einer wissen wollte, welchen Beruf ihr verstorbener Gatte denn ausgeübt habe, sagte sie stets, er sei bei der Bank gewesen. Bis zu seinem Tod. Was ja auch irgendwie ein bisschen stimmte.

Lizzi griff nach Band fünf der Enzyklopädie. Sie schlug das Buch auf.

Doch statt eng bedruckter Seiten voll interessanter Fakten befand sich dort eine rechteckige Aushöhlung. Lizzi hatte das schöne Buch wie auch die Folgebände mit einem Teppichmesser ruinieren müssen, um möglichst viele Geldscheine darin unterbringen zu können. Über zweihunderttausend Euro lagen dort versteckt.

Morgen war Zahltag. Darum nahm Lizzi sechs Scheine heraus und schob sie in einen gefütterten Briefumschlag mit dem Wappen der Seniorenresidenz Hanseatica. Dann stellte sie das dicke Buch an seinen Platz zurück. Gleich nach dem Frühstück würde sie ihre Miete an der Rezeption bezahlen. Zufrieden nickte sie. Mit etwas Glück würde das Geld von Willis letztem Bankraub bis ans Ende ihrer Tage reichen.

2

Punkt sieben Uhr in der Früh sprang der Radiowecker an. »Hier ist Radio Hamburg mit den Nachrichten des Tages …«, dröhnte die Stimme eines schrecklich gutgelaunten Jünglings durch ihr Schlafzimmer.

Natürlich war Lizzi schon lange wach, aber sie wollte nicht mitten in der Nacht aufstehen, wie die anderen Senioren im Haus es taten. Alte Leute stehen früh auf, junge Leute schlafen länger. Sie fand, dass sie mit siebzig Jahren noch recht jung war. Also blieb sie jeden Morgen so lange im Bett liegen, bis ihr Radiowecker losplärrte. Dies war ein Luxus, den sie nach fast fünfzig Jahren hinter der Theke von Schlachter Schlüter mit jeder Faser ihres alt werdenden Körpers genoss. Wohlig seufzte Lizzi.

»Der Beginn des Prozesses gegen den früheren Vorstandsvorsitzenden der Hansebank Hamburg, Jens Jessen, verschiebt sich erneut«, erklärte der Sprecher, während Lizzi sich mit einem leisen Stöhnen aufsetzte. Sie schlüpfte in ihre Hauspantoffeln. Dann stellte sie sich neben das Bett, um mit der Morgengymnastik zu beginnen. »Ein vom Gericht eingesetzter Gutachter bestätigte den schlechten Gesundheitszustand des Angeklagten.« Lizzi hob und senkte die Arme bis zur Schulter, ließ sie kreisen, neigte sich mit dem Oberkörper ein wenig zur rechten Seite, dann zur linken und lauschte dem Knacken ihrer Gelenke. »Wie heute Morgen bekannt wurde, erwägen Jessens Anwälte, einen Antrag auf Aussetzung des Verfahrens zu …« Zum Schluss deutete Lizzi noch ein paar Kniebeugen an. Gymnastik musste sein, außerdem ersparte ihr der Frühsport den Gang ins hauseigene Fitnesscenter oder gar in die Zipperleinstation von Doktor Hoffstätter im Erdgeschoss.

Lizzi nahm die Bürste und strich exakt einhundert Mal durch ihre langen weißen Haare, die sie zu einem dicken Zopf flocht.

Schön sollte es heute werden, versprach der Radiomoderator und kündigte sogar frühsommerliche Temperaturen an.

Das gefiel Lizzi, so konnte sie auf ihrem Balkon frühstücken und dabei den Blick auf die Elbe genießen. Diese Aussicht war der Grund, warum sie hier und nirgends anders wohnen wollte. Schon seit ihrer Geburt hatte sie immer in der Nähe des grauen Stroms gelebt; erst mit ihren Eltern in der Palmaille 10, dann mit Willi im vierten Stock am Fischmarkt. Als Kinder badeten sie am Strand von Övelgönne, die Schiffe, die Richtung Hafen zogen, zum Greifen nah. Später dann schlenderte sie mit Willi bei Mondschein Hand in Hand den Elbwanderweg entlang. Sie erinnerte sich an den Fisch, den sie unten an den Landungsbrücken von den Kuttern gekauft hatten. Heringe, eine Mark fuffzig das Kilo. Das war in jener Zeit, als Willi es kurzzeitig mit ehrlicher Arbeit versucht hatte, drüben bei Blohm & Voss, wo sie Schiffe bauten.

Nein, ein Leben ohne die Elbe wollte sich Lizzi nicht vorstellen. Und dass in letzter Zeit immer öfter diese eleganten weißen Kreuzfahrtschiffe vorbeikamen, letztens sogar die Queen Mary 2, tröstete Lizzi sogar über die unverschämt hohe Miete in der Seniorenresidenz Hanseatica hinweg.

In der klitzekleinen Küche, die man hier »Pantry« nannte, ließ Lizzi Wasser in einen Kessel laufen. Dann nahm sie den Porzellanfilter und die Filtertüten aus dem Schrank und griff zur Kaffeekanne. Sie begann sich einen guten, starken Kaffee zu machen. Schon bald zog der würzige Geruch in jeden Winkel ihres kleinen Appartements.

Lizzi schloss die Augen und sog den herben Duft ein. Dieser Filterkaffee war nicht so ein schlaffes Süßzeug aus der Dose oder gar aus einem Automaten. Dieser Kaffee war Tradition und Kunst in einem. Man trank ihn im Sitzen und nicht aus einem Pappbecher im Laufen. Für diesen Kaffee musste man sich Zeit nehmen und Muße haben. Andere Leute meditierten bei obskuren Gurus oder sprangen halbnackt an Gummibändern von Brücken. Lizzi kochte Kaffee.

Dazu schmierte sie sich jetzt eine Scheibe Brot, auf die sie ein ordentliches Stück Gouda legte, auf das eine dicke Schicht Erdbeermarmelade kam. Dann ging sie mit Kaffee und Stulle hinaus auf ihren Balkon.

Schwer ließ sich Lizzi auf den Gartenstuhl sinken, der unter ihrem Gewicht ächzte.

Während sie einen Schluck nahm, wanderte ihr Blick zufrieden ans andere Ufer der Elbe hinüber, wo die Hallen vom Airbuswerk noch unter einem Nebelschleier lagen. Hübsch war das Gelände da drüben nicht, aber sehenswert, wenn mal wieder einer dieser dicken Brummer abhob und langsam gen Himmel stieg. Schon faszinierend, dass diese Dinger fliegen konnten, während es Lizzi stets am Boden hielt. Dabei wog sie mit ihren hundert Kilo nur einen Bruchteil von so einem A380.

Der Fluss hatte über Nacht frische Nordseeluft mitgebracht. Lizzi füllte ihre Lungen mit der salzigen Brise. Der Kaffee war heiß und stark, das Käsebrot dick und lecker.

»Willi«, sagte sie und hob ihren Kaffeebecher gen Himmel. »Du warst vielleicht nicht der ehrlichste Ehemann, den sich eine Frau wünschen kann … und der hellste warst du auch nicht, aber: Du warst der beste!« Dann nahm sie einen großen Schluck Kaffee.

Ja, sie war glücklich. Und daran war Willi nicht ganz unschuldig, schließlich war das Geld in den Brockhausbänden so etwas wie sein heimliches Vermächtnis. Denn sie hatte seit vier Jahren ein Geheimnis, von dem niemand etwas wissen durfte, nicht ihre Tochter, nicht die Heimleitung oder die Nachbarn und schon gar nicht die Polizei. Das war auch der Grund, warum Lizzi an jedem Ersten eines Monats ihr kleines Täuschungsmanöver absolvierte. Und für ebendieses wurde es jetzt Zeit.

Lizzi trat aus dem Fahrstuhl in das Foyer der Seniorenresidenz Hanseatica. Zielstrebig schritt sie an der Sitzgruppe am Fenster vorbei, wo die dürre Frau von Eversberg im angeregten Gespräch mit ihrer Freundin Mechthild Stöver saß. Die beiden Damen hoben die Köpfe und blickten Lizzi abschätzig hinterher, wie sie im beigefarbenen Trenchcoat, mit geblümtem Kopftuch und der braunen Lederhandtasche über der Schulter zum Empfang ging. Lizzi grinste. Sie wusste, dass nichts an ihr hierherpasste. Aber insgeheim machte es ihr Spaß, die vornehmen Damen und Herren im Haus mit ihrem Auftreten ein wenig zu ärgern. Wobei sicherlich Frau Stöver den Anblick schnell wieder vergessen dürfte, überlegte Lizzi. Sie hatte in letzter Zeit immer mehr Anzeichen von Schussligkeit bei der kultivierten Gattin des verstorbenen Professors bemerkt. Ja, ja, dachte Lizzi, wenn das Alter kommt, sollte man nicht wegschauen, sondern ihm freundlich entgegentreten. Die grauen Zellen zu trainieren war da durchaus angebracht.

Lizzi tat eine Menge, damit ihr Kopf nicht faul wurde. Vor zwei Jahren hatte sie angefangen, Italienisch zu lernen, sie korrespondierte mit einem Hochschullehrer für englische Geschichte in Oxford und einer bisweilen etwas irritierenden, aber äußerst reizenden Malerin an der Nordsee. Gelegentlich übernahm Lizzi eine Rolle in einer Theatertruppe, die vornehmlich Shakespeare spielte und ihre Stücke in einem Fabrikgebäude am Rand der Stadt aufführte. Und kürzlich hatte sie sogar versucht, Bandoneon zu lernen, um ihrer heimlichen Leidenschaft zu frönen – dem Tango. Tango war für sie mehr als nur ein Tanz. Dem Tango hatten sie und Willi sich in den kleinen Kaschemmen von St. Pauli hingegeben, um zu vergessen, um zu trauern, um die Hoffnung nicht aufzugeben. Tango war trotzige Sinnlichkeit zwischen Bandoneonklängen und Männerschweiß. Und nun war Willi tot und die Zeit der getanzten Hoffnung zu Ende. Darum hatte Lizzi zum Bandoneon gegriffen. Aber ihr Nachbar, Regierungsrat a. D. Uhlendorf, dieser Kulturbanause, hatte sich über den Lärm beschwert. Es war Lizzi absolut unverständlich, wie man argentinischen Tango als belästigend empfinden konnte. Sie hatte sogar mit Rücksicht auf ihre Nachbarn die Schallplatte von Astor Piazzolla extra laut aufgedreht, damit keiner ihre falschen Töne hörte. Schließlich war sie Anfängerin. Nun denn, seither staubte das Bandoneon in ihrem Wohnzimmer in der Ecke vor sich hin. Kurz hatte Lizzi mit dem Gedanken gespielt, aus purer Rache mit dem Dudelsackspielen anzufangen, es dann jedoch lieber gelassen. Ihr Herz lag eher im rassig eleganten Süden Lateinamerikas als in den nasskalten schottischen Highlands.

Lizzi grüßte die beiden tuschelnden Frauen in der Sitzecke, als sie über den dunklen Marmorfußboden mit dem darin eingelegten Wappen der Hansestadt zum Empfang ging. Dort reichte sie Jessica den Appartementschlüssel über den Tresen. »Guten Morgen, Frau Böttcher«, sagte diese und hängte den Schlüssel an den Haken mit der Nummer 312. »Möchten Sie Ihre Miete bezahlen?«

Lizzi lächelte. »Aber natürlich, sobald ich von der Bank zurück bin.«

Sie wollte sich schon auf den Weg nach draußen machen, als sie Mareike Gödecke, die nette Pflegerin mit den wuscheligen roten Haaren, aus dem Flur eilen sah, der zu den Praxisräumen von Doktor Hoffstätter führte. Links und rechts des Ganges standen riesige Bodenvasen mit Lilien darin, die die junge Frau in ihrer Hektik fast umstieß. Lilien, die Blumen der Jungfräulichkeit und der Reinheit, der Verkündigung und des Todes. Lizzi fand, dass keine dieser Bedeutungen wirklich gut zu einer geriatrischen Praxis passte.

Mit zusammengekniffenem Mund und ohne einen Gruß rannte Mareike an Lizzi vorbei, wobei sie ihren hochgerutschten Rock richtete.

Neugierig sah Lizzi ihr nach. »Ist Doktor Hoffstätter heute da?«, fragte sie Jessica, die von dem kleinen Zwischenfall nichts mitbekommen hatte.

»Sind Sie denn krank, Frau Böttcher?« Überrascht blickte die junge Empfangsdame auf.

»O nein, mir geht es gut.« Sie schaute auf ihre Armbanduhr. »Himmel, schon so spät?«

Gerade wollte sie die Residenz verlassen, als ihr noch etwas einfiel. »Sollte Frau Stöver ihre Handtasche suchen«, Lizzi wies zu den beiden Damen in der Sitzecke hinüber, die soeben aufgestanden waren und sich suchend über die Lehne des Sofas beugten, »die steht im Kasino auf dem Tisch, an dem sie eben gefrühstückt hat.«

»Die Handtasche?« Jessica runzelte die Stirn.

»Eine Frage der Logik, Kindchen«, erklärte Lizzi. »Die Brötchenkrümel auf dem Pulli von Frau Stöver sagen mir, dass sie eben vom Frühstück gekommen sein muss. Da jeder weiß, dass sie in ihrer Tasche die Tabletten aufbewahrt, die sie immer vor den Mahlzeiten einnimmt, ist es nur logisch, dass sie sie im Kasino noch bei sich gehabt haben muss.« Zögerlich nickte Jessica. Geduldig erklärte Lizzi weiter: »Als ich eben an den beiden vorbeiging, hatte sie keine Tasche bei sich. Sie muss also noch im Kasino sein. Die Tasche, nicht Frau Stöver.«

Das Gesicht der jungen Frau erhellte sich. »Ah, verstehe.«

In diesem Moment eilten die Damen herüber. An Frau Stövers perlenkettengeschmücktem Hals waren hektische Flecken zu sehen.

Lizzi wünschte allen einen schönen Morgen und machte sich auf den Weg zur Bank. Es wurde wirklich Zeit.

3

Als Lizzi die Schalterhalle der Bankfiliale in der Blankeneser Bahnhofstraße betrat, blickte sie sich kurz um. Dann ging sie zu einem der freien Schalter. Dort bat sie die nette Angestellte mit den gefärbten Haaren, wie jeden Monat, um einen Auszahlungsschein.

Nun stellte sich Lizzi an einen der Stehtische, griff zum Kugelschreiber, der an einem Band hing, und begann das Formular in aller Ruhe auszufüllen. Aus dem Augenwinkel bemerkte sie ihren Nachbarn, Regierungsrat a. D. Uhlendorf, der am Geldautomaten stand und ihr den Rücken zuwandte.

»Guten Morgen, Herr Regierungsrat«, rief Lizzi dem hochgewachsenen weißhaarigen Herrn zu. »Welch Zufall!«

Kurz drehte er sich um. Als er Lizzi erkannte, nickte er ihr knapp zu, um sich dann wieder dem Auszahlungsvorgang zu widmen.

Natürlich war es kein Zufall, dass Lizzi ihn hier traf. Im Gegenteil, sie legte großen Wert darauf, von ihm gesehen zu werden. Er würde in der Residenz berichten, dass er die Böttcher in der Bank getroffen habe. Und dass sie mal wieder, ganz altmodisch, einen Vordruck ausgefüllt habe, um sich ihr Geld in bar auszahlen zu lassen. Er selber habe ja eine EC-Karte. Das sei moderner.

Es war Lizzi wichtig, dass alle glaubten, sie hätte ein Konto, so wie jeder andere Mensch auch. Dass dem nicht so war, sollte niemand wissen. Banken traute Lizzi nicht mehr, seit Willi es damals geschafft hatte, vier davon an einem Nachmittag auszurauben. Einzig Lizzis lächerlich geringe Rente wurde allmonatlich auf ein Konto bei der Postbank überwiesen. Das Geld in ihrem Appartement jedoch würde sie niemals einer Bank anvertrauen. Das war ihre Zukunft, und damit spielte man nicht.

Als Uhlendorf fertig war, wollte Lizzi ein belangloses Gespräch mit ihm beginnen, doch schon unterbrach er sie. »Ich habe keine Zeit, Frau Böttcher.« Er zog seine silberne Taschenuhr aus der Weste, die immer um zwölf Uhr »Preußens Gloria« spielte. Tag und Nacht, wie Lizzi wusste, denn nur eine dünne Wand trennte die Appartements der beiden. »Ich muss mich beeilen. Bei meiner letzten Erkundungstour habe ich *ihn* gesehen.« Er tippte an seinen Hut und ging ohne weitere Erklärung aus der Bank.

Lizzi grinste. Sie hatte schon gehört, dass Regierungsrat Uhlendorf ein Buch über den scheuen Goldregenpfeifer zu schreiben gedachte. Einen kleinen Piepmatz, den er glaubte im nahen Hirschpark kürzlich beobachtet zu haben. Der Mann war begeisterter Hobbyornithologe, was auch das schmale Bändchen erklärte, das aus seiner Jackentasche ragte: den Falke-Taschenkalender für Vogelbeobachter.

Zufrieden blickte Lizzi ihrem Nachbarn nach. Täuschungsmanöver abgeschlossen.

Sie warf den halbausgefüllten Auszahlungsschein in einen Papierkorb und machte sich auf den Weg zum Bäcker, wo sie noch eine leckere Plundertasche zu essen gedachte.

Lizzi bemerkte nicht den Mann, der unweit von ihr die Immobilienangebote studiert hatte.

Als er Lizzis Namen gehört hatte, war er herumgefahren. Nun starrte Kriminalhauptkommissar a. D. Ewald Pfeiffer mit offenem Mund der Frau mit dem Kopftuch nach, die soeben die Bank verließ.

4

Noch immer stand der ehemalige Kriminalbeamte wie angewurzelt da, unfähig, seinen Blick vom Ausgang zu lösen, durch den Elisabeth Böttcher verschwunden war. Sie war älter geworden, aber er hatte sie sofort erkannt.

Immerhin war sie eine wichtige Zeugin im Fall des vierfachen Bankraubs von Willhelm Böttcher gewesen, ihrem Ehemann und Pfeiffers ganz persönlicher Nemesis.

Kurz vor Pfeiffers Pensionierung hatte Willi die Hansebank-Filialen in Eimsbüttel, Eidelstedt, Schnelsen und Niendorf überfallen. Ein dreistündiger Raubzug im Nordwesten der Stadt, der an Dreistigkeit nicht zu übertreffen war. Die Beute betrug fast dreihunderttausend Euro.

Schon am nächsten Tag hatte Pfeiffer Willi verhaftet. Da der Verdächtige aber nicht geständig war, musste unbedingt die Beute gefunden werden. Pfeiffer – mit drei f – und seine Kollegen stellten Willis Wohnung auf den Kopf, durchwühlten alle möglichen und unmöglichen Verstecke, doch vergeblich. Das Geld blieb verschwunden. Um Willis Schuld zu beweisen, hätte Pfeiffer damals zumindest ein Geständnis des Täters gebraucht. Doch leider zog dieser renitente Kleinkriminelle es vor, in seiner Zelle zu sterben.

Natürlich schalteten Pfeiffers Vorgesetzte die Abteilung für interne Ermittlungen ein. Monatelang prüften die, ob Pfeiffer mit dem alten Mann vielleicht zu hart umgesprungen war, so wie es die Presse behauptete.

Mensch, der Kerl war nur fünf Jahre älter als Pfeiffer gewesen! Außerdem rauchte er wie ein Schlot und trank mehr Bier und Korn, als ein Mann vertragen konnte. Selbst als erwiesen war, dass der Gefangene an Herzversagen gestorben war, ließ die Presse nicht locker.

Irgendwann schauten alle Pfeiffer schräg an. Die Kollegen, die Nachbarn, sogar der Zeitungsjunge. Hatte er nicht doch ein wenig zu diensteifrig gehandelt, als keiner hinsah? Die Medien nannten ihn bald den »Mordsbullen«. Und einige der Kollegen ließen keine Gelegenheit aus, Pfeiffer mit dämlichen Witzen auf das fehlende Geld und den toten Ganoven hinzuweisen. »Pfeiffer kommt von pfiffig, und pfiffig kommt von Pfeife« wurde damals ein beliebter Spruch im Präsidium. Pfeiffer konnte nicht anders, als diese Angelegenheit persönlich zu nehmen.

Fast sechs Monate dauerte die Untersuchung des Vorfalls, und der abschließende Bericht trudelte an Pfeiffers letztem Arbeitstag bei seinem Vorgesetzten Lindemann ein. Es war der Tag vor Pfeiffers Pensionierung. Obwohl man ihm im Fall Böttcher keine Nachlässigkeiten oder gar Fehlverhalten nachweisen konnte, fiel die Abschiedsparty im dritten Stock des Präsidiums äußerst kühl aus, ja man konnte sogar sagen, dass es die kürzeste Feier war, die das LKA je erlebt hatte.

Mehr als die Hälfte seines Lebens war Pfeiffer Polizist gewesen. Er hatte so manchen Verbrecher erwischt, Auszeichnungen zuhauf kassiert, und war überzeugt, seinen Job gut gemacht zu haben. Und dann das! Pfeiffer hatte sich seinen Abgang aus dem Dienst anders vorgestellt.

Doch jetzt ging ein Kribbeln durch den Körper des Exkommissars. Das Gefühl kannte er von damals, wenn sie zu einem Einsatz mussten. Elektrisierte Haut, Anspannung bis in die letzte Faser, der prüfende Griff zum Holster.

Pfeiffer trat auf den smarten Angestellten der Bank zu. Ein Gedanke war ihm gekommen, den er sofort überprüfen musste.

»Was kann ich für Sie tun?« Der junge Mann lächelte ihn mit zwei perfekten Zahnreihen an.

Ohne Umschweife kam Pfeiffer zum Thema. »Die Frau, die vorhin in der Halle war«, begann er, »siebzig, einen Meter fünfundsechzig groß, weißes Haar, Kopftuch, beigefarbener Trenchcoat …«

Der Banker lächelte und verstand nichts. »Ich denke, ich hole unseren Filialleiter, Herrn Siebert. Der wird Ihnen sicherlich weiterhelfen können.« Sprach's und verschwand in den hinteren Teil der Halle, wobei die Absätze seiner schwarzpolierten Schuhe auf dem weißen Marmorimitat klackten.

Kurz darauf kam er mit einem anderen Mann mittleren Alters zurück, ebenfalls im dunklen Anzug, jedoch mit blondem Haar. Doppelte Klackzahl pro Schritt.

Herr Siebert begrüßte Pfeiffer mit dem gleichen Lächeln, wie es der junge Mann eben getan hatte. »Was kann ich für Sie tun, Herr …?«

»Pfeiffer, Kripo Hamburg«, log Pfeiffer nur ein klitzekleines bisschen. Aber diese drei Worte »Pfeiffer, Kripo Hamburg«, die taten ihm irgendwie gut. Na ja, und darum waren sie ihm wohl einfach so, ganz versehentlich, herausgerutscht. »In Ihrer Bank fiel mir eine Person auf. Weiblich, siebzig Jahre alt …«

»Ich würde Ihnen gern helfen, Herr Kommissar. Aber der Datenschutz. Sie verstehen?« Siebert lächelte. »Wenn es um unsere Kunden geht, sind wir damit äußerst genau. Da brauchte ich schon etwas Schriftliches. Vielleicht könnten Sie mir Ihren Ausweis …«

Pfeiffer ignorierte den Wunsch des Filialleiters. »Ich denke nicht, dass es sich um eine Kundin handelt. Im Gegenteil. Die Frau ist mit einem aktenkundigen Bankräuber verheiratet.« Das Wort »gewesen« ließ er erst einmal weg, schließlich wollte er die ungeteilte Aufmerksamkeit des Mannes. Und die hatte er jetzt auch, wobei Siebert eine ganze Spur blasser wurde.

»Ich nehme an«, fuhr Pfeiffer fort, »die Tatsache, dass die Frau in Ihrer Bank war, sich auffällig umsah und bald darauf ging, hatte einen Grund.«

Der Gedanke, Lizzi könnte die Filiale auskundschaften, war ihm sofort gekommen, als er sie erkannt hatte. Ja, ihm war noch etwas ganz anderes eingefallen: Vielleicht war sie damals überhaupt nicht die unwissende Hausfrau gewesen, die sie ihm vorgespielt hatte. Vielleicht war sie nicht das Opfer der Taten, sondern der Kopf hinter den Überfällen ihres Mannes! Und jetzt musste die Katze wieder mausen gehen, weil sie nicht anders konnte. Oder weil das Geld von damals ausgegeben worden war.

»Sie meinen, wir haben ein … Sicherheitsproblem?«, flüsterte der Filialleiter, wobei er sich ein wenig über den Tresen beugte.

Pfeiffer nickte.

Da trat eine ältere Angestellte zu ihnen heran. »Entschuldigen Sie bitte.« Sie lächelte vorsichtig ihren sehr viel jüngeren Chef an.

Pfeiffer bemerkte die gefärbten Haare, die keine Spur von Grau trugen, obwohl dic Frau die fünfzig schon länger überschritten haben dürfte. Zum ersten Mal fiel ihm auf, dass das einfache Kundenpersonal einer Bank nie älter als vierzig Jahre zu sein schien. Diese Frau machte eine angenehme Ausnahme.

»Ich kenne die Dame«, erklärte sie. Sie lächelte entschuldigend, als sei es ihr peinlich, das Gespräch belauscht zu haben. »Einige unserer Kunden scheinen sie zu kennen. Die Herrschaften nennen sie Lizzi. Die Dame kommt jeden Ersten hierher und füllt ein Auszahlungsformular aus, aber sie löst den Schein nie ein. Nun, das ginge auch gar nicht. Sie ist nämlich keine unserer Kundinnen.«

Das würde seine Theorie untermauern, überlegte Pfeiffer. »Was tut die Frau noch, wenn sie hier ist?«

»Sie unterhält sich mit uns oder einem Kunden in der Halle.«

»Worüber?«

»Über das Wetter oder sonst etwas. Nichts Wichtiges.« Sie überlegte. »Die Kunden, die mit ihr reden, scheinen allesamt Bewohner der Residenz Hanseatica hier gleich um die Ecke zu sein.«

»Seit wann kommt sie hierher?«

»Seit fast vier Jahren.«

Das würde ebenfalls passen, schoss es Pfeiffer durch den Kopf.

»Sie ist sehr nett«, erklärte die Frau schnell. »Kürzlich half sie mir, meinen Füller wiederzufinden. Ich hatte ihn verzweifelt gesucht. Er war neu, mit einer Platinfeder. Ein Weihnachtsgeschenk, wissen Sie.« Die Männer sagten nichts. »Sie zeigte auf meinen Pulli. Ich hatte ihn mir wohl dorthin geklippt und dann die Kostümjacke darübergezogen. Ich hatte wie eine Verrückte danach gesucht. Dummerle, ich.« Sie lächelte Pfeiffer an. »Wir werden ja alle nicht jünger.«

Siebert atmete erleichtert auf. »Also doch kein Sicherheitsproblem.« Er blickte zu Pfeiffer, der nach Kameras in der Halle Ausschau hielt. »Oder möchten Sie die Aufzeichnungen sehen?«

Pfeiffer schüttelte den Kopf. »Und diese Frau steht nur herum und füllt Formulare aus?«

Die Angestellte nickte. »Im Alter werden wir doch alle ein wenig eigenartig, oder? Vielleicht ist sie einsam oder hat früher einmal in einer Bank gearbeitet.« Wieder lächelte sie ihr verlegenes Lächeln. »Heimweh sozusagen?«

Pfeiffer schüttelte den Kopf. Elisabeth Böttcher war Verkäuferin in einer Schlachterei gewesen, verheiratet mit einem Kleinkriminellen, der ein einziges Mal in seinem nutzlosen Leben einen Coup gelandet hatte. Warum sollte sie mit den Bewohnern irgendeines Heimes reden wollen?, fragte er sich. Wohnte die Böttcher etwa dort? Nun, falls das zutraf, war es ein Luxus, den sich selbst ein pensionierter Kriminalhauptkommissar nicht leisten konnte. Pfeiffer ahnte, wo er Willis Beute suchen musste. Die Beute, die bewies, dass er damals recht gehabt hatte.

Als Pfeiffer kurz darauf in seinen grünen Ford Granada stieg, lächelte er zufrieden vor sich hin. Genüsslich stellte er sich die Gesichter der Kollegen vor, wenn er mit dem Geld aus Willis letztem Raub im Kommissariat auftauchen und die Plastiktüte auf den Tisch seines damaligen Chefs knallen würde.

Natürlich musste Elisabeth Böttcher noch ein Geständnis ablegen. Aber dafür würde er schon sorgen.

Pfeiffer startete den Wagen und drehte den Lautstärkeregler seines Radios auf. Als er sich in den Verkehr Richtung Westen einfädelte, lärmte Radio Hamburg aus den Lautsprechern. »We are the Champions.« Pfeiffer sang kräftig mit.

5

Die Zeitung in ihrer Hand zitterte. Lange starrte sie auf das Foto unter der Schlagzeile.

Hatte sie sich so sehr in ihm irren können? Es hieß, er würde für Jahre ins Gefängnis müssen, wenn man ihn schuldig sprach. Die Anwälte gaben ihm wenig Hoffnung. Nur die Krankheit könnte ihn noch vor der Zelle bewahren, hatte man ihr erklärt. Sie sagten, es liege nur an ihr, wie die Sache ausgehen würde. Ihre Entscheidung, ihre Verantwortung.

Sie blickte zu ihrem Ehemann hinüber, der friedlich in seinem Sessel eingeschlafen war.

Was kostet der Tod?, fragte sie sich.

Man hatte versucht, sie zu beruhigen. Es gehe nicht um Geld, hatten sie gesagt. Nur um Würde. Die Würde der Unschuldigen. Und dann hatten sie das Angebot großzügig erhöht.

Sie wusste, dass es Unrecht war, aber das Schicksal ließ ihr keine Wahl.

6

Lizzi wartete vor dem Fahrstuhl, um in ihr Appartement zu fahren. Sie hatte die Miete an der Rezeption bezahlt und die Quittung sorgfältig in ihre Handtasche gesteckt. Jetzt freute sie sich auf eine heiße Tasse Kaffee. Da sah sie aus den Augenwinkeln Frau Alberding-Wischenberg aus ihrem Büro neben dem Empfang treten. Die attraktive Mittvierzigerin war der neue Besen der Residenz. Seit einem Jahr leitete sie das Haus äußerst kompetent, ergebnisorientiert und effizient. Noch interessanter als ihre Leitungsfähigkeiten aber schien es Lizzi, dass Frau Alberding-Wischenberg die heimliche Freundin von Doktor Hoffstätter war. Was allerdings längst jedem im Haus zu Ohren gekommen war. Und so klatschten die Herrschaften in der Residenz leidenschaftlich über diese delikate Affäre, während die Leiterin überzeugt war, dass niemand davon wisse. Schließlich hatte sie selbst dem Personal jegliche Form der Liaison untereinander verboten. Das würde das Arbeitsklima im Haus nur unnötig kompliziert gestalten, hatte sie bei ihrer Antrittsrede vor einem Jahr gesagt.

Frau Alberding-Wischenberg, heute im marineblauen Kostüm mit weiß-rotem Halstuch und Perlenohrringen, ging zur Sitzecke hinüber, wo Frau von Eversberg und Frau Stöver nach dem kleinen Zwischenfall mit der Tasche wieder Platz genommen hatten.

Mit ausgesuchter Höflichkeit erkundigte sich die Geschäftsführerin bei den Damen nach deren Befinden. Sie wies auf das Bridgeturnier am Abend hin und insistierte, man möge doch vorbeischauen.

Lizzi, die jedes Wort mitbekommen hatte, schüttelte den Kopf. Warum gab es nur immer diese langweiligen Abendbeschäftigungen? Letztens hatte die Geschäftsleitung einen Tanztee organisiert. Lizzi hatte nur einen Blick in die Bibliothek geworfen, wo die Frauen miteinander tanzen mussten, weil es zu wenige Herren gab, die wollten oder konnten. Der traurige Anblick schmerzte Lizzi.

Für sie ging es beim Tanz um alles, was zwischen Männern und Frauen sein konnte. Und der Mann hatte die Frau fest in den Arm zu nehmen, sie zu führen, bis ihre beiden Körper eins wurden. Tanz war mehr als nur Bewegung zu quäkiger Musik. Tanz musste etwas aussagen, spannend sein, manchmal sogar erotisch. Auch im Alter. Lizzi seufzte. Willi und sie – und der Tango. Ja, das war was. Doch diese Zeiten waren schon lange vorbei.

Lizzi drückte noch einmal den Knopf für den Fahrstuhl, als Frau Alberding-Wischenberg mit festen Schritten auf sie zukam. »Frau Böttcher, darf ich wissen, wo Sie sich am kommenden Freitag aufhalten werden?« Ihr Ton hatte das gewisse geschäftsmäßig Unterkühlte. »Planen Sie etwas, einen Ausflug vielleicht oder einen Verwandtenbesuch?«

Überrascht blickte Lizzi die Frau an. »Warum denn?«

Frau Alberding-Wischenberg rollte mit den Augen. »Es wäre mir recht und sicherlich im Sinne des Hauses, wenn Sie im Falle Ihrer Anwesenheit an dem Tag Ihr Appartement nicht verlassen würden.«

Lizzi wusste, dass sie der Neuen ein Dorn im Auge war, weil sie so gar nicht in das vornehme Haus mit seinen distinguierten Bewohnern passte. Ihre Kleider waren zu abgetragen, Erbschmuck hatte sie nicht, auch einen hanseatischen Stammbaum konnte sie nicht vorweisen, und ihr Auftreten war zu … nun, sagen wir … zu wenig diplomatisch. Aber Stubenarrest für Elisabeth Böttcher? Das war nun wirklich zu viel. Sie fixierte die Frau in den hochhackigen Designerschuhen. Frau Alberding-Wischenberg räusperte sich. »Wir erwarten am Freitag eine Schweizer Investorengruppe. Es geht um die Finanzierung des neuen Ostflügels.«

Lizzi hatte von dem Lieblingsprojekt der Frau bereits gehört. Sie wollte die schöne weiße Gründerzeitvilla an der Elbchaussee um einen zweckmäßigen und äußerst hässlichen Anbau erweitern. Dort sollte ein Pflegeheim für bettlägerige Reiche eingerichtet werden. Seit einiger Zeit suchte die Wischenberg dafür Geldgeber. »Sie verstehen sicher, Frau Böttcher, wie wichtig es ist, dass die Herren von Kruger International einen hervorragenden Eindruck von unserem Haus bekommen.«

»Und Sie finden, eine Schlachtereiverkäuferin könnte diesen Eindruck ruinieren?«

Statt einer Antwort lächelte die Frau nur schmal. Ohne ein weiteres Wort ließ sie Lizzi stehen, die ihr hinter dem Rücken die Zunge rausstreckte.

Lizzi musste an eine Redensart denken: Wir müssen die Menschen nehmen, wie sie sind. Andere gibt es nicht. Wer hatte das doch gleich gesagt, Adenauer? Bei Frau Alberding-Wischenberg fiel es Lizzi allerdings schwer, gleichmütig zu bleiben. Seit diese Person ihre Stellung angetreten hatte, versuchte sie immer wieder, Lizzi loszuwerden, denn die passte nicht in dieses Haus mitsamt Sternerestaurant und Coiffeur, Billardzimmer und Bridgeturnier. Sie war eine einfache Hausfrau aus Altona. Und wenn es sein musste, fluchte sie wie ein Fischweib, trocknete ihre Wäsche auf dem Balkon oder verhandelte im hauseigenen Blumenladen über den Preis der Tulpen, als wäre sie auf einem türkischen Basar. Doch Lizzi fühlte sich hier wohl. Und sie hatte bestimmt nicht vor, klein beizugeben. Sie würde ihr Zuhause nicht verlassen. Niemals. Schließlich war sie vor der Wischenberg hier gewesen.

Wütend knallte sie ihre Hand auf den Fahrstuhlknopf. »Nun komm schon, du blödes Ding«, murmelte sie vor sich hin.

Seit sie hier wohnte, wachte Lizzi jeden Morgen mit einem Gefühl von Sicherheit auf. Niemand stand vor der Tür, um den Strom abzustellen. Sie musste nicht mehr zusammenzucken, wenn es klingelte, weil sie befürchtete, die Polizei stünde wieder da, um Willi zu verhaften. Niemals mehr würde ein Gerichtsvollzieher sie besuchen kommen. Nein, all das lag hinter ihr. Und vor dem Haus floss ihre Elbe.

Wenn die Alberding-Wischenberg glaubte, Lizzi würde gehen, hatte sie sich getäuscht. Elisabeth Böttcher bekam man hier nur mit den Füßen voran raus!

Endlich öffnete sich die Fahrstuhltür. Gerade wollte Lizzi eintreten, als Mareike ihr entgegenkam.

Lizzi fuhr aus ihren Gedanken. »Oh, Kindchen! Geht es dir besser?«

»Was meinen Sie damit, Frau Böttcher?«, fragte Mareike ein wenig zu hastig.

»Och, ich dachte ja man nur …«, wich Lizzi aus. »Ich sah dich beim Doktor aus dem Zimmer flitzen …«

Die Wangen der Pflegerin liefen rot an. »Ich habe mir eine Kopfschmerztablette geben lassen.« Sie fasste sich an die wuscheligen roten Locken, die sie mit Spangen zu bändigen versuchte. »Das Wetter, wissen Sie.« Lizzi lächelte, ohne ein Wort zu sagen. »Wussten Sie überhaupt, Frau Böttcher, dass wir einen Neuen bekommen?«, wechselte Mareike eilig das Thema.

Lizzi horchte auf. Neue Mieter im Haus waren immer eine willkommene Abwechslung im so vornehmen wie langweiligen Residenzalltag. »Weiß man denn schon, wer es ist?«

»Das ist es ja. Wir wissen es nicht«, flüsterte Mareike.

»Oh«, hauchte Lizzi nun ihrerseits. »Und was könnte das zu bedeuten haben?«

Mareike grinste und blickte zum Büro der Geschäftsleitung hinüber. Dann beugte sie sich dichter an Lizzi heran. »Hörte, dass die Chefin mit einer Frau Jessen telefoniert haben soll.«

Lizzis Augen wurden groß. Sie erinnerte sich an den Radiobeitrag von heute früh. »Nein! Der Jessen von der Hansebank kommt zu uns?« Sie überlegte. »Andererseits ist Jessen in Hamburg ein recht verbreiteter Name. Aber wer sonst sollte einen Grund haben, ein Geheimnis um seinen Einzug zu machen? Also, höchstwahrscheinlich ist es doch *der* Jessen.«

Mareike nickte. »Frau Alberding-Wischenberg versucht es geheim zu halten. Bestimmt wegen der Journalisten und so. Wenn die erst einmal spitzkriegen, dass der Exvorsitzende von der Hansebank hier ist, stehen diese Papa…« Sie stockte.

»…razzi«, half Lizzi aus.

»Genau die. Also, dann stehen die hier Tag und Nacht vor der Tür.«

Lizzi lachte. »Wetten, dass unser Luigi die nächsten Tage keinen freien Dauerwellentermin mehr haben wird? Schließlich könnte es doch sein, dass die Herrschaften von der Presse Interviews mit den Damen des Hauses führen wollen. Wegen delikater Hintergrundinformationen und so.« Verschwörerisch kniff Lizzi ein Auge zu.

Da hob Mareike den Kopf und blickte über Lizzis Schulter. »Oh! Da kommt er«, flüsterte sie.

Lizzi drehte sich um.

Gerade wurde ein Mann in einem Rollstuhl ins Foyer geschoben. Er trug einen grauen Mantel und einen tief ins Gesicht gezogenen Hut. Sein voller grauer Bart und eine dunkle Sonnenbrille ließen eher an einen in die Jahre gekommenen Hippie denken als an einen erfolgreichen Banker. Die Beine waren in eine karierte Decke gewickelt, auf denen zitternd zwei bleiche Hände lagen. Eine kleine Frau eilte mit gesenktem Blick nebenher, wobei sie ihre Hand auf die Schulter des Mannes im Rollstuhl gelegt hatte. Mareike flüsterte: »Das ist er. Da bin ich mir sicher. Der bringt seine eigene Pflegerin mit, hab ich gehört. Drei Räume wurden für ihn freigemacht. Essen auf dem Zimmer, das Schwimmbad für ihn allein, wenn er es wünscht. Ja, ja, so ist das, wenn man reich ist«, stichelte sie. Lizzi schwieg und schaute zu der kleinen Prozession hinüber.

Eine elegant gekleidete Frau, kaum älter als Anfang dreißig, trat jetzt in das Foyer der Residenz. Sie musste einer kleinen älteren Dame im rosafarbenen Chanelkostüm ausweichen, die in ihrer Hand eine leere Supermarkttüte hielt und eiligen Schrittes aus der Residenz marschieren wollte.

Das kleine Hütchen auf ihrem Kopf hing etwas schief, so dass der Schleier nicht ihr Gesicht, sondern das linke Ohr verdeckte. Die tüdelige Gerda ging mal wieder auf Tour. Gerda Wenningstedt sammelte alles, was sie glaubte gebrauchen zu können: alte Schuhe, vergessene Regenschirme oder weggeworfene Zigarettenschachteln. Am liebsten aber mopste sie Zuckerwürfel in den Cafés der Gegend. Wäre ihr Sohn nicht Oberstaatsanwalt Wenningstedt gewesen, hätte die Geschäftsleitung der Residenz die alte Frau schon längst rausgeworfen. Da die Familie Wenningstedt jedoch zu den angesehensten der Stadt gehörte und Gerdas Sohn eine nicht unwesentliche Spende für den neuen Anbau gemacht hatte, durfte die harmlose alte Dame vorerst bleiben.

Energisch drängelte sich Gerda nun an der eleganten jungen Frau vorbei, die daraufhin der davontippelnden Alten erbost hinterherblickte.

Da kam auch schon Frau Alberding-Wischenberg mit geschäftstüchtiger Miene auf Frau Jessen zu. »Willkommen in der Residenz Hanseatica.« Sie schüttelte ihr die Hand. »Wir können gleich die Formalitäten erledigen.«

Während die Frauen im Büro verschwanden, sah Lizzi dem Mann im Rollstuhl nach. Das also war Jens Jessen, der Aktienkurse im großen Stil manipuliert, Steuern hinterzogen, Kundengelder veruntreut und zweifelhafte Geschäfte mit den miesesten Typen dieser Welt gemacht haben sollte.

»Die Gerüchteküche sagt, er habe Alzheimer«, flüsterte Mareike.

Lizzi überlegte, auf welche Art sie selbst einmal von dieser Welt gehen würde. Würde sie einfach tot umfallen? Oder würde sie als Häufchen Elend im Rollstuhl auf Gevatter Tod warten müssen, bis der sich endlich bequemte, einen Termin für sie frei zu haben?

Mareike riss sie aus den Gedanken.

»Kommt heute nicht Ihre Tochter zu Besuch?«

»Andrea? – Ja, leider.« Lizzi trat in den Fahrstuhl.

7

Der Nachmittag nahte, und der Zeiger auf der Uhr ging langsamer und langsamer. Lizzi hätte Andreas Besuch gern schnell hinter sich gebracht. Wie immer hatte sie dieses Augen-zu-und-durch-Gefühl, wenn ihre Tochter sich zum Kaffee ankündigte. Und sie ahnte, dass es Andrea ebenso ging. Lizzi wusste nicht, was an diesen Familienbesuchen so schön sein sollte, dass die anderen Senioren im Haus den stets fernbleibenden Verwandten nachtrauerten. Andrea kam eigentlich nur, um sich Geld zu leihen oder ihren aktuellen Freund vorzustellen. Beides empfand Lizzi als überflüssig.

Das Verhältnis der beiden Frauen war schon lange alles andere als gut. Lizzi konnte nicht sagen, wann es angefangen hatte. Andrea war ein Papakind gewesen. Der immer liebe Papa, der dem Kind den Himmel auf Erden, den Prinzen auf dem Pferd und ein großes Königreich versprach. Ganz anders Lizzi. Sie mahnte zur Sparsamkeit, schimpfte über die Luftschlösser ihres Mannes, und sie arbeitete Tag und Nacht. Als Willi dann in der Haft gestorben war, hatte Andrea sich in den Kopf gesetzt, dass es ihre Mutter gewesen war, die ihn bei der Polizei denunziert haben musste. Schrecklich.

Das war der Moment, wo Lizzi aufgegeben hatte, um ihre Tochter zu kämpfen. Und so hatten die beiden Frauen inzwischen gelernt, wenn schon nicht herzlich, so doch zumindest zivilisiert miteinander umzugehen. Das ging mal besser, mal schlechter.

Der Zeiger der Wanduhr bewegte sich wie in Zeitlupe weiter, Strich für Strich.

Immer wieder stand Lizzi von der gedeckten Kaffeetafel auf, schaute aus dem Fenster, setzte sich zurück an den Tisch, nahm die Fernsehzeitung zur Hand, legte sie fort oder versuchte, ein paar Spalten im Kreuzworträtsel zu lösen.

Normalerweise war Andrea pünktlich. Sie war in jeder Hinsicht vorbildlich, was ihre Chefs offenbar anerkannten. So hatte sie es mit vierzig Jahren zu einem guten Job in einer Bank und vielen Schuhen in ihrem Kleiderschrank gebracht. Sie färbte ihre Haare blond und ging regelmäßig ins Fitnessstudio. Vielleicht wäre sie weniger verbissen, wenn sie einen Mann hätte, überlegte Lizzi manchmal. Doch Männer lernte Andrea nur im Internet kennen, wie es schien. Sie kamen und gingen. Und bisher war nicht der richtige dabei gewesen. Aber Andrea war stur. Sie gab nicht auf. Jedes Mal war sie sicher, nun doch noch den Traumprinzen gefunden zu haben. Und es schien Lizzi, dass mit Andreas steigendem Alter die Ansprüche an die Männer sanken.

Endlich klingelte es an der Tür.

»Mutter!«, rief Andrea ein wenig zu laut. Sie trat ein und deutete eine kurze Umarmung an. »Wie geht es dir?«

Die Frage war berechtigt, denn Andrea hatte sich seit Wochen nicht mehr bei Lizzi gemeldet, was ein untrügliches Zeichen für einen neuen Freund war. Und tatsächlich …

»Darf ich dir Kai vorstellen?« Andrea trat einen Schritt zur Seite, schob glücklich lächelnd eine Haarsträhne aus dem Gesicht und bot Lizzi freien Blick auf ihren neuesten Fang. Er war jünger als sie, bestimmt zehn Jahre. Aber wenigstens sah er gepflegt aus, schoss es Lizzi durch den Kopf. Dieser Kai trug eine anständige Hose und dazu einen sauberen Pulli. Er hatte kurze Fingernägel und einen ordentlichen Haarschnitt. Vielleicht war er sogar jemand mit einem richtigen Job. Der Letzte hatte außer einem Motorrad und einem sieben Jahre alten Wacken-Open-Air-T-Shirt nichts zu bieten gehabt. Lizzi schöpfte Hoffnung.

»Guten Tag, liebe Frau Böttcher. Andrea hat mir schon so viel von Ihnen erzählt.« Er deutete eine Verbeugung an. Dann reichte er ihr einen üppigen Blumenstrauß mit Pfingstrosen und Efeu.

»Hm.« Lizzi betrachtete das florale Kunstwerk in ihrer Hand von allen Seiten. Der ist eindeutig zu freundlich, dachte sie. Zu geübt, dieser Charme. Vielleicht gar ein Banker? Sie beschloss, ihn im Auge zu behalten.

Als Andrea an Lizzi vorbeiging, raunte die Mutter der Tochter zu: »Lohnt es sich, den Namen zu merken?«

Andreas sorgfältig geschminktes Gesicht verzog sich zu einer unvorteilhaften Maske. »O Mama, bitte! Gib uns wenigstens eine Chance.« Aus einer goldenen Plastiktüte fingerte sie eine Schachtel Pralinen heraus, die sie ihrer Mutter wortlos in die Hand drückte. Dann eilte sie ins Wohnzimmer.

Lizzi legte die Schachtel auf die Kommode, neben das Telefon. Misstrauisch betrachtete sie die Blumen. »Wenigstens sind sie nicht aus dem Automaten«, murmelte sie, als sie den beiden folgte.

»Wunderbarer Ausblick, liebe Frau Böttcher!«, begeisterte sich der junge Mann soeben vor der Balkontür. Er hatte volles dunkles Haar und breite Schultern unter dem engen Pulli.

Er drehte sich zu Willis Foto an der Wand und begutachtete es. Danach nickte er anerkennend den zwanzig Brockhausbänden im Regal zu.

Aufmerksam beobachtete ihn Lizzi. Wenn der sich auch nur eine Sekunde zu lange für die grünen Lederbände interessiert, setze ich ihn sofort vor die Tür, nahm sie sich vor. Doch das tat er nicht.

Jetzt ließ sich Kai auf dem Sofa nieder. Er blickte zu Lizzi hoch, die noch immer mit den Blumen in der Hand dastand. »Schön haben Sie es hier, Frau Böttcher«, meinte er, und zwei Grübchen zeigten sich in seinem Gesicht.

»Hm«, murmelte Lizzi. Sie ging in die Küche, um das Grünzeug ins Wasser zu stellen und den Kaffee zu holen. Als sie mit der Kanne zurückkam, saß Andrea neben dem Mann auf dem Sofa und zeigte ihm das in rotem Samt gebundene Fotoalbum. Sie hatte es, ohne Lizzi zu fragen, aus dem Schrank genommen. Lizzis Mund wurde schmal.

»Und die hier hinten, das bin ich«, flötete Andrea.

Das Kaffeetrinken konnte beginnen. Man plauderte über dies und jenes, wobei Kai am meisten redete, wofür Lizzi ihm in gewisser Weise dankbar war. Er erzählte von seinen Eltern in Südafrika, seinem Studium in London, seinem Job hier in Hamburg und seiner allmorgendlichen Joggingrunde um die Alster.

Gut erzogen, wie er zu sein schien, vermied er Geldthemen. Vielleicht war das mit diesem jungen Mann doch etwas Richtiges, überlegte Lizzi vorsichtig, während sie eine

Gabel mit Sahnetorte in den Mund schob. Unterdessen schmiegte sich Andrea an Kais muskulösen Arm und war grundsätzlich seiner Meinung. Lizzi schüttelte sich innerlich. Von wem hatte das Kind das nur?

»Bin ich nicht ein Glückspilz?«, fragte der Schwiegersohn in spe, als Andrea in die Küche ging, um mehr Kaffee zu holen. »Dass mir so eine Frau über den Weg läuft, ist doch pures Glück, oder?« Die Grübchen in seinen Wangen gaben ihm etwas Lausbubenhaftes. »Ich war mein ganzes Leben lang ein Glückspilz. Ich kann gar nichts dafür.« Er lachte.

»Ach«, murmelte Lizzi und fragte sich, warum ihr Magen so grummelte. Vielleicht hatte sie schon zu viel Kaffee getrunken.

Irgendwann bot sie den beiden ein Likörchen an. Sie nippten an dem süßen roten Zeug. Eigentlich mochte Lizzi den Beerenlikör nicht, aber es war ein Geschenk von irgendjemandem gewesen, irgendwann einmal. Muss weg, dachte sie und schenkte nach.

Dann kam der Moment, auf den Lizzi schon den ganzen Nachmittag gewartet hatte.

»Muttilein«, flüsterte Andrea ihr zu. »Kann ich dich mal sprechen?« Sie nickte in Richtung Küche.

Kai lächelte. »Geht ruhig. Frauengespräche, ich verstehe.« Er griff zur Fernsehzeitung und schlug das Kreuzworträtsel auf.

Seufzend stemmte sich Lizzi aus dem Sessel, um ihrer Tochter in die Küche zu folgen.

»Und? Wie gefällt er dir?« Andreas Augen leuchteten, während Lizzi die Schürze umband. Einen Geschirrspüler hatte sie nicht.

Bedächtig nickte Lizzi. Sie begann das Kaffeegeschirr in die Spüle zu stellen. Zwischen dem Klappern der Teller und Gabeln murmelte sie: »Ich denke, es gibt Schlimmere.«

Andrea lachte. »Ach, er ist so erfolgreich und dabei so bescheiden. Gehobenes Management. Er hat eine Sekretärin und einen Dienstwagen und all so was.«

Lizzi legte den Kopf schief. »Aber gekommen seid ihr mit deinem klapprigen Golf, nehme ich an.«

»O Mutti! Was soll denn das nun wieder heißen?«

Lizzi schwieg, während sie ordentlich Spüli ins Abwaschwasser gab, bis der Schaum über den Rand des Beckens zu treten drohte. Sie merkte, dass ihre Tochter noch mehr auf dem Herzen hatte. Und sie ahnte, was es sein würde.

»Du, Muttilein, kannst du mir mit ein wenig Geld aushelfen?«

Lizzi blickte auf. Sie sah, dass das Blatt am Kalender über der Spüle noch vom Vortag war. Sie würde es noch abreißen müssen.

»Also, Mutti?«

Lizzi schloss die Augen und atmete tief ein. Warum nur musste es immer gleich ablaufen? Warum überraschte Andrea sie nicht einmal, tat etwas anderes? Das Kind war so berechenbar.

»Mein Gehalt kommt erst am Fünfzehnten, Mutti, aber ich muss vorher die Tickets bezahlen.«

»Tickets?« Lizzi drehte sich zu ihrer Tochter um.

Andrea strahlte sie an. »Ja, Flugtickets. Kai und ich fliegen nach Dubai.«

»Dubai?«

»Das liegt in den …«

»Ich weiß, wo das liegt!« Lizzi warf eine Kuchengabel zurück ins Wasser, dass der Schaum an die Wand spritzte. Das Kalenderblatt wurde nass.

Schnell erklärte Andrea, dass sie Kai mit dem Kurztrip überraschen wolle, damit er mal rauskäme.

Lizzi fischte nach der Gabel im Wasser. »Das ist doch bekloppt.«

»Mensch, Mutti! Bitte, ich gebe es dir wieder.« Andreas Stimme flehte in Lizzis Ohr, während sie ihre Mutter in den Arm nahm.

Plötzlich richtete sich Lizzi auf. Erschrocken fuhr Andrea zurück. »Was ist denn?«

Lizzi glaubte etwas gehört zu haben. Eilig wischte sie die nassen Hände an der Schürze ab, drängte sich an ihrer Tochter vorbei. Mit zwei Schritten war sie beim Durchgang zum Wohnzimmer. Eine Ahnung hatte sie befallen. Vorsichtig lugte sie um die Ecke.

Doch Kai saß noch immer auf dem Sofa.

Durch die Blumen auf dem Tisch konnte Lizzi ihn in der Fernsehzeitung blättern sehen. Einen Moment beobachtete sie den fremden Mann in ihrem Appartement. Zögernd ging sie zurück.

»Was sollte denn das? Hast du Angst, er könnte dir das Tafelsilber klauen? Du bist unmöglich, weißt du das?« Andrea schüttelte den Kopf. »Ich blamiere mich mit dir bis auf die Knochen!«

Lizzi ließ das Wasser ab. Während ihre Tochter maulend mit verschränkten Armen dastand, trocknete sie das Geschirr ab. »Es wird Zeit, dass wir wieder reingehen, Kind. Wir wollen doch nicht unhöflich sein«, sagte Lizzi dann.

»Und das Geld?«

»Ja, ja, aber nicht heute. Ich muss erst zur Bank.«

Als sie ins Wohnzimmer zurückkamen, war die Couch verwaist. Auf dem Boden vor der Schrankwand lagen, wild verstreut, die Bände von Lizzis Brockhauslexikon.

Aufgeschlagen. Und leer.

8

Pfeiffer, der soeben in das Foyer der Residenz Hanseatica trat, konnte gerade noch einem jungen Mann ausweichen, der eilig das Haus verließ. In der Hand hielt er eine goldfarbene Plastiktüte. »Nicht so hastig!«, rief Pfeiffer dem Kerl noch hinterher, der in ein Taxi sprang.

Stirnrunzelnd überlegte Pfeiffer, ob er dem Mann in seinem beruflichen Leben schon einmal begegnet war, konnte aber kein passendes Fahndungsfoto im Kopf finden.

Gut sichtbar hielt Pfeiffer nun den mickrigen Blumenstrauß vor den Bauch, den er am Bahnhof gekauft hatte, und ging auf die Rezeption zu. Inkognito wollte er mehr über die verdächtigen Lebensumstände der Elisabeth Böttcher herausfinden. Er hatte sich fest vorgenommen, nicht die drei magischen Worte zu sagen: Pfeiffer, Kripo Hamburg. Die Verdächtige sollte keinen Verdacht schöpfen.

»Guten Tag. Ich möchte zu Frau Böttcher. Elisabeth Böttcher. Ist sie da?« Erleichtert bemerkte Pfeiffer, dass die Rezeptionistin sich umdrehte und zu der Wand mit den Schlüsselhaken blickte. Willis Witwe hatte sich also tatsächlich hier einquartiert.

»Ja, Frau Böttcher ist im Haus.« Die Angestellte nahm den Telefonhörer auf. »Wen darf ich melden?«

Schnell griff Pfeiffer über den Tresen nach ihrem Arm. Erschrocken blickte sie ihn an. »Nein!«, rief er etwas zu laut. Er lächelte entschuldigend, während sich die Kante des Tresens in seinen Bauch bohrte. »Ich möchte sie überraschen.«

Mit gerunzelter Stirn trat die Angestellte einen Schritt zurück, so dass Pfeiffer sie loslassen musste. »Das ist bei uns nicht üblich, mein Herr.«

Eifrig nickte Pfeiffer. Er legte seinen Hut auf den Tresen. »Wissen Sie …«, Pfeiffer blickte auf das Namensschild am Revers der jungen Frau, »… Jessica. Die Elisabeth und ich, wir haben uns vor vielen Jahren aus den Augen verloren. Ich bin ihr Vetter zweiten Grades aus Berlin.« Pfeiffer zog ein Taschentuch aus der Jacke und wischte sich über die verschwitzte Stirn. Lügen war nicht so seine Sache. »Warm heute.«

»Ja, ungewöhnlich warm für einen Maitag.« Misstrauisch beobachtete Jessica ihn.

Er steckte das Tuch wieder ein. »Ihre Residenz ist wirklich sehr schön.« Neugierig blickte er sich im Foyer um. »Das wäre auch etwas für mich. Haben Sie vielleicht einen Katalog?«

»Aber natürlich.« Sie griff in ein Regal hinter sich und holte einen Hochglanzprospekt hervor, den sie Pfeiffer reichte. Dieser fing gleich an, scheinbar interessiert darin zu blättern.

»Und die Preisliste?« Wenn er wüsste, was dieser Schuppen jeden Monat kostete, könnte er hochrechnen, wie viel Geld Lizzi Böttcher bereits verjubelt hatte. Und wie viel noch übrig sein musste.

Bedauernd schüttelte Jessica den Kopf. »Für Detailfragen steht Ihnen unsere Geschäftsführerin zur Verfügung.« Sie lächelte. »Möchten Sie, dass ich sie hole?«

Pfeiffer nickte kurz, während er weiterblätterte. Wieder

nahm sie das Telefon zu Hand, als Pfeiffer ganz nebenbei fragte: »Appartement hundertdreiundvierzig, richtig?«

Jessica schüttelte den Kopf, während sie auf das Freizeichen im Hörer lauschte. »Nein, dreihundertzwölf, Elbseite.«

»Elbseite«, murmelte Pfeiffer anerkennend.

Da wurde eine Tür mit der Aufschrift *Geschäftsleitung* nahe der Rezeption aufgerissen.

Erschrocken drehte sich Jessica um. Eine angespannt wirkende Frau mittleren Alters trat heraus. »Oh, ich hatte gerade versucht, Sie anzurufen …«, setzte Jessica an.

»Nicht jetzt«, fauchte die Frau, während sie zur anderen Seite des Foyers hinüberschaute. Dort kamen soeben ein Mann in weißem Arztkittel und eine junge Frau mit rotem Wuschelhaar durch eine Tür. Mit zusammengekniffenen Lippen eilte Frau Alberding-Wischenberg den beiden entgegen.

Verwirrt blickte Jessica ihr nach. Dann schien ihr wieder der Herr am Tresen einzufallen, und sie drehte sich zu ihm, um vorzuschlagen, er solle einen Termin vereinbaren. Doch der Mann war fort. Gerade noch sah sie, wie er durch die Tür hinauseilte.

»Dreihundertzwölf, mit Blick auf die Elbe«, murmelte Pfeiffer zufrieden, als er den Blumenstrauß in einen Müllbehälter beim Parkplatz warf.

Als er die Fahrertür seines alten Granadas aufschloss, dankte er dem Schicksal. Endlich hatte er die Chance, die Sache von damals richtigzustellen.

Plötzlich schien es in seinen Adern wieder zu kribbeln. So lebendig hatte er sich schon lange nicht mehr gefühlt.

Da sah er eine runzlige, aber elegant gekleidete Frau im

rosafarbenen Kostüm herantippeln, die eine große Plastiktüte mit sich schleppte. Pfeiffer beobachtete, wie sie sich tief in den Mülleimer beugte und seinen Blumenstrauß wieder herausfischte, um ihn dann zufrieden in die Tüte zu stopfen.

9

Lizzi spürte, wie ihre Knie nachgaben. Mit eiskalten Händen klammerte sie sich an der Lehne des Sessels fest. Sie starrte auf die leeren Bücher. In ihrem Kopf drehte sich alles. Wie durch Watte hörte sie ihre Tochter nach Kai rufen. Dann schlug die Wohnungstür zu.

Wie hatte der Mann das Versteck finden können? Er war doch nur wenige Minuten allein im Raum gewesen. Glück? Möglich.

Da schoss es Lizzi durch den Kopf, dass der Kerl noch nicht weit sein konnte. Sie schnellte aus dem Sessel hoch und rannte, so schnell es ging, aus ihrem Appartement hinaus auf den Gang.

Doch beim Fahrstuhl musste sie warten, denn der war gerade auf dem Weg nach unten. »Andrea!«, zischte Lizzi mit zusammengepressten Zähnen. Mehrmals schlug sie mit der flachen Hand auf den Knopf. Wut wogte in ihr auf. Ihr Herz raste. »Wenn ich den Kerl erwische!«, murmelte sie immer wieder vor sich hin. »Den jage ich ohne Büx über die Reeperbahn! Den ersäuf ich in der Elbe!«

Da stand plötzlich Frau von Eversberg neben ihr, die auf demselben Gang wohnte. »Haben Sie es auch schon gehört?«, fragte sie Lizzi aufgeregt. Zart drückte sie ihre lackierten Fingernägel auf den Fahrstuhlknopf. »Im Foyer ist der Teufel los.«

Lizzi fuhr herum. Für den Bruchteil einer Sekunde hoffte sie, jemand könne diesen Kai aufgehalten haben. Unsinn! Warum hätte das jemand versuchen sollen?

»Meine liebe Freundin, Frau Stöver, rief mich gerade an«, erklärte Frau von Eversberg mit der typisch gepressten Stimme einer hanseatischen Dame. Dabei knetete sie aufgeregt ihre teuer beringten Hände, die mit bräunlichen Flecken übersät waren.

Die Türen des Fahrstuhls öffneten sich. Die beiden Frauen traten gleichzeitig ein. Ungeduldig drückte Lizzi die Taste mit dem *E*. Sie zwang sich, ruhiger zu atmen, während aus verdeckten Lautsprechern über ihrem Kopf meditative Musik dudelte. Quälend langsam schob sich der Fahrstuhl in Richtung Erdgeschoss.

»Jemand hat die wertvolle Uhr unseres Regierungsrates gestohlen. Aber die Diebin ist schon gefasst. Und die Polizei kommt auch«, gurrte Frau von Eversberg wohlig.

Lizzi, die kaum zuhörte, begann zu zittern. Bloß nicht ohnmächtig werden, dachte sie. Erst reiße ich dem Kerl die Eingeweide raus. Und dann falle ich um. Nicht umgekehrt!

Endlich glitten die Türen des Fahrstuhls im Erdgeschoss zur Seite. Lizzi drängte sich an Frau von Eversberg vorbei, die ein echauffiertes Schnaufen hören ließ.

Lizzi achtete nicht auf die Menschen, die sich schnatternd im Foyer versammelt hatten. In ihrer Mitte Dr. Hoffstätter und Mareike.

So schnell Lizzi konnte, drängelte sie sich durch den Pulk. Kurz sah sie aus dem Augenwinkel etwas aufblitzen, doch da hatte sie auch schon den Ausgang erreicht.

Draußen blickte sie die leere Auffahrt hinunter. Zu spät. Der Kerl war verschwunden!

Da hörte Lizzi hinter sich einen Motor aufheulen. Sie drehte sich um. Andreas alter Golf kam vom Parkplatz heraufgeprescht. Mit heulendem Motor raste sie an ihrer Mutter vorbei.

War das etwa ein abgekartetes Spiel gewesen? Andrea und dieser Mistkerl? Nein, so wütend sie auf ihre Tochter auch sein mochte, so etwas würde Andrea niemals tun. Außerdem war der Sitz neben ihrer Tochter leer. Wie gelähmt stand Lizzi da und blickte dem Wagen hinterher.

Erst als sie merkte, dass sie trotz des warmen Wetters zu bibbern begann, schlurfte sie langsam zurück ins Haus.

Sie spürte ihre Beine kaum, die sie Schritt für Schritt an der Rezeption vorbeitrugen.

Alles weg!, schrie es in ihrem Kopf. Alles aus!

Sie taumelte an der immer größer werdenden Menschentraube im Foyer vorbei, versuchte Halt an der Wand zu finden.

Da legte sich eine Hand auf ihren Arm. »Sie sagen, Mareike hat etwas gestohlen!«, rief Frau Stöver ihr zu. Verständnislos blickte Lizzi in das aufgeregte Gesicht der Endsiebzigerin. »Die wertvolle Uhr vom Herrn Regierungsrat. Die kann Musik machen, die Uhr. ›Preußens Gloria‹. Ein Geschenk vom Kaiser Wilhelm persönlich für seinen Großvater. Ein Erbstück.«

Ohne ein erklärendes Wort befreite sich Lizzi aus dem Griff Frau Stövers, die sie verständnislos ansah. »Aber Lizzi! Die Polizei kommt doch gleich!«

Unfähig zu sprechen, hob Lizzi abwehrend die Hände und schüttelte nur stumm den Kopf. Mit weichen Knien torkelte sie zum Fahrstuhl. Von weitem hörte sie noch Mareikes Stimme, die beteuerte, nichts gestohlen zu haben.

Die Türen des Lifts öffneten sich, und Lizzi trat in die Kabine.

Erneut rieselte die plärrende Zwangsdusche aus nachgemachten Schlagern auf Lizzi herab. Erstarrt stand sie da, blickte dumpf vor sich hin. Etwas war falsch. Ganz falsch.

Mit unendlicher Mühe hob sie die Hand, drückte auf die 3. Ein leichter Ruck, und die Kabine setzte sich in Bewegung.

Wenn jetzt das Seil reißt, stellte sich Lizzi vor, stürze ich einfach in die Tiefe. Und das wäre ihr vollkommen recht gewesen. Gedanken über ihre Zukunft, die sie mit siebzig Jahren kaum mehr hatte, rasten durch ihren Kopf. *Sozialhilfe* stand in großen Lettern vor ihren Augen, die sich langsam mit Tränen füllten. Angst kroch ihr die Kehle hoch. Sie konnte doch nicht zur Polizei gehen! Wie sollte sie denen erklären, woher das ganze Geld kam? Vielleicht würde man sie noch einen oder zwei Monate hier wohnen lassen, aber spätestens dann war Schluss. Man würde sie auf die Straße setzen. O Gott!

Doch bei all der Verzweiflung in ihrem Kopf war da noch etwas anderes. Ein Gedanke, der in ihrem Hirn umherirrte. Der absolut nichts mit ihrer eigenen erbärmlichen Zukunft zu tun hatte.

Es war nur ein Bild, ein aufblitzender Augenblick, den sie gerade eben, irgendwo am Rande ihres eigenen Untergangs, wahrgenommen haben musste, als sie durch das Foyer getorkelt war. Doch was war es?

Sie hatte etwas gesehen oder gehört, das beachtet werden musste. Etwas, was sich auf dem Balkon ihres Bewusstseins zeigen wollte, doch sie konnte es nicht erkennen.

Plötzlich hörte Lizzi wieder Mareikes Stimme in ihrem Kopf. Da begriff sie.

Ihre Hand sauste auf die Taste mit dem Wort *Halt* nieder. Mit einem Ruck stoppte der Fahrstuhl auf seinem Weg nach oben.

»Das gibt es nicht«, murmelte Lizzi und drückte auf den Knopf mit dem *E*. »Zwei Mistkerle an einem Tag!«

Als Lizzi die aufgeregte Versammlung im Foyer erneut erreichte, holte sie erst einmal tief Luft. Dann drängelte sie sich rücksichtslos durch die Menge.

»Kindchen!«, rief sie theatralisch. Offenbar hatte man Mareike abgefangen, als sie nach Hause wollte, denn die Pflegerin war schon im Mantel. Erstaunt blickten alle Lizzi an, als diese Mareike fest an ihre große Brust drückte. »Das ist bestimmt nur ein schreckliches Missverständnis!«

Lizzi wusste, dass ihr nur wenige Sekunden blieben.

Mit besorgtem Lächeln blickte sie zu der jungen Frau auf, die fast einen Kopf größer war als sie. Sie strich ihr über das wuschelige Haar, während ihre andere Hand in Mareikes Manteltasche fuhr. »Das klärt sich alles auf. Vertrau mir, Kindchen.«

Da griff Doktor Hoffstätter ein. »Frau Böttcher, bitte lassen Sie das. Die Angelegenheit hat ihre Richtigkeit.« Er schob Lizzi zurück in die Menge.

Regierungsrat a. D. Uhlendorf verlangte eine Leibesvisitation der Diebin, was Mareike mit sich überschlagender Stimme strikt ablehnte. Doktor Hoffstätter versuchte die erhitzten Gemüter mit Hilfe seiner weißbekittelten Autorität zu beruhigen, während Frau Alberding-Wischenberg nervös an ihrer Perlenkette zupfte.

Aufgeregt plapperten die Senioren durcheinander. »Warum hat Mareike das bloß getan?«, fragte jemand. So ein nettes Mädchen. Habe bisher immer einen braven Eindruck gemacht, aber das könne auch täuschen. Ihr Gesicht habe schon immer so etwas Verschlossenes. Und diese Haare! Ach, sie komme nicht von hier? Eher aus dem Thüringischen. Nein, sei es nicht Hannover? Und einen Mann habe sie auch nicht? Alleinerziehende Mutter? Das sei ja ein Ding. Da brauche sie sicherlich Geld, gut bezahlt werde Arbeit in der Pflege ja nicht gerade …

In dem Moment sah Lizzi, wie zwei Beamte das Foyer betraten.

»Oh, die Herren von der Polizei!«, hauchte Frau von Eversberg mit traulichem Blick auf die adretten Uniformen.

Während sich die Polizisten einen Weg durch die Menge bahnten, eilte Lizzi unbeachtet zu den Bodenvasen mit den Lilien. Schnell huschte sie in den Flur, der zu den Praxisräumen von Doktor Hoffstätter führte. Ganz am Ende des Gangs stellte sie sich hinter einen Topf mit mannshohem Grünzeug. Dann holte sie ihre Beute aus der Tasche ihrer Schürze, die sie noch immer trug.

Sie hatte soeben Mareike die wertvolle Uhr aus der Manteltasche stibitzt. Eine Uhr, von deren Vorhandensein in ihrer Tasche die junge Frau mit Sicherheit nichts gewusst hatte.

Eilig begann Lizzi, den Deckel des feinziselierten Zeitmessers aus Kaiserzeiten aufzuklappen. Dann stellte sie ihn auf drei Minuten vor zwölf.

Der eine Mistkerl mochte ihr heute entwischt sein, dem zweiten sollte es jedoch nicht gelingen.

Noch einmal prüfte sie den Stand der filigranen Zeiger

auf dem schimmernden Ziffernblatt. Sie klappte den Deckel wieder zu.

Da fiel ein Schatten auf die Uhr in ihrer Hand. Lizzis Herz setzte für einen Schlag aus.

Ein runzliges Gesicht blickte durch die Zweige des Grüns.

Vor Lizzi stand die tüdelige Gerda. Sie musste ihr nachgeschlichen sein. Die großen Augen der kleinen Frau klebten an der hübschen, silbern glänzenden Uhr in Lizzis Händen. Gerda sagte kein Wort. Schaute nur.

O Gott!, schoss es Lizzi durch den Kopf. So viel Pech an einem Tag.

Doch da stahl sich ein breites Grinsen in Gerdas Gesicht. Vorsichtig legte sie ihren knochigen Zeigefinger auf die Lippen und machte »Sch…«.

Erleichtert nickte Lizzi. Gerda hatte einen ihrer wenigen lichten Momente. »Genau, so machen wir es.« Auch Lizzi legte den Finger auf die Lippen. »Sch…« Dann blickte sie der summend davontippelnden Alten hinterher. »Danke, Gerdalein«, flüsterte Lizzi erleichtert. »Hast was gut bei mir.«

Jetzt hieß es, sich zu sputen. Ihr blieben genau zweieinhalb Minuten.

Als Lizzi zurück in das Foyer kam, versuchten die Beamten gerade, die Menge der Residenzbewohner zum Fortgehen zu bewegen. Doch keiner der Anwesenden rührte sich. Warum auch? Das hier war besser als Musikantenstadl und Pilcher-Verfilmung an einem Abend.

Der ältere der beiden Polizisten fragte nach einem Raum, wo man sich in Ruhe unterhalten könne. Die Geschäftsführerin schlug ihr Büro vor. Dies war der Moment, auf den Lizzi gewartet hatte.

Sie stolperte vorwärts, hielt sich noch an irgendeinem Ärmel fest. »Au!«, rief sie mit schriller Stimme, als sie sich zu Boden sinken ließ. Und noch einmal: »Au!« Die Ersten drehten sich zu ihr um. »Ich glaube, ich habe mir den Fuß gebrochen!«, jammerte sie. »Dieser entsetzlich glatte Marmorboden.«

Doktor Hoffstätter drängte sich durch die Menge. Sichtlich verärgert kniete er sich zu Lizzi hinunter. Eine Duftwoge teuren Rasierwassers erreichte ihre Nase.

»Was ist los, Frau Böttcher?«

»Mein Knöchel«, quengelte Lizzi. Der Arzt tastete ihren Fuß ab. Sie schrie auf.

Jemand von weiter hinten fragte, ob da einer sterben würde. »Nein«, meinte ein anderer Bewohner. »Sieht nicht so aus.«

»Oh, schade«, sagte der erste. Doch sicherheitshalber drehten einige Herrschaften ihre Hörgeräte lauter. Man konnte schließlich nie wissen.

»Ich lasse Sie in meine Praxis bringen.« Hoffstätter gab einer Pflegerin ein Zeichen, und die Frau kam näher. Dann wollte sich der Arzt aufrichten, doch Lizzi hielt ihn am Kittel fest.

»Ist er gebrochen, Herr Doktor?« Flehentlich zog sie den Arzt am Revers dicht zu sich heran. Tränen traten in ihre Augen. »Ich habe doch solche Angst vor Krankenhäusern! Da komme ich niemals wieder lebend raus.« Verwirrt blickte sich der Mann um. Er versuchte sich loszumachen, doch Lizzi hielt seinen Kragen fest umklammert. »Meiner Mutter erging es so. Und mein Cousin war doch nur wegen einer Mandelentzündung drinnen. Und dann …« Sie machte mit der freien Hand eine schneidende Handbewegung an ihrem Hals entlang. »Der kam auch nicht mehr raus. Sepsis, wissen Sie.« Eindringlich nickend, schaute sie dem Arzt in die Augen. »Und der Rest ist Schweigen«, zitierte sie *Hamlet* zum Abschluss ihrer kleinen Vorstellung.

Der Arzt machte sich frei und erhob sich kopfschüttelnd. Während Lizzi ihm nachblickte, als er zurück zu Herrn Uhlendorf und den Polizisten ging, konnte sie ein Lächeln nicht unterdrücken.

In dem Moment, als die Gruppe in das Büro der Geschäftsleitung treten wollte, erklangen die ersten Töne von »Preußens Gloria«. Direkt aus der Kitteltasche des Doktor Hoffstätter.

Alle Köpfe wandten sich dem Arzt zu, der, zur biblischen Salzsäule erstarrt, mitten im Türrahmen stehenblieb.

»Das ist meine!«, kreischte Regierungsrat a. D. Uhlendorf und drängelte sich zu Hoffstätter durch. »Sie haben meine Uhr!«, rief der aufgeregte Pensionär und wollte dem Arzt schon in die Tasche greifen.

Sofort waren die beiden Beamten zur Stelle. »Lassen Sie uns das mal machen, guter Mann«, sagte der eine. Immer noch unfähig, sich zu bewegen, glotzte der Arzt den Polizisten an, der ihm seine offene Hand entgegenstreckte. »Darf ich bitten, Herr Doktor?«

Zögernd griff Hoffstätter in seine Kitteltasche und fingerte das tönende Ding mit spitzen Fingern heraus. Er starrte die Uhr in seiner Hand ungläubig an. »Ich weiß nicht, wie die da hineingekommen ist«, stammelte er. Plötzlich fuhr er herum. Über den Köpfen der Zuschauer fuchtelte er mit seinem Finger in Lizzis Richtung und schrie: »Sie war es! Sie war es!«

Doch keiner glaubte ihm. Und so wurde der Arzt vor den Augen der schweigenden Residenzbewohner abgeführt.

Mareike jedoch warf Lizzi einen fragenden Blick zu. Die aber humpelte zum Fahrstuhl hinüber, während sie erklärte, dass sie sich wohl besser einen anderen Arzt suche.

Wenigstens diesen Mistkerl habe ich erwischt, dachte Lizzi grimmig, als der Fahrstuhl sie ein zweites Mal nach oben brachte. Doch schon zwischen dem ersten und dem zweiten Stockwerk war das Siegesgefühl wie weggeblasen. Jetzt wurden ihre Beine endgültig weich. Ihr Herz begann noch lauter zu schlagen als zuvor, und vor ihren Augen flimmerte es schwarz. Dass sie den einen erwischt hatte, half ihr leider nicht weiter. Ihre Zukunft war im Eimer.

10

Die Frau blickte aus dem Fenster, hinunter in den Park. Sie würde sich daran gewöhnen, seine Pflegerin zu sein. Es war wichtig, dass niemand Verdacht schöpfte. Frau Jessen hatte ihr genau erklärt, wie alles zu laufen habe und dass sie unbedingt verhindern müsse, dass jemand mit ihm sprach. Nun, sprechen konnte er so oder so kaum noch. Nur sie verstand ihn. Nicht einmal Frau Jessen begriff, was er wollte, wenn diese wirren Laute aus seinem Mund herausfielen.

Sie drehte sich um und schaute den Kranken im Rollstuhl lange an. Das Beruhigungsmittel wirkte noch. Sie hatte es ihm gegeben, damit er sich nicht unnötig aufregte. Oft fragte sie sich, was der Mann, den sie seit so vielen Jahren kannte, überhaupt noch mitbekam. Er war früher so lebendig gewesen.

Mit einem Seufzer ging sie zurück, nahm die Sonnenbrille von seiner Nase, legte die Wolldecke auf den Knien ordentlich zusammen und packte die Sachen aus den Koffern in die Schränke. Sie wusste nicht, wie lange sie hier bleiben mussten, aber es gab schlimmere Orte, um zu sterben.

11

Mareike fand keinen Parkplatz. Es schien, als würde jeder Bewohner im Stadtteil Lurup fünf Autos besitzen, nur damit Mareike Gödecke in der Nähe ihrer Wohnung keine Lücke für ihren klapprigen Fiat mehr fand. Fast zehn Minuten musste sie durch den Regen laufen, bis sie das fünfstöckige Haus erreicht hatte, in dem sie seit der Scheidung lebte.

Als Mareike den Schlüssel in die Haustür steckte, schluckte sie ihre Tränen hinunter, die seit dem Vorfall in der Residenz immer wieder hochkamen. Sie würde sich mit ihrem Sohn nach dem Abendbrot noch einen Krimi im Fernsehen anschauen oder vielleicht noch ein wenig reden. Von ihrem Tag auf der Arbeit würde sie ihm jedoch nichts erzählen. Sie wollte ihn nicht mit ihren Problemen belasten. Außerdem hatte sie seit einiger Zeit das Gefühl, er könnte eine Freundin haben. Noch hatte er ihr nichts gesagt. Sie musste sich noch gedulden. Mareike lächelte.

Irgendwie waren sie und Mirko wie ein altes Ehepaar.

Als ihr Mann sich wegen einer anderen hatte scheiden lassen, war der Junge gerade zwölf Jahre alt gewesen. Die Scheidung war für sie und das Kind hart gewesen, ihnen war nichts erspart geblieben. Aber waren nicht alle Scheidungen so? Der Junge hatte gelitten, doch heute waren sie und Mirko ein wirklich gutes Team, fand Mareike. Leider schien Mirko das manchmal anders zu sehen. Sie stritten in letzter Zeit öfter als sonst.

Mareike hängte den Haustürschlüssel an das Brett hinter der Tür, ließ ihre Tasche zu Boden fallen und zog den nassen Wollmantel aus. »Mirko?«

Ihr Sohn meldete sich nicht.

Mareike schaute auf die Uhr. Es war nach acht. Konnte man von einem Sechzehnjährigen erwarten, dass er Abendbrot für sich und seine Mutter gemacht hatte? Sie öffnete die verglaste Küchentür. Nein, konnte man nicht. Das Frühstücksgeschirr stand noch auf dem Tisch. Die Wurst auf dem Teller schlug bereits Wellen, ebenso der fettig glänzende Käse.

Selbst das Radio lief noch.

Seufzend stellte Mareike die Butter, von der ein leicht ranziger Geruch ausging, in den Kühlschrank. »... der Prozess gegen den ehemaligen Vorstandsvorsitzenden der Hansebank Hamburg wird vorerst ohne den Angeklagten weitergeführt«, sagte der Sprecher. »Jens Jessens Gesundheitszustand mache es ihm unmöglich, den Gerichtssitzungen beizuwohnen, erklärte die Verteidigung.« Mareike goss die mittlerweile saure Milch in das Abwaschbecken und warf die leere Verpackung in den Müll. Sicherlich hatte ihr Sohn auch nicht eingekauft, obwohl sie ihn darum gebeten hatte. Sie blickte sich um. Das Geld vom Tisch war weg, aber nirgends stand eine Einkaufstüte. »Inzwischen müssen viele Mitarbeiter der HBH um ihre Arbeitsplätze fürchten ...«

»Willkommen im Club, Leute«, murmelte Mareike in Richtung des Radios und stellte es aus. »Mirko?« Sie ging den Flur entlang zu Mirkos Zimmer. Ohne zu klopfen, öffnete sie die Tür. Das unaufgeräumte Zimmer war leer. Als sie zurück in die Küche ging, schaute sie noch auf dem Kalender nach, ob Mirko heute eine Sportveranstaltung hatte oder eine Verabredung eingetragen war. Nichts.

Da klingelte das Telefon. Mit drei Schritten war Mareike am Apparat. »Mirko?«

»Ich bin's.« Es war die Stimme ihres Exmanns, der mit seiner Neuen in einem hübschen Einfamilienhaus nahe Köln wohnte, während sie in dieser miesen Sozialwohnung hauste. »Der Junge ist hier.«

Im ersten Moment war sie erleichtert. Doch dann kam, was kommen musste.

»Du kümmerst dich nicht richtig um ihn, Mareike. Er hat schon wieder eine Fünf in Mathe.«

Der Junge hatte sich also vom Einkaufsgeld eine Fahrkarte gekauft und war zu seinem Vater gefahren. Und an einer Fünf in Mathe konnte natürlich niemand anderes als die Mutter schuld sein, war ja klar.

»Moment mal. Die Mathearbeit schreibt er erst morgen. Der will sich nur drücken!«

Doch es war zu spät. Der übliche Streit am Telefon samt der Drohung, ihr das Sorgerecht entziehen zu lassen, war schon in vollem Gang. Irgendwann war sie es leid, sich rechtfertigen zu müssen. Sie knallte das Telefon an die Wand.

Die Vorwürfe ihres Exmanns noch im Ohr, stand Mareike auf dem dunklen Flur. Sie spürte, wie die Tränen über ihre Wangen liefen, und wischte sich mit dem Ärmel schniefend über das Gesicht. Mit dem Rücken an der Wand sackte sie langsam zu Boden. Was war nur los mit ihrem Leben?

12

Lizzi saß in der Dunkelheit auf ihrem Balkon. Irgendwo hinter den rauschenden Bäumen lag der Fluss. Kalt kam der Westwind zu ihr den Balkon herauf. Sie fröstelte. Auf dem Tischchen neben ihr standen eine Buddel Schnaps und ein Glas.

Während sie die Arme um sich schlang, dachte sie an ihre alte Wohnung am Fischmarkt. Die Aussicht von hier oben war zwar nicht schlecht, aber mit der in Altona konnte sie nicht mithalten. Leider hatten Münchner Investoren das Haus vor einigen Jahren gekauft, um daraus schnieke Eigentumswohnungen zu machen. Dorthin könnte Lizzi also nicht mehr zurück. Nein, Lizzis nächste Behausung würde eine Parkbank sein oder, wenn sie Glück hatte, eine Obdachlosenunterkunft. Eine hellhörige Plattenbaubude am Osdorfer Born zwischen Hunderten von Menschen, deren Sprache sie nicht verstand, war vielleicht auch noch drin.

Wie hatte sie all die letzten Jahre nur so sicher sein können, dass ihr schönes Leben an der Elbchaussee ewig weitergehen würde? Hatte sie denn noch immer nicht gelernt, dass nichts im Leben von Dauer ist? Und das Gute schon gar nicht!

»Springen. Vielleicht sollte ich springen.«

Sie beugte sich über das Geländer und blickte auf die Terrasse hinunter. Ob es weh tat?

Während sie noch überlegte, hörte Lizzi jemanden ihren

Namen rufen. Nur langsam begriff sie, dass die Rufe vom Flur vor ihrer Appartementtür kamen. Zögernd löste sie den Blick von der Terrasse unter sich und wandte den Kopf. Jetzt schepperte auch noch die Klingel. Dann noch einmal und noch einmal. Widerwillig schlurfte Lizzi zurück ins Wohnzimmer. Da fiel ihr Blick auf das Foto von Willi über dem Fernseher. Er lächelte sie an, als sei nichts passiert. Lässig, mit einer Zigarette im Mundwinkel, lehnte er an einer roten Isetta, die er damals gerade irgendjemandem geklaut hatte.

Sie trat einen Schritt näher an das Foto heran, schaute ihren verstorbenen Ehemann genau an, während draußen Sturm geklingelt wurde. »Ich stecke mächtig in Schwierigkeiten, Willi. Und was tust du? Grinsen«, murmelte sie. Es war nicht das erste Mal in ihrem Leben, dass sie am Abgrund stand. Immer wieder hatte Willi sie und die Kleine in Schwierigkeiten gebracht. Hausdurchsuchungen, Gerichtsvollzieher, Gefängnis, und ständig war das Portemonnaie leer gewesen. Und was tat er all die Jahre? Lachte sich ins Fäustchen. Als sei das ganze Leben nichts als ein Spiel, bei dem man nur gewinnen konnte. Sie hatte jede einzelne der vielen Willi-Krisen überstanden. Immer wieder hatte sie hinter ihm aufgeräumt, wenn er in seinem Übermut alles zunichtegemacht hatte. Jetzt aber, zum ersten Mal in ihrem Leben, widerte Lizzi sein breites Lachen an. Sie nahm das Foto von der Wand und warf es in den Papierkorb.

Das Klopfen an der Tür drang immer tiefer in ihren Kopf. »Ruhe, verdammt noch mal!«, schrie sie in die Dunkelheit des Flurs. Doch es half nichts. Der Besucher ließ sich einfach nicht vertreiben. Und so eilte sie zur verschlossenen Tür: »Ich bin ausgegangen! Ist das so schwer zu verstehen?«

Kurz war es draußen still. Dann aber ging es wieder los.

»Machen Sie auf, Frau Böttcher!«, rief der ungebetene Gast. Lizzi, der die Männerstimme vage bekannt vorkam, hielt sich die Ohren zu. Als auch das nichts half, begann sie zu singen: »Auf der Reeperbahn nachts um halb eins …«

Doch der Lärm vor der Tür wollte und wollte nicht enden. Da riss Lizzi Böttcher die Tür auf.

Erschrocken trat der Mann, der seine Faust noch erhoben hatte, einen Schritt zurück. Dann grinste er. »Na, kennen Sie mich noch, Lizzi?«

Sie starrte in Pfeiffers Gesicht. »Das Rentnerdasein bekommt Ihnen nicht, Herr Kommissar«, sagte sie schließlich. »Sie sind blass.«

»Anders als Sie, meine Liebe. Sie sehen aus wie das blühende Leben. Scheint Ihnen gutzutun, diese feine Residenz.« Er machte Anstalten, eintreten zu wollen, doch Lizzi versperrte ihm den Weg. »Wellness-Oase, Kasino, Zimmerservice, Theaterbesuche und all so was«, fuhr er fort. Ihre Gesichter waren nur wenige Zentimeter voneinander entfernt. »Wo haben wir denn das viele Geld dafür her, Frau Böttcher? Doch wohl nicht gestohlen?«

Es war, als würden sie das Verhör von damals fortsetzen. Ganz so, als hätten dazwischen nicht Willis Tod und vier wunderbare Jahre gelegen. Lizzi stemmte die Hände in ihre Hüften. »Was wollen Sie, Pfeiffer? Sie sind doch pensioniert.« Er sagte nichts. »Ich habe es Ihnen damals gesagt, und ich sage es jetzt noch einmal: Ich habe noch nie etwas geklaut. Und ich werde auf meine alten Tage damit auch nicht anfangen!« Sie hatte nur vergessen, ein Paket voller Geldscheine der Polizei zu geben. Na und?

Aus dem Augenwinkel sah Lizzi, wie sich die Appartementtür von Regierungsrat Uhlendorf öffnete. Der Kopf ihres Nachbarn kam zum Vorschein. »Was ist denn das hier für ein Radau?«, herrschte er Lizzi an, wobei er Pfeiffer einem prüfenden Blick unterzog.

Pfeiffer ignorierte den Mann. »Sie könnten Ihren alten Freund Pfeiffer reinbitten, Frau Böttcher. Dann hört Ihr Nachbar nicht, mit wem er hier auf einem Gang wohnt.«

Wieder wollte er sich an Lizzi vorbeidrängen, doch die trat, so doll sie konnte, gegen sein Schienbein. Der Mann schrie auf.

»Ich rufe die Polizei«, rief Uhlendorf aufgebracht.

»Verdammt noch mal! Ich bin die Polizei«, krächzte Pfeiffer mit schmerzverzerrtem Gesicht, während er sein Bein rieb.

»War«, sagte Lizzi. »Sie waren mal Polizist.« Dann knallte sie ihm die Tür vor der Nase zu.

»Ich weiß, wovon Sie diesen Schuppen bezahlen, Frau Böttcher. Und ich werde Sie dafür ins Gefängnis bringen.« Pfeiffers Stimme auf dem Flur überschlug sich fast vor Wut. »Willis Überfälle – da steckten doch Sie dahinter! Der Mann war viel zu dumm für so etwas. Das war alles Ihre Idee, Lizzi, und ich werde es beweisen!« Wieder hämmerte er gegen die Tür. »Hören Sie? Ich werde es beweisen!« Lizzi hoffte, dass Pfeiffer nur im Trüben stocherte.

»Wenn Sie nicht kooperieren, Frau Böttcher, dann komme ich mit einem Durchsuchungsbeschluss zurück. Dann ist Schluss mit dem Reiche-Leute-Leben. Dann gehen Sie in den Bau! Haben Sie mich verstanden?«

Mit geschlossenen Augen lehnte sich Lizzi an die Tür. Sie spürte, wie ihr Pfeiffers Geklopfe durch Mark und Bein ging. Wäre all das nicht so schrecklich gewesen, hätte sie vielleicht gelacht. So aber hatte sie nicht nur ihr Geld verloren, nein, sie sollte nach all den Jahren auch noch ins Gefängnis.

Irgendwann war es auf dem Flur endlich ruhig geworden. Lizzis Gedanken tauchten in die sicheren Tiefen der Vergangenheit ab, hüllten sie schützend ein. Bilder von schönen Sommertagen an der Nordsee erschienen vor ihr. Von Andrea, als sie zum ersten Mal »Mama« gesagt hatte. Der Geruch der Elbe bei Regen. Die Sirene, wenn sie drüben bei Blohm & Voss Schichtende hatten. Sie sah Willi, der im besten Anzug seines allerbesten Freundes vor ihr stand und ihr einen Antrag machte. Von dem Tag, als Willi mit ihr den ersten Tango tanzte. Ihre heißen Wangen, die sich zart aneinanderschmiegten, während nur sie beide, mit der tiefen Sehnsucht nach Liebe in ihren Herzen, die Hoffnung auf ein besseres Leben beschwörend, über das Linoleum im Hinterzimmer einer Kneipe glitten.

Als Mareike Lizzi später fand, saß die alte Frau zusammengesunken auf dem kleinen Hocker in der Ecke ihrer Pantry. In der Hand hielt sie eine Flasche Schnaps. Mareike bemerkte einen Briefumschlag, der zu Lizzis Füßen lag. »Frau Böttcher! Um Himmels willen, was machen Sie denn da?« Sie nahm der alten Frau die Flasche aus der Hand und stellte sie auf die Arbeitsfläche.

Langsam hob sich Lizzis Blick. Sie schaute zur Uhr an der Wand. »Was machst du denn um diese Zeit hier, Kindchen? Hast doch Feierabend.«

Mareike kniete sich vor den Hocker und legte ihre Hand auf die eiskalten Finger der alten Frau. »Ich konnte nicht schlafen. Da habe ich die Frühschicht von einer Kollegin übernommen. Aber eigentlich wollte ich mich bei Ihnen bedanken.«

»Wofür?«

»Dafür, dass Sie mir geholfen haben.«

»Ach das.« Lizzi blickte auf den Schlüsselbund in Mareikes Hand. »Zentralschlüssel?«

»Ja. Jemand meinte, Sie hätten heute Ärger mit einem Besucher gehabt. Herr Uhlendorf soll sich beschwert haben.« Mareike musterte Lizzi, während sie weitersprach. »Als ich eben klingelte, haben Sie nicht geöffnet. Da machte ich mir Sorgen.«

Lizzi lächelte matt und griff nach dem Umschlag zu ihren Füßen. »Was für ein Tag, Kindchen. Ich hatte gleich dreimal Besuch. Erst meine Tochter mit ihrem reizenden Liebhaber …« Lizzi schluckte. »Dann der alte Bekannte mit der ein wenig zu lauten Stimme und danach unsere verehrte Frau Alberding-Wischenberg.« Sie nickte müde vor sich hin, während sie den Umschlag in ihrer Hand betrachtete. »Ich soll zu ihr kommen. Ich nehme an, Sie wird mir das Appartement kündigen.«

Mareike streichelte Lizzis Hand. »Unsinn, Sie können doch nichts dafür, dass da jemand so laut war.« Sie versuchte Lizzi mit einem Lächeln aufzumuntern. »Ist das der Grund, warum Sie trinken?« Mareike blickte zu der halbleeren Flasche.

Lizzi erhob sich leicht schwankend. »Kindchen, ich tue nichts ohne einen Grund. Und das hier«, sie griff nach der Flasche und hielt sie hoch, »das hier ist jetzt verdammt nötig.«

Mareike stand auf. »So schlimm?«

»Schlimmer. Viel schlimmer.«

Ernst blickte Mareike Lizzi an und überlegte. Durfte man einer alten Frau erlauben, sich sinnlos zu betrinken? Sie legte den Kopf ein wenig schief, wie sie es immer tat, wenn die Dinge schwierig wurden. Dann endlich wusste sie, was zu tun war. »Geben Sie mir auch einen.«

Die alte Frau zog die Augenbrauen hoch. »Warum denn das?«

Mareike holte ein sauberes Glas aus dem Schrank und wedelte damit auffordernd vor der Flasche in Lizzis Hand hin und her.

Doch die schüttelte den Kopf. »Erst will ich wissen, warum.«

»Arbeitslos. Als ich eben ankam, drückte mir die Wischenberg meine fristlose Kündigung in die Hand.« Sie zog einen einfachen Briefumschlag aus ihrer Manteltasche. »Ich brauche nicht wiederzukommen, meinte sie.«

Die beiden Frauen musterten die Umschläge in ihren Händen.

»Immerhin hat meiner ein Wappen und ist gefüttert«, bemerkte Lizzi.

»Stimmt. Ein Gutes hat die Sache dank Ihnen: Ich bin zwar arbeitslos, aber wenigstens nicht vorbestraft.«

»Wie kann diese Person dich nur entlassen, Kindchen?«

»Ich schade angeblich dem Ansehen des Hauses. Darum müsse ich sofort meinen Resturlaub antreten. Tja, und danach bin ich ohne Job.«

»Und der feine Herr Doktor?«

Mareike seufzte. »Hoffstätter darf natürlich bleiben. Missverständnis, meinte sie. Uhlendorf hat seine Anzeige zurückgenommen. So, und jetzt will ich einen Schnaps.

Und dann noch einen.« Erneut wedelte Mareike mit ihrem Glas vor Lizzi hin und her.

»Der Mann bleibt, und du musst gehen?« Kopfschüttelnd goss Lizzi die beiden Schnapsgläser randvoll, ohne einen Tropfen zu verschütten.

»Pflegerinnen sind billig, Lizzi. Gutaussehende Ärzte hingegen schwer zu kriegen, vor allem für Frauen ab vierzig.« Sie hob das Glas. »Prost!«

Beide stürzten die klare Flüssigkeit hinunter.

»Brrr. Was ist das denn?«, rief Mareike und verschluckte sich hustend. Entsetzt starrte sie das leere Glas in ihrer Hand an.

Lizzi füllte schon mal nach, wobei sie grinste. »Ein Selbstgebrannter aus alten Tagen. Tja, mein Willi hatte so seine Talente. Nur dass man damit kein ehrliches Geld verdienen konnte.«

Als der nächste Schnaps den Weg aller Schnäpse gegangen war und Mareike ihre Stimme wiedergefunden hatte, wollte sie wissen: »Woher wussten Sie das mit der Uhr?«

Matt lächelte Lizzi beim Gedanken an die Szenerie im Foyer. »Ich sah etwas aufblitzen, und dann bemerkte ich, wie dieser Herr Doktor die Hand aus deiner Manteltasche zog. Hattest du gedroht, dich zu beschweren, weil er dir – na, sagen wir: zu nahe getreten war?«

»Und ob! Der verfolgt mich schon seit Wochen. Und seine anzüglichen Bemerkungen sind so widerlich.« Doch dann stockte Mareike. »Aber woher wissen Sie das?«

Lizzi lächelte. »Ich bin zwar alt, aber nicht blind.« Sie dachte daran, wie verstört Mareike gewesen war, als sie heute Morgen ins Foyer gelaufen kam. »Unser guter Herr Doktor musste verhindern, dass Frau Alberding-Wischenberg etwas erfährt. Immerhin ist sie nicht nur sein pikantes Geheimnis, sondern auch seine Arbeitgeberin. Und um Ärger zu verhindern, diskre… diskreditiert man am besten den Ankläger.« Endlich tat der Schnaps seine Wirkung. »So macht man es zumindest in der Politik.« Vielsagend kniff sie ein Auge zu. »Unser guter Herr Doktor hat seinen Machiavelli gelesen.«

»Ein Fußballer?«

»Nee. Politiker. Schrieb Bücher über das Regieren. Und der Trick, den Ankläger in ein schlechtes Licht zu stellen, ist eine seiner Empfehlungen, um im Kampf um die Macht zu überleben. Wer glaubt schon einer Diebin?«

»Leider hat es geklappt.«

»Aber es war knapp. Hätte Uhlendorf die Anzeige nicht zurückgezogen, müsste unser werter Herr Doktor um seine Praxis fürchten.« Lizzi stellte die fast leere Flasche zur Seite. »Komm mal mit, Kindchen. Ich will dir etwas zeigen.« Sie zog Mareike hinaus auf den Balkon.

Es war stockfinster und fröstelnd kalt.

Die beiden Frauen stellten sich an das Geländer. Schweigend blickten sie auf den dunklen Fluss hinunter, der sich gemächlich Richtung Nordsee schob. Im Schein des Mondes zog eine buntbeleuchtete Barkasse vorbei, auf der eine Party gefeiert wurde. Die Musik und das Lachen der Leute an Bord drangen bis zu ihnen hoch. Die Lichter vom Airbuswerk auf der anderen Elbseite schienen im matten Bodennebel zu verschmelzen. Darüber entfaltete sich ein Himmel voller Sterne.

»Manchmal stelle ich mich hierher und schaue mir all das an. Stundenlang. Einfach so«, flüsterte Lizzi. Sie spürte, wie sie der Wunsch, Mareike alles zu beichten, überkam. Vielleicht war es der Alkohol, vielleicht die Verzweiflung, die sie beide verband. Wer wusste das schon? »Ich bin mir fast sicher, dass man mich aus der Residenz werfen wird«, murmelte sie.

»Unsinn.« Unten im Strom hupte die Barkasse.

»Damit ist die Frau Geschäftsführerin dem Schicksal nur zuvorgekommen, Kindchen. Ich hätte so oder so bald gehen müssen. Vielleicht nicht so schnell, aber bald.«

»Warum?«

»Pleite.«

Mareike nickte. »Verstehe. Ist zu teuer hier.«

Lizzi lachte trocken auf. »Nein, das ist es nicht. Meine … ähm … Ersparnisse wurden mir gestohlen. Einfach so, alles weg.« Die Worte kamen ganz von allein, und sie klangen schrecklich banal. »Es war der neue Freund meiner Tochter.«

Bevor Mareike fragen konnte, warum sie denn nicht zur Polizei ging, antwortete Lizzi auch schon. »Das Geld habe ich vor einigen Jahren gefunden. Ich weiß, ich hätte es den zuständigen Behörden geben müssen. Habe ich aber nicht. Habe lange darüber nachgedacht. Ich grübelte und grübelte. Und dann habe ich mich hier eingemietet. Fand, dass das Geld so besser angelegt sei als bei einer Bank oder bei der Fundstelle.« Sie seufzte. »Mein ganzes Leben habe ich in einer Schlachterei gearbeitet. Ich habe einen unzuverlässigen Mann mit durchgeschleppt und ein Kind großgezogen, das tatsächlich glaubt, ich hätte seinen Vater an die Polizei verraten.« Sie schüttelte den Kopf, als müsse sie diesen Gedanken loswerden. »Irgendwie fand ich, dass ich das Geld verdient hatte.«

»Oh«, hörte sie Mareike überrascht hauchen. Aber es war

zu spät, um aufzuhören. Und so erzählte Lizzi ihr von Andrea und dass sie und ihre Tochter so schlecht miteinander auskamen. »Willi versprach ihr ein Königreich mit allem Pipapo. Eine goldene Zukunft stehe ihr bevor, sagte er ständig. Aber er log wie immer. Nur dass das Kind seinem Papa jedes Wort geglaubt hat.«

Da Mareike nichts sagte, fuhr Lizzi fort. Sie erzählte von Willis dämlichen Banküberfällen und davon, dass er in der Untersuchungshaft gestorben war. »Vorhin war der Kriminalkommissar von damals hier. Er behauptet, dass ich hinter alldem steckte, und nun will er das Geld wiederhaben. Aber ich habe es doch gar nicht mehr! Weißt du, was das bedeutet? Gefängnis, Kindchen! Knast, Bau!« Ihre Stimme drohte zu versagen. »Ich bin doch viel zu alt für so was.«

»Oh«, hauchte Mareike noch einmal. »Und ich dachte immer, Sie sind einfach nur eine nette alte Dame. Wow!«

Lizzis Kopf fuhr herum. Wollte dieses junge Ding sie etwa veralbern? Nein, offenbar nicht. Mareike meinte es mit ihrer Begeisterung für Lizzis aufregendes Leben tatsächlich ernst.

Plötzlich klatschte Mareike in die Hände, dass Lizzi aufschreckte. »Ich hab's! Sie verdienen sich Ihr Geld selber! Irgendwie muss das doch jeder von uns.«

Matt schüttelte Lizzi den Kopf. »Mit siebzig nimmt mich sowieso keiner mehr.«

»Nein, so meine ich das nicht. Sie werden Unternehmerin.« Mareike schien ihre Idee mit jedem Wort besser zu gefallen. »So wie Sie mich unten im Foyer rausgehauen haben, so wie Ihnen all das auffällt, was sonst keiner sieht – Mensch, Lizzi, damit sind Sie die perfekte Detektivin!«

Die alte Frau schüttelte den Kopf. »Bitte, Mareike, mach keine Witze mit mir. Ich bin zu müde. Und betrunken bin ich auch, glaube ich.« Erschöpft ließ sie sich auf den Stuhl fallen. »Ja, ich habe einen im Tee. Ganz eindeutig«, flüsterte sie vor sich hin.

Mareike sah zu Lizzi hinunter. »Sie haben doch gar keine Alternative. Wenn Sie hier wohnen bleiben wollen, muss entweder das gestohlene Geld wieder her, oder Sie müssen sich neues besorgen. Ganz einfach.«

»Bin zu alt für Verbrecherjagd oder zum Geldverdienen.«

»Unsinn. Das können Sie! Sie zählen eins und eins zusammen und kommen auf drei. Und jedes Mal stimmt es.«

Schwerfällig erhob sich Lizzi und ging ins Wohnzimmer zurück. Mareike folgte ihr. »Aber natürlich, Lizzi! Denken Sie an Frau Stöver und ihre Tasche, denken Sie an …«

Lizzi winkte ab. »Das ist doch etwas anderes. Es geht hier um Verbrecher, nicht um Stifte und Handtaschen oder lächerlich trällernde Uhren.«

Mareike legte ihren Arm um Lizzis Schulter. »Bei Privatdetektiven geht es immer um fremdgehende Ehemänner und verloren gegangene Broschen. Das machen Sie mit links, Frau Böttcher. Ein wenig beobachten, aufschreiben, berichten, kassieren.« In verschwörerischem Ton flüsterte sie: »Und bei der Gelegenheit können Sie auch noch unauffällig diesen Freund Ihrer Tochter suchen. Der rechnet bestimmt nicht damit, dass ihn eine harmlose Alte verfolgt.«

Lizzi zögerte, dachte nach. »Und was mache ich, wenn ich ihn finde und er das Geld nicht rausrücken will? Soll ich ihn dann mit meinen dritten Zähnen in den Hintern beißen?«

Mareike lächelte. »Ach was, darüber denken wir nach, wenn es so weit ist. Kommen Sie, Lizzi. Eine Detektei zu gründen ist bestimmt nicht schwer. Das schaffen wir.«

Der süßliche Geruch des Likörs aus den Gläsern, die noch immer auf dem Kaffeetisch standen, hing schwer im Zimmer. Lizzi glaubte fast, sich übergeben zu müssen. Dieser Tag war zu viel für sie gewesen. Die Aufregung, der Selbstgebrannte, Pfeiffer, das verschwundene Geld, einfach alles. »Mir wird ganz duselig im Kopf«, hörte sie sich noch murmeln.

Als Mareike sie ins Bett gebracht hatte, fiel Lizzi in einen unruhigen Schlaf.

13

Es war kurz vor Sonnenaufgang, als sich das Klingeln des Telefons träge seinen Weg in Lizzis schmerzenden Kopf bahnte. Das Bimmeln wollte und wollte nicht aufhören. Vorsichtig stemmte sie sich aus dem Bett und schlich, immer eine Hand an der Wand, auf den Flur in Richtung des schrillenden Telefons.

Sie würde sich einen dieser Anrufbeantworter zulegen müssen, überlegte sie, doch dann fiel ihr ein, dass sie für solchen Luxus ohnehin kein Geld mehr hatte.

Lizzi knipste das Licht an. Blinzelnd schaute sie auf das Display. Es war Andreas Nummer. Ohne es wirklich zu wollen, eher automatisch, so wie Mütter so vieles für ihre Kinder tun, ohne zu überlegen, hob sie den Hörer ab.

Andreas Worte schienen ineinander zu verschwimmen. Ihre Tochter hatte wohl ebenfalls einige Gläser intus.

»… und dass du es nur weißt, du bist schuld daran, dass kein Mann bei mir bleibt!«, lallte Andrea. »Alle vergraulst du. Sogar Kai! Der wäre der Richtige gewesen. Aber du musst alles vermasseln.« Lizzis Tochter schnäuzte sich. »Wenn du nicht immer so abweisend sein würdest … Aber dir ist keiner gut genug.« Sie machte eine Pause, und es klang, als nehme sie einen Schluck aus einem Glas. »So wie der Papa dir nie gut genug war.« Gern hätte Lizzi gesagt, dass ihr Andreas Kerle egal waren, aber leider kam sie nicht zu Wort. »Du hast mich nie verstanden, Mutti.« Sie schluchzte. »Papa, der musste immer Geld ranschleppen, weil du es besser haben wolltest. Und was hast du mit dem Geld gemacht? Gehortet hast du es! Heimlich irgendwo versteckt! Und ich bin in abgerissenen Klamotten rumgelaufen. Urlaub gab's nie. Und immer nur Kohlsuppe und Bratkartoffeln. Und jetzt, wo du nicht mehr teilen musst, lebst du in Saus und Braus!« Andreas Stimme überschlug sich.

Lizzi schluckte. Die Vorwürfe kamen in so rascher Folge, dass sie nicht wusste, was sie darauf erwidern sollte. Geld horten? Welches Geld denn?, hätte sie am liebsten geschrien. Damals musste sie nach der Arbeit bei Schlachter Schlüter noch putzen gehen, um Willis Schulden zu bezahlen. Plötzlich begann sich der Flur um sie herum zu drehen. Sie lehnte sich an die Wand.

»Kai war der erste Mann in meinem Leben, der mir das Gefühl gegeben hat, ich sei wertvoll.« Andrea nahm noch einen kräftigen Schluck. »Aber du … du bist so unkultiviert! So ein Kleingeist! Ich hätte mich mit dir bei der Hochzeit ohnehin total blamiert.«

Hochzeit? Der Kerl wollte Andrea heiraten? Das glaubte Lizzi trotz ihres benebelten Kopfes nicht für zwei Pfennig.

»Warum benimmst du dich nicht so wie andere Frauen in deinem Alter? Warum ziehst du dich so altmodisch an? Wer trägt denn heute noch Kopftücher? Und dieser Mantel! Kauf dir doch endlich mal einen richtigen. Das ist alles peinlich. Du bist peinlich«, jammerte Andrea. Lizzi wollte ihr etwas von bequemen Kleidern erklären oder davon, dass sie ihr Geld eben zusammenhielt. Sparen war ihr nach so vielen Jahren mit Willi zur zweiten Natur geworden, und wie lange war es für die Familie lebensnotwendig gewesen! Aber ihre Tochter ließ sie ja nicht zu Worte kommen. Und dann schrie sie auch ins Telefon, dass Lizzi zusammenzuckte: »Ich hasse dich! Und ich will nie wieder etwas mit dir zu tun haben. Ach ja, und das Geld für Dubai kannst du behalten!« Klick.

Wie fühlte man sich, wenn man alt war, kein Geld mehr hatte, die Polizei schon so gut wie vor der Tür stand, um einen zu verhaften, die eigene Tochter dämlich wie Trockenbrot und die Kündigung des Zuhauses nur noch eine Formsache war, man wohl demnächst unter einer Brücke schlafen musste?

Wütend. Ernsthaft wütend.

Lizzi knallte den Hörer auf die Gabel. »Jetzt reicht's!«

14

Der knallrote Fiat knatterte die Auffahrt zur Residenz hoch. Als er hielt, nahm die wartende Lizzi ihre große Handtasche vom Boden und öffnete die Beifahrertür.

»Moment noch …«, murmelte Mareike. Schnell beugte sie sich vom Fahrersitz hinüber, hievte das Leergut vom Beifahrersitz nach hinten und klopfte ein paar Brötchenkrümel vom Sitzpolster.

Als Lizzi einstieg, gab der Wagen unter ihrem Gewicht rechtsseitig seufzend nach.

»Was ist denn so dringend, dass wir es sofort erledigen müssen?«, wollte Mareike wissen, während sie Lizzi half, den Gurt ins Schloss zu bugsieren.

»Ich habe eine kleine Überraschung für dich, Kindchen«, erklärte Lizzi auffallend gutgelaunt. »Ich möchte dich auf eine Tasse Kaffee einladen. Mittelweg dreißig.«

Mareike blickte Lizzi erstaunt an. »Jetzt?«

»Ja, jetzt.« Das geblümte Kopftuch eng unter dem Kinn verknotet, mit den Händen den Riemen ihrer großen Handtasche umfassend, blickte Lizzi Böttcher kampflustig nach vorn.

»Das geht nicht, Lizzi. Sie haben einen Termin bei Frau Alberding-Wischenberg. Den dürfen Sie nicht versäumen. Vielleicht lässt sie mit sich reden. Außerdem liegt der Mittelweg …«

»Ich weiß, wo der Mittelweg ist. Ich wurde in dieser Stadt

geboren. Und meinen Termin werde ich schon nicht verpassen. Nun, fahr, Kindchen, fahr.« Mit einer knappen Geste, als wolle sie eine Fliege verscheuchen, mahnte die alte Frau zur Eile.

»Aber warum gerade zum Mittelweg? Wir können doch irgendwo hier eine Tasse Kaffee trinken.«

»Nein, können wir nicht«, entschied Lizzi knapp. Es war offensichtlich, dass sie nicht mit sich reden lassen wollte.

Die Stirn in Falten gelegt, ließ Mareike den Wagen zum Tor rollen. Grummelnd fädelte sie sich in den Verkehr der Elbchaussee Richtung Zentrum ein.

Irgendetwas war seit gestern Abend passiert. Die alte Frau neben ihr schien Jahre jünger geworden zu sein.

Als sie bald darauf durch die Tür des Cafés am Mittelweg traten, kam ihnen der wundervoll würzige Geruch dunkler Schokolade, buttriger Croissants und vorzüglichen Kaffees entgegen. An kleinen Tischen saßen einige Gäste auf typischen Wiener Caféhausstühlen. Sie rührten in ihren Tassen, bissen in frische Brötchen oder löffelten hausgemachten Fruchtjoghurt.

Lizzi ging zu einem freien Tisch am Fenster. Sie zog den Mantel aus und gab ihn Mareike, die ihn zu einer Garderobe im hinteren Teil des Cafés brachte.

»Ich weiß, was los ist«, meinte Mareike, nachdem sie sich gesetzt hatte. »Es ist die Angst vor Frau Alberding-Wischenberg, stimmt's?«

Lizzi schüttelte den Kopf. »Falsch.«

»Was denn dann?«

Lizzi beugte sich ein wenig vor. »Inzwischen erhielt ich einen sehr interessanten Anruf von meiner Tochter.«

Mareike riss die Augen auf. »Und? Hat sie gesagt, wo der Kerl ist? Hier etwa?« Sie drehte sich um, beäugte jeden im Raum. »Wir sind also wegen dieses miesen Typs hier, richtig?«

»Andrea rief mich an, um mir zu sagen, dass ich als Mutter vollkommen versagt habe.« Lizzis Stimme stockte unmerklich. Sie räusperte sich. »Nachdem sie aufgelegt hatte, rief ich aber noch einmal zurück.«

»Warum?«

»Erstens hatte ich die Nase voll, und zweitens brauchte ich Informationen. Und so mimte ich die verständnisvolle Mama, die bereit ist, den Liebeskummer ihrer geliebten Tochter über die eigenen existenziellen Nichtigkeiten zu stellen.« Lizzi lächelte bitter.

»Und hat es geklappt?«

»O ja. Sie erzählte mir alles. Bevor sie und der Kerl mich in der Residenz besuchten, waren sie in diesem Café.«

»Toll! Das bedeutet, der Kerl wohnt hier in der Nähe. Wir gehen da sofort hin.« Mareike schob ihren Stuhl zurück.

»Langsam, Kindchen. Andrea weiß nicht, wo er wohnt. Sie hat sich nur hier oder in ihrer Wohnung mit ihm getroffen.«

»Was? So dämlich kann man doch gar nicht sein!«, rief Mareike ein wenig zu laut. Einige Leute drehten sich zu ihnen um.

»Tja, das mit der Liebe ist so eine Sache«, murmelte Lizzi nur.

»Verstehe«, murmelte Mareike mit einem entschuldigenden Blick zu den anderen Tischen. »Und weil er hier in der Gegend wohnt, sind wir ihm jetzt auf der Spur. Richtig?« Sie schaute aus dem Fenster, wohl in der Hoffnung, dieser Kai möge just in diesem Moment vorbeigehen.

Lizzi schüttelte den Kopf. »Nein, ich glaube nicht, dass er hier wohnt. Er machte auf mich keinen dummen Eindruck. Und dann müsste er immer damit rechnen, dass eine der einsamen Frauen, die er getröstet hat, ihm hier auflauern würde. Zu gefährlich.«

»Welche anderen einsamen Frauen?«

»So wie der vorgegangen ist, kann Andrea nicht die erste gewesen sein. Sie hat ihm dreitausend Euro geliehen. Das Geld sieht sie nie wieder. Da bin ich sicher.« Lizzi wischte mit ihrem Daumen über den Zeigefinger, als zähle sie Geld. »Es geht hier nämlich nur um Geld, Kindchen, nicht um Liebe. Und mein Erspartes war für ihn der Jackpot.«

Mareike fasste sich mit beiden Händen in die wuscheligen roten Haare. »So doof kann Ihre Tochter nicht sein. Die hat man damals im Krankenhaus vertauscht. So eine Tochter passt nicht zu Ihnen, Lizzi.« Sie blickte auf. »'tschuldigung. Ist mir nur so rausgerutscht.«

Da kam die Bedienung zu ihnen herüber. Mareike bestellte einen Chai latte, wobei Lizzi sich fragte, ob das ein chinesisches Gericht sein könnte. Sie selbst nahm einen schwarzen Kaffee, extra groß und extra stark. Bei dieser Gelegenheit erfuhr sie, dass man das jetzt *Espresso doppio* nannte. Als die Bedienung fortgehen wollte, rief Lizzi sie noch einmal zurück. »Verzeihen Sie, Fräulein.« Sie setzte ein betont mütterliches Lächeln auf. »Mein Sohn war gestern hier. Er hat seine Jacke vergessen und mich gebeten, sie ihm heute mitzubringen.« Skeptisch blickte die junge Frau Lizzi an, die sich jedoch nicht aus dem Konzept bringen ließ. »Sie ist aus Leder, schwarz, mit so einem Aufnäher am rechten

Ärmel«, fuhr sie fort. Überrascht schaute Mareike sie an. Die Bedienung zögerte. »Er war mit einer etwas älteren Frau hier. Rote Haare, nicht echt.«

Jetzt nickte die junge Frau. »Ja, so eine Jacke wurde hier tatsächlich vergessen. Sie sind die Mutter?«

Eifrig nickte Lizzi. »Möchten Sie meinen Ausweis sehen?« Sie griff nach ihrer Tasche, die neben ihr auf dem freien Stuhl lag.

»Nein, nein, nicht nötig.« Die junge Frau lächelte. »Ich hole die Jacke.«

Mareike beugte sich über den Tisch. »Woher wussten Sie denn das?«

Lizzi lächelte schief. »Andrea sagte, er hätte sich über die vergessene Jacke schrecklich aufgeregt. Sie konnte mir das gute Stück beschreiben.«

Die Bedienung kam mit der Bestellung auf einem Tablett zurück, wobei sie die Lederjacke über dem Arm trug.

»Soll ich den Empfang quittieren, Fräulein?« Lizzi nahm ihr die Jacke ab.

»Nein, nicht nötig. Wo Sie doch seine Mutter sind.« Die Bedienung ging zu einem anderen Tisch, an dem die Gäste bezahlen wollten.

»Aber er hätte sie doch schon abholen können«, überlegte Mareike und nahm einen Schluck.

Amüsiert sah Lizzi die puppenhafte Espressotasse in ihrer Hand an. »Der Kaffee riecht wirklich lecker, nur die Tassen sind eindeutig zu klein. Nein, Kindchen, er hätte sie nicht abholen können. Erstens hat das Café gestern direkt nach ihrem Aufbruch geschlossen. Zweitens hat das Café, wie man auf dieser Speisekarte lesen kann, erst zehn Minuten bevor wir ankamen, wieder geöffnet. Und drittens kann der Kerl sich jetzt Hunderte solcher Jacken leisten. Wozu sollte er also wiederkommen?«

»Vielleicht weil da seine Brieftasche drinnen ist?«

Lizzi grinste. »Unwahrscheinlich. Wenn er seine Papiere bei sich tragen würde, könnten seine Eroberungen zufällig herausfinden, dass er nicht der ist, der er vorgibt zu sein. Peinlich.«

Zufrieden nahm sie einen Schluck aus dem Tässchen. Das Blatt des Glücks schien sich langsam zu ihren Gunsten zu wenden.

Während Mareike den kleinen Wagen durch den Hamburger Stadtverkehr zur Residenz zurücklenkte, kramte Lizzi in den Taschen der Lederjacke, die auf ihrem Schoß lag. »Dann wollen wir mal sehen, was so ein Mensch mit sich herumträgt.«

»Ein Mensch? Ein Mistkerl ist der«, zischte Mareike, während sie konzentriert auf die Straße blickte. »Alte Frauen zu beklauen – pah.«

»So alt bin ich nun auch wieder nicht. Siebzig ist heutzutage kein Alter mehr, Kindchen«, sagte sie und kramte in den Taschen. »Es heißt sogar, die Siebzigjährigen von heute seien die wahren Fünfzigjährigen oder so ähnlich.« Sie zog ein halbes Päckchen Kaugummi hervor, das sie auf das Armaturenbrett warf.

»Hä?«

»Na ja, die Siebzigjährigen von heute müssen aktiv sein, sportlich, kulturbeflissen, haben strahlend weiße Zähne und fahren ständig in den Urlaub.« Sie schob noch einmal ihre Hand in die Taschen und holte als Nächstes eine leere Packung Zigaretten heraus, danach ein vergoldetes Feuerzeug.

»Aber so sind Sie nicht, Lizzi.«

»Nee, ist mir zu anstrengend.« Sie begutachtete das Feuerzeug in ihrer Hand von allen Seiten. »Initialen. *M. M.?* Hm …«, murmelte sie. »Ich hatte in den letzten fünfzig Jahren genügend Stress. Die nächsten Jahre will ich meine Ruhe haben. Dieser Druck, mit siebzig noch jung und dynamisch sein zu müssen, gefällt mir nicht. Ich werde keinen Sport treiben, werde mir keine neue Liebe über eine Partnervermittlung zulegen und erst recht keine Bildungsreisen mit anderen Alten in die Toskana machen.«

Jetzt zog sie ein verknittertes Stück Papier hervor. Als sie es glattstrich, entfuhr ihr ein wohliges »Ah«.

»Was ist das?«

»Der Abholschein einer Reinigung im Eidelstedt Center.« Nachdenklich blickte sie auf den Zettel in ihrer Hand. »Das ist ein kleines Einkaufszentrum im Nordwesten.« Lizzi sah auf ihre Uhr. »Das könnten wir schaffen. Fahren wir hin.«

Mareike schüttelte den Kopf. »Nein. Ich fahre Sie jetzt zur Residenz zurück. Wenn Sie da nicht hingehen, Lizzi, dann ist Ihr Appartement garantiert futsch. Reden Sie mit der Frau. So haben Sie vielleicht noch eine Chance. Ein bisschen Lärm ist doch kein Grund, eine alte Frau vor die Tür zu setzen.«

Energisch schüttelte Lizzi den Kopf. »Ich muss diesen falschen Hund finden. Wir fahren jetzt nach Eidelstedt. Der wohnt da irgendwo.«

»Nix da! Dort wohnen Tausende von Menschen. Wenn Sie denen auf die Nerven fallen wollen, dann machen Sie das, nachdem Sie mit der Wischenberg gesprochen haben. Ihr Mistkerl muss warten, liebe Frau Böttcher.«

»Aber«, widersprach Lizzi, die keine Lust auf die Begegnung mit der Geschäftsführerin der Residenz hatte, »bis ich wiederkomme, ist der doch längst weg!«

Mareike drängelte sich vor einen Mercedes der Elchklasse, der hupend protestierte. »Nein, Lizzi, ich kümmere mich um die Angelegenheit. Sobald ich Sie abgesetzt habe, fahre ich zu der Reinigung und frage dort nach unserem Freund. Versprochen.«

»Aber …«

»Nichts aber!«

»Hm«, maulte Lizzi. Den Rest des Weges schwieg sie.

Als sie vor der Residenz hielten, zog Mareike etwas aus ihrer Manteltasche. »Hier.«

»Was soll ich denn damit?« Lizzi, die sich gerade abschnallte, blickte argwöhnisch auf das Handy in Mareikes Hand.

»Telefonieren.«

Lizzi schob Mareikes Hand mit dem kleinen schwarzen Ding fort. »Habe ich noch nie gebraucht.« Sie wollte aussteigen, doch Mareike ließ sich nicht abschütteln.

»Sie sind ab jetzt Unternehmerin, Frau Böttcher. Da müssen Sie immer erreichbar sein. Es könnte doch ein Kunde anrufen oder so.«

»Unternehmerin?«

»Aber Lizzi, wir haben doch besprochen, dass Sie eine Detektei gründen werden.« Mareike strahlte Lizzi an. »Und ich kann Ihnen dabei helfen. Habe zufällig gerade Zeit.«

»Das habe ich niemals gesagt.« Lizzi warf dem Ding einen angewiderten Blick zu.

»Das Telefon kann nicht explodieren. Versprochen. Die Tasten sind übrigens schön groß und das Display auch.«

»Ja und?« Lizzi, die weder Probleme mit ihren Augen noch mit den Händen hatte, öffnete die Autotür, um auszusteigen. »Brauche ich nicht.«

Mareike beugte sich über den Beifahrersitz. »Ich nehme an, Sie möchten sofort wissen, wenn ich etwas in der Reinigung herausgefunden habe, richtig?«, rief sie Lizzi hinterher.

Lizzi blieb stehen, zögerte.

»Okay. Dann nehmen Sie jetzt dieses verdammte Ding. Ich rufe Sie an, wenn ich etwas Neues erfahre.«

Langsam drehte sich Lizzi um. Mit zugekniffenem Mund blickte sie Mareike trotzig an.

»Wenn das Handy klingelt, drücken Sie nur auf die Taste mit dem grünen Telefon. Wie alles andere funktioniert, zeige ich Ihnen später.«

Zögernd kam Lizzi einen Schritt näher. »Hm«, knurrte sie. Mit spitzen Fingern nahm sie das Gerät und ließ es in ihre Handtasche gleiten. Dann ging sie ohne ein weiteres Wort ins Haus.

15

Pfeiffer wusste, dass er seinen alten Kollegen Manfred Lindemann, stellvertretender Leiter der Mordkommission, genau in dem Moment erwischen musste, in dem er seinen Kaffee trank und einen Blick in den *Morgenkurier* warf. Dann und nur dann war Lindemann ein Mensch. Danach würde er wieder zu dem immer gestressten Bulldozer, der zu viel um die Ohren hatte, um mit Pfeiffer zu sprechen. Der Druck hatte Lindemann über die Jahre nicht gutgetan. Schon damals, im Raubdezernat, hatte Lindemann einen ungesund roten Kopf bekommen, sobald es hektisch wurde. Und schon damals war er für seine Wutausbrüche berühmt gewesen.

Pfeiffer nahm allerdings an, dass Lindemanns unleidliche Art weniger von gesundheitlichen Problemen herrührte, sondern einen ganz anderen Grund hatte: Bis vor fünf Jahren leitete Lindemann als Erster Kriminalhauptkommissar die Dienststelle Raub im Präsidium, dann löste man die Abteilung auf. Es gab für Gangster mittlerweile lukrativere Möglichkeiten, an Geld zu kommen, als Banken oder Juweliere zu überfallen. Und so wurde Lindemann Stellvertreter eines sehr viel jüngeren Kollegen, der als Kriminaloberrat seine Karriere noch vor sich hatte, während die von Lindemann bereits an ihrem Endpunkt war.

Drei nach neun stieg Pfeiffer die Stufen zum Präsidium in Alsterdorf hoch. Er trat in die Vorhalle, sah sich kurz um.

Menschen in Uniform strömten rein und raus, vorbei an einer Glasvitrine mit historischen Polizeimützen. Zu seiner Linken lag, ein wenig erhöht, der Empfangstresen.

»Mensch, der Pfeiffer! Was machst du denn hier?«

Pfeiffer hatte Heiner hinter dem elegant geschwungenen Tresen nicht gleich erkannt. Der Mann knöpfte seine Uniformjacke zu, so dass der Stoff gefährlich über dem ausladenden Bauch spannte. Mit kleinen Schritten kam er hinter dem Tresen vor. »Was macht das Rentnerleben, Pfeiffer?« Munter blickte Heiner mit seinen Schweinsäuglein an Pfeiffer rauf und runter. »Hast abgenommen. Meine Frau sagt ja immer, ich soll auch abnehmen. Aber ich frage dich: Warum? Sterben tun wir doch alle irgendwann, oder? Hab übrigens nur noch zwei Jahre, dann bin ich auch in Rente. Vielleicht fange ich dann mit dem Segeln an.«

Pfeiffer lächelte und überlegte, was er seinem Exkollegen Nettes sagen konnte. Nach all den Jahren müsste man doch vergeben können. Es fiel Pfeiffer unendlich schwer, all jenen zu verzeihen, die ihm vor vier Jahren das Leben zur Hölle gemacht hatten. Einer von ihnen war Heiner, die Klatschtante des Präsidiums. Er hatte damals sein Möglichstes getan, um Pfeiffers Tragödie jedem im Haus bekanntzumachen. Das Tuscheln und die spitzen Bemerkungen waren damals noch auszuhalten gewesen, aber niemand hätte die eigene Karriere gefährden wollen, indem er zu Pfeiffer stand. Rückgrat zeigen war für viele Menschen nicht so die Sache. Und Beamte waren ja schließlich Menschen, irgendwie.

»Habe viel um die Ohren, Heiner. Keine Zeit, Fett anzusetzen. Ist Manfred oben?«

Das Lächeln des ehemaligen Kollegen, der offensichtlich einen kleinen Plausch erwartet hatte, verschwand. Stumm wies Heiner durch die Sicherheitsschranke. »Ich muss dir einen Besucherausweis ausstellen, Ewald. Vorschrift.«

Heiner ging in einen gesicherten Raum, von dem aus die gepanzerten Glastüren zum Inneren des Präsidiums geöffnet werden konnten. Eine schmale Tür glitt vor Pfeiffer zur Seite, und er trat in die dahinterliegende Schleuse.

Dort erwartete ihn nun Heiner geschäftig auf der anderen Seite des Panzerglases und forderte ihn über ein Mikrofon auf, seinen Personalausweis in die Lade vor sich zu legen.

»Muss das sein, Heiner? Kennst mich doch.«

»Vorschrift.« Heiner war mucksch, und Pfeiffer verfluchte sich dafür, dass er sich manchmal so schwertat, über seinen Schatten zu springen. Unnachgiebig und nachtragend war er. Seufzend holte er seinen Personalausweis raus und legte ihn in die Lade. Heiner füllte einen kleinen Zettel aus, den er Pfeiffer samt Besucherausweis zurückreichte. »Klipp dir den Ausweis gut sichtbar an. Wenn du rauskommst, Zettel und Ausweis bei mir abgeben.«

Pfeiffer nickte. »Anmelden musst du mich oben nicht. Ich fahre gleich hoch.«

Heiner brummte irgendetwas.

Pfeiffer verließ die Schleuse auf der anderen Seite und bog rechts ab zum Fahrstuhl. Dann fuhr er in den dritten Stock.

Schon als er den Flur betrat, hatte Pfeiffer diesen gewissen Geruch in seiner Nase. Es war wie früher: eine Mischung aus Fensterputzmittel und Lederpolitur, abgestandenem Blumenwasser und Schweiß. Pfeiffer lächelte über sich selbst, denn eigentlich konnte das nicht sein. Hier war alles ordentlich und sauber. Hier schwitzte keiner, und richtige Blumen gab es schon gar nicht.

Eine Gruppe junger Beamter kam ihm entgegen. Offenbar waren sie auf dem Weg zu einem Einsatz. Sie prüften ihre Holster, schlossen die Jacken und wirkten angespannt. Einer machte einen derben Witz, und die anderen lachten.

So hatten sie es früher auch gemacht.

Die Polizisten würden nun den Fahrstuhl in die Tiefgarage nehmen, die eigentlich keine richtige Tiefgarage war, sondern eher ein Carport unter einem fünfstöckigen Bürobau. Sie würden in ihre Dienstwagen steigen und losfahren.

Als Pfeiffer an der Gruppe der Männer vorüberging, suchte er unter ihnen ein bekanntes Gesicht, doch er musste passen.

Die Männer wirkten erschreckend jung. Pfeiffer blickte ihnen noch nach, als sich die Fahrstuhltür schon hinter ihnen geschlossen hatte. Es fühlte sich an, als käme er nach Hause. Warum auch nicht? Er hatte viele Jahre seines Lebens im Präsidium verbracht. Erst im alten Präsidium am Berliner Tor und dann, es musste nach der Jahrtausendwende gewesen sein, in dem schicken sternförmigen Gebäude in Alsterdorf. Da gab es neue Möbel, neue Computer und moderne Aktenschränke, aber den besonderen Geruch, den hatten sie bei dem Umzug irgendwie mitgenommen. Jedes Büro hatte damals sein eigenes Aroma. Mal stand mehr alter Kaffee in der Luft, mal mehr Aftershave, je nachdem wem das Büro gehörte.

Pfeiffer war einer von Lindemanns Leuten in der Dienststelle Raub gewesen. Dass man ihn mit dem Fall des vierfachen Bankraubs von Willi Böttcher betraut hatte, empfand er damals als Auszeichnung. Die Freude darüber hatte sich dann aber recht schnell gelegt. Spätestens als er erkannte, dass vierzig Jahre gemeinsamer Dienst Menschen noch lange nicht zu Freunden machte. Aber, sei's drum.

Pfeiffer bemerkte den an einigen Stellen ausgetretenen Bodenbelag unter seinen Füßen. Er ging den Gang entlang und suchte KHK Lindemanns Büro.

»Herein«, hörte er Lindemanns dröhnende Stimme, nachdem er an die Tür geklopft hatte.

Lindemann blickte von seiner Zeitung auf, zögerte kurz, erkannte ihn dann und sprang auf. »Mensch, Pfeiffer! Das ist ja 'n Ding! Was machst du denn hier?« Er kam um den Schreibtisch herum und schlug ihn mit seiner Pranke schwer auf die Schulter.

»Dachte, ich komme mal vorbei und sage hallo.« Pfeiffer versuchte ein Lächeln, doch es misslang. Man hatte ihm damals gesteckt, dass Lindemann die undichte Stelle zur Presse gewesen war, dank deren für Pfeiffer die Hölle losbrach.

»Kaffee?«

Pfeiffer nickte. Er setzte sich auf den Stuhl vor dem mit Aktendeckeln und Papieren übersäten Schreibtisch, ganz oben lag der *Hamburger Morgenkurier*. Eigentlich war Pfeiffer der Kaffee im Präsidium zuwider. Der stand immer viel zu lange auf der Warmhalteplatte und dünstete ein widerliches Aroma aus. Da sah er, wie Lindemann zu einer kleinen Maschine ging, einen Knopf drückte und einen Becher unter den Auslauf hielt. Pfeiffer nickte anerkennend. Hier schien sich einiges geändert zu haben.

Lindemann drückte Pfeiffer einen halbvollen Becher in die Hand. Dann füllte er seinen eigenen FC-St.-Pauli-Becher und ließ sich in den Chefsessel auf der anderen Seite des Schreibtisches fallen. »Und? Wie ist das Rentnerdasein so? Hobbys?«

Was sollte Pfeiffer sagen? Dass er stundenlang aus dem Fenster sah und wartete, bis es Zeit war, das Mittagessen zu kochen? Oder dass er manchmal in die Kantine beim alten Präsidium am Berliner Tor ging, wenn er mal unter Menschen wollte? Oder sollte er zugeben, dass er die Zeitungen in der Stadtteilbücherei las und die Artikel über Mord und Raub herauskopierte, um sie zu Hause in Ordner abzuheften? In letzter Zeit überlegte er, ob er sich ein kleines Häuschen mit Garten außerhalb der Stadt kaufen sollte. »Du weißt, wie das ist, Manfred. Als Rentner hat man einfach keine Zeit.«

»Kann ich mir vorstellen. Bin ja selber auch irgendwann dran. Freue mich drauf. Meine Frau, glaube ich, freut sich da weniger.« Lindemann lachte dröhnend. Doch dann wurde er plötzlich ernst. »'tschuldige. Hatte vergessen.«

Pfeiffer wehrte ab. »Schon in Ordnung. Ist fast fünf Jahre her.« Genau gesagt: vier Jahre, neun Monate und elf Tage. Vielleicht wäre sein Leben heute anders, wenn seine Maria noch leben würde. Aber wenn er es recht überlegte, war er schon lange vor ihrem Tod Witwer gewesen. Diese verdammte Krankheit hatte seiner Frau erst die Erinnerungen und dann ihre Seele geraubt. Bis zum Schluss hatte sie sich tapfer gegen das Vergessen und den Verfall gewehrt. Pfeiffer räusperte sich.

»Was kann ich für dich tun, Pfeiffer?« Lindemann blickte auf seine Armbanduhr. »Willst du deine Sachen abholen?«

Pfeiffer überlegte. »Nein, eigentlich nicht. Bin ohne Auto hier«, log er. Er hatte zwei Umzugskartons mit allerhand Sachen hiergelassen, die bestimmt irgendwo im Präsidium vor sich hin gammelten. Er hatte sie immer wieder abholen wollen, es jedoch nie getan. Sie waren sein letzter Grund, noch einmal hierherzukommen, mit den Kollegen zu sprechen und den alten Zeiten nachzuhängen.

»Vielleicht später«, murmelte er.

Lindemann nickte. »Müssen aber bald raus. Können nicht allen Alten erlauben, ihren Hausrat hierzulassen.« Pfeiffer nickte und schwieg. »Also? Was treibt dich her, Ewald?«

»Der Fall Böttcher.«

Lindemann rollte mit den Augen. »Pfeiffer! Lass den Fall ruhen. Die Sache ist erledigt. Geld futsch, Verdächtiger tot – dummgelaufen. Kann jedem passieren. Mach Schluss damit, Ewald.«

»Nein, Manfred. Die Sache ist noch nicht ausgestanden.« Pfeiffer ging zum Fenster. Unten sah er den Bahnhof Alsterdorf, wo gerade die U1 Richtung Fuhlsbüttel losfuhr. »Ich weiß, dass du jetzt im Morddezernat arbeitest, aber ich habe einen neuen Anhaltspunkt, den die Kollegen überprüfen sollten.«

Lindemann drehte sich auf dem Stuhl zu ihm um. »Was redest du da für einen Unsinn?«

Er sah Lindemann an. »Ich habe die Witwe von Willi Böttcher gefunden. Und rate mal, wie die jetzt lebt.« Lindemann antwortete nicht. »In einer dieser teuren Seniorenresidenzen wohnt sie. An der Elbchaussee. Und das mit der Rente einer Schlachtereiverkäuferin. Da stimmt doch was nicht.«

»Vielleicht hat sie geerbt.« Lindemann begann seine Zeitung zusammenzufalten.

Pfeiffer schüttelte den Kopf. »Es heißt, sie hätte im Lotto gewonnen.«

Lindemann goss den Rest Kaffee aus seinem FC-St.-Pauli-Becher die Kehle hinunter. »Na, siehst du. Lottogewinn.

Dann ist doch alles in Ordnung. Weißt du, Ewald, manchmal muss man eine Schlappe einstecken können.«

Pfeiffer baute sich vor seinem Exkollegen auf. »Ich brauche Informationen über Elisabeth Böttcher. Stimmt es, dass sie im Lotto gewonnen hat? Was hat sie die letzten Jahre getan? Irgendwelche Auffälligkeiten in ihrem Umfeld?«

»Zum Beispiel Banküberfälle überall dort, wo sie spazieren geht?« Lindemann schnaufte verächtlich. »Die Sache damals war peinlich. Nicht nur für dich, auch für uns. Rühr nicht mehr dran, Ewald.«

Da ließ Pfeiffer seine Faust auf die einzige aktenfreie Ecke des Tisches knallen. »Ich bin mir sicher, dass das Geld noch da ist, Manfred! Und diese Böttcher steckt hinter alldem.«

Lindemann sprang auf, kniff die Augen gefährlich zusammen und zischte ihm ins Gesicht: »Das hier ist mein Schreibtisch, Pfeiffer! Und wenn hier einer mit der Faust draufhaut, dann ich!« Die zweite Faust sauste auf den Tisch. St. Pauli hüpfte ein wenig.

Pfeiffer wusste, dass er zu weit gegangen war. Das war seiner Sache nicht dienlich. Beschwichtigend hob er die Hände und machte einen Schritt zurück. »Okay, okay! Kommt nicht wieder vor, Manfred. 'tschuldige. Es ist nur … wenn ich recht hätte, könnten wir den Fall endlich abschließen. Deshalb möchte ich noch einmal die Akten sehen.«

»Spinnst du, Pfeiffer? Drehst du jetzt völlig durch? Ich kann dir doch keine Akteneinsicht geben!«

»In Ordnung, dann wenigstens ein paar Informationen über Elisabeth Böttcher. Und über ihre Tochter Andrea.«

Der stellvertretende Leiter der Mordkommission stemmte sich auf die Kante seines Schreibtisches und beugte sich vor. »Geht nicht, Pfeiffer. Das weißt du! Und jetzt habe ich zu tun. Raus!«

Pfeiffer blickte ihn lange an. »Du schuldest mir noch was, Lindemann«, sagte er dann leise. Er nahm einen Kugelschreiber vom Tisch, und während er etwas auf einen dieser gelben Klebezettel schrieb, sagte er: »Du hast damals deinem Schwiegersohn von der Sache erzählt. Ist der eigentlich noch beim *Morgenkurier*?« Er reichte Lindemann den Zettel. »Hier, meine Telefonnummer. Da hängt ein Fax dran. Alles, was ihr über Elisabeth Böttcher finden könnt, will ich haben.«

»Und wenn nicht?« Lindemanns Augen wurden immer kleiner. Gefährlich klein. Er erinnerte Pfeiffer an einen Bullterrier kurz vorm Zuschnappen.

»Wenn nicht, dann halte ich einen kleinen Plausch mit Heiner unten am Empfang. Wir werden uns über die guten alten Zeiten unterhalten und deine hervorragenden Kontakte zur Presse.« Zufrieden bemerkte er, dass Lindemann schluckte. »Zwing mich nicht, das zu tun, Manfred. Dann kannst du hier nämlich einpacken.«

Als Pfeiffer die Bürotür hinter sich schloss, atmete er tief ein. Mist, er hatte einem Kollegen gedroht, ihn sogar erpresst. So etwas hätte er früher niemals getan. Was war nur mit ihm in den letzten Jahren passiert?

16

Mareike schob den zerknitterten Abholzettel über den Tresen in der Reinigung im Eidelstedt Center. Sie bemühte sich um ein gelassenes Lächeln. »Guten Tag. Ich soll das hier abholen.«

Wortlos ergriff die kleine Frau mit der fahlen Raucherhaut und den schlechtgefärbten Haaren den Abschnitt. Dann verschwand sie im hinteren Teil des Ladens.

Mareike fragte sich, was sie eigentlich mit den Sachen machen sollte, wenn sie noch da waren und man sie ihr aushändigte. Interessiert war sie nur an der Adresse des Mistkerls oder wenigstens an seinem Namen. Mit Männerklamotten konnte sie nichts anfangen.

Während sie noch grübelte, kam die Frau mit einem Bügel samt dunkelblauem Anzug in einer Klarsichthülle zurück. Sie knallte das Kleidungsstück auf den Tresen und verschränkte die Arme vor der Brust. »Und? Gibt es Beanstandungen?«, fauchte sie Mareike an.

Verwirrt blickte Mareike die Frau an, die schweigend zurückstarrte.

Verunsichert sagte Mareike auf, was sie sich vorher zurechtgelegt hatte. »Ich, ähm, war gerade in der Gegend. Dachte mir, ich bringe meinem neuen Nachbarn den Anzug mit.« Sie lächelte zaghaft, was bei der Frau auf der anderen Seite des Tresens jedoch keine Wirkung zeigte.

»Und? Hat der Herr mal wieder etwas zu nörgeln?«

Mareike stockte. »Der Anzug war schon einmal hier?«

»Einmal?« Die Frau stützte ihre rissigen Hände in die Hüften. »Dreimal! Und jedes Mal hat er einen neuen Fleck entdeckt. Wissen Sie, ich lasse mich doch nicht verarschen. Der hat den Anzug angezogen, ist damit umherstolziert und hat ihn dann am nächsten Tag zurückgebracht. Angeblich weil er noch einen Fleck gefunden hat, den wir nicht rausgekriegt haben. Aber ich sage Ihnen, das war jedes Mal ein anderer Fleck.« Sie schüttelte den Finger vor Mareikes Gesicht. »Solche Leute kenne ich. Beschweren sich, damit sie nicht zahlen müssen. Betrug ist das!«

Mareike nickte. Es ging also um Geld. Vielleicht konnte sie sich die Frau gewogener machen, wenn sie die Reinigung des Anzugs bezahlte. »Wie viel kostet so etwas denn?«

»Siebzehnneunzig.«

Aufmerksam beobachtete die Frau, wie Mareike in die Seitentasche ihres Wollmantels griff.

Mareike legte den Zwanzig-Euro-Schein auf den Tresen, den sie heute Morgen eilig eingesteckt hatte, weil sie noch einkaufen musste. »Stimmt so.«

Die Frau warf einen kurzen Blick auf den Schein. Dann entspannten sich die beiden Falten zwischen ihren Augen, und die Mundwinkel zogen sich ein klitzekleines bisschen nach oben. »Na ja«, sagte sie, »wenn Sie meinen.«

Bevor der Schein in der Kitteltasche der Frau verschwand, konnte Mareike noch die beiden Zahlen in der einen Ecke des Scheins erkennen. Eine Fünf und eine Null! Mist.

Mareike wurde flau im Magen. So dicke hatte sie es nun wirklich nicht, jetzt, wo sie arbeitslos war. Aber zurückverlangen konnte sie den Fünfziger auch schlecht.

Zumindest lächelte die Frau Mareike jetzt an. »Hat der Herr Dreck am Stecken?«, wollte sie genüsslich wissen. »Ich meine, passen würde es irgendwie.«

Mareike räusperte sich. »Ich muss den Mann finden.«

Die Frau grinste. »Ich denke, er ist Ihr Nachbar?«

Mareike schüttelte den Kopf. Das mit der Lüge hatte nicht geklappt. Dank des Fünfzigers wollte sie es nun mit der Wahrheit versuchen. »Wissen Sie, wo er wohnt?«

Die Frau schüttelte den Kopf.

»Wie er heißt?«

Wieder ein Kopfschütteln.

»Haben Sie den Mann in der Gegend schon einmal gesehen?«

»Nee, komme aus Steilshoop.«

Mareike atmete tief durch. Die Sache war schwieriger, als sie gedacht hatte. »Können Sie mir den Mann beschreiben?«

»Nee.«

Am liebsten hätte Mareike jetzt geweint. Fünfzig Euro futsch und kein Ergebnis. Sie ließ die Schultern hängen. Ich bin für diese Art von Arbeit einfach nicht geschaffen, schoss es ihr durch den Kopf.

»Schade.« Seufzend drehte sie sich um und wollte gerade gehen.

»Warum fragen Sie mich nicht, ob ich jemanden kenne, der ihn kennt?«, wollte die Frau wissen.

Mareike fuhr herum. »Kennen Sie jemanden, der ihn kennt?«

Die Frau nickte.

»Onscheliek!«, schrie sie nach hinten. »Komm ma her.«

Ein pummeliges Mädchen um die achtzehn kam im

bauchfreien T-Shirt um die Ecke. Etwas dumpf blickte sie Mareike an.

»Onscheliek, der Kunde, der uns den Anzug hier gegeben hat«, sie nickte zu der Plastiktüte mit dem blauen Anzug hinüber, »der hat doch mal Ärger gemacht wegen einem Brief oder so.«

Angélique, die eher wie eine Berta aussah, als dass sie einer legendären Schönheit aus der französischen Literatur geglichen hätte, nickte. »Ja und?« Sie verschränkte die Arme vor dem hochgepushten Busen.

Die Frau lupfte den Fünfziger ein wenig aus ihrer Kitteltasche hervor, so dass das Mädchen ihn sehen konnte. »Kriegst was ab. Also?«

Angélique grinste, wobei ein Piercing zwischen ihren schiefen Vorderzähnen aufblitzte. »Das war vor ’nem Monat oder so. Da hab ich in der Innentasche von der Jacke ’nen Briefumschlag gefunden. Ich musst ihn rausnehmen. Klar. Konnt den Anzug sonst ja nich saubermachn.« Sie machte eine kurze Pause. Offenbar erschöpften sie lange Sätze. »Statt danke zu sagen, hat der Typ mich angemeckert. Briefgeheimnis und so. Dabei hab ich überhaupt nich in den Umschlag geguckt! So eine bin ich nämlich nich.«

Aufmerksam hörte Mareike zu. »An wen war der Brief adressiert?«, wollte sie wissen. Das Mädel knabberte an einem ihrer aufgeklebten pinkfarbenen Fingernägel und überlegte.

»Nu sach schon«, forderte die Kollegin ungeduldig.

Dann fiel es dem Mädchen wieder ein. »Martin Müller, Pflugacker siebzehn. Der Brief kam von ’ne Polizei.« Ein vielsagendes Grinsen huschte über ihr rundes Gesicht. »Viel zu schnell isser gefahren. Hundertzwanzig Euro und drei Punkte. Mieses Foto.«

Als Mareike kurz darauf vor die Tür der Reinigung trat, war sie froh, dass Ongeschliek doch »so eine« war. Dank ihr konnte dieser Tag noch ein guter werden.

17

Lizzi stand am Fenster des Büros von Frau Alberding-Wischenberg, die sie seit fast einer halben Stunde warten ließ. Sie blickte hinaus in den Park. Unter blauem, fast wolkenlosem Himmel standen die Eichen im hinteren Teil des Parks in zartem Grün. Über dem zum Fluss hin sanft abfallenden Rasen knatterte einer der Gärtner mit einem Aufsitzrasenmäher. Tulpen und Narzissen blühten üppig in den Beeten entlang der Spazierwege, auf denen hier und da einige Bewohner flanierten. Ein Stück entfernt, zu ihrer Linken, entdeckte Lizzi jemanden, den sie kürzlich zum ersten Mal gesehen hatte. Es war Jens Jessen. Der ehemalige Vorstandsvorsitzende saß in seinem Rollstuhl nahe der Mauer unter einem prächtigen Ahorn im Schatten. Über seinen Beinen lag die karierte Decke. Auch heute trug er eine Sonnenbrille samt tief in die Stirn gezogenem Hut. Der volle graue Bart war mittlerweile ordentlich gestutzt. Er wirkte wie ein alter Seebär, der nur ein kleines Nickerchen hielt.

Die Frau an seiner Seite las ihm aus einem Buch vor. Trotz der Entfernung konnte Lizzi erkennen, wie sich ihre Lippen bewegten.

Zufrieden stellte Lizzi ein weiteres Mal fest, dass ihre Augen in allerbester Verfassung waren. Doch Fähigkeiten dieser Art waren unnütz, wenn sie ihr nicht halfen hierzubleiben. Die Residenz war in den letzten Jahren ihr Zuhause geworden. Ihr erstes richtiges Zuhause. Dabei ging es ihr weniger um die Annehmlichkeiten im Haus, die gewiss nicht von der Hand zu weisen waren. Nein, zum ersten Mal in ihrem Leben hatte Lizzi keine Alpträume mehr. Früher ließen ihre Sorgen sie kaum schlafen, weil sie nie wusste, ob sie die Miete und das Essen bezahlen konnten. Ihre Tochter hatte sich neulich nicht ganz zu Unrecht darüber beschwert, dass sie jahrelang nur gestopfte und gebrauchte Kleider anderer Leute auftragen musste. Es war Lizzi damals kaum möglich gewesen, das Geld so schnell wieder hereinzubekommen, wie Willi es für seine großartigen Ideen ausgab.

Als sie noch jung war, wollte Lizzi ans Theater gehen. Nicht auf die Bühne, nein, dafür war sie zu schüchtern gewesen. Sie hätte lieber als Souffleuse arbeiten wollen. Da wäre sie Teil des Ensembles, ohne dass es jemand bemerkt hätte. Aber dann kam Willi, der gutaussehende, lebenslustige Willi, der ihr Tango beibrachte und ihr einen Rosengarten versprach. Am Ende aber brachte er nur die Dornen in ihr Leben.

Lizzi seufzte. Nach seinem Tod hatte sie sich endlich aufgemacht, ihre innere Ruhe zu finden. Und in der Residenz hatte sie sie gefunden. Mit siebzig. Sie hatte angefangen, darüber nachzudenken, was sie mit ihren wenigen noch verbleibenden Jahren anfangen wollte. Viele schöne Sommerspaziergänge an der Elbe wollte sie machen, Freunde finden, mit denen sie ins Café gehen konnte, ein paar kluge Gedanken mit klugen Leuten austauschen, um damit die kleinen grauen Zellen in ihrem Kopf vor dem Absterben zu bewahren, und Günther Jauch im Fernsehen schauen. Sie fand, dass das für einen Lebensabend nicht zu viel verlangt war. Als kleine Extravaganz hatte sie bei der Universität angefragt, ob auch ältere Leute bei der hauseigenen Shakespeare-Theatertruppe mitmachen durften. Man hatte ihr gesagt, dass so etwas unüblich sei, doch da man gerade eine der Hexen für *Macbeth* neu zu besetzen habe, könne sie ruhig mal vorbeischauen. Danach hatte sie gelegentlich mit den jungen Leuten in einer Altonaer Fabrikhalle gespielt. Glücklicherweise sprach Lizzi kaum Englisch, so dass man ihr nur kleinere Nebenrollen ohne Text gab. Doch seit die Truppe den Regisseur gewechselt hatte und die Inszenierungen für Lizzis Geschmack ein wenig zu modern geworden waren, hatte sie sich zurückgezogen. Stattdessen begann sie eine Brieffreundschaft mit einem Historiker, der sich in einem Zeitungsartikel bitterlich darüber beklagt hatte, dass niemand mehr Briefe schreibe. Lizzi stimmte ihm aus vollem Herzen zu. Seither korrespondierten sie auf die alte Art mit Hilfe von Füller, Papier und Briefmarken. Auch sonst probierte Lizzi aus, was das Leben für sie noch in petto hatte. Sie wollte bestimmt keine Berge erklimmen, als Politikerin Karriere machen oder einen Bestseller schreiben, nein, sie wollte den Rest des Weges in ihrem eigenen Tempo gehen. Sie hatte nur bedauert, dass sie niemanden fand, der mit ihr noch einen letzten Tango tanzen konnte.

Doch jetzt war auf einen Schlag alles anders geworden.

Sie seufzte. Musste das Schicksal sie schon wieder so hart strafen? Sie dachte an den Kampf, die Ängste und die schlaflosen Nächte, die nun wieder in ihr Leben treten würden.

Lizzi schloss die Augen. Sie fühlte sich, als müsse sie zu einer Wurzelbehandlung beim Zahnarzt.

Doch aufgeben war nicht ihre Sache. Wenn es nicht anders ging, würde sie sich von der Wischenberg demütigen lassen, ja sogar um Entschuldigung würde sie bitten. Sie würde freiwillig ihre Kopftücher wegwerfen, sich von Luigi eine alberne Altweiberdauerwelle verpassen lassen, mit adrettem Kostüm und Perlenkette im Foyer auf und ab flanieren, wenn sie nur bleiben durfte! Lizzi war zu fast allem entschlossen.

Da wurde die Tür hinter ihr aufgestoßen. Die Leiterin der Residenz rauschte herein. »Ah, da sind Sie ja endlich, Frau Böttcher«, fuhr Frau Alberding-Wischenberg sie an, als hätte sie und nicht Lizzi so lange warten müssen.

Die Frau setzte sich hinter ihren großen Schreibtisch aus schwarzem Glas und presste die Fingerspitzen aneinander, wobei sie Lizzi streng musterte.

Hinter ihr hing ein großes gerahmtes Foto an der Wand. Es zeigte die neue Geschäftsführerin der Residenz mit den festlich gekleideten Senioren bei einem Empfang im Juni vergangenen Jahres. Man posierte vor der Jugendstilfassade der Residenz. Frau Alberding-Wischenberg, mit hochgestecktem Haar und dunkelblauem Kostüm, hatte der Fotograf in der Mitte platziert. Sie überragte die Bewohner des Hauses um einen Kopf. Neben ihr stand Doktor Hoffstätter, wie immer braungebrannt und mit gönnerhafter Miene. Alle hielten ein Sektglas in Händen, lächelten in die Kamera und ignorierten die dräuenden Wolken über ihren Köpfen. Diese waren offenbar den Retuschekünsten des Fotografen zum Opfer gefallen, denn der Himmel auf dem Bild strahlte in einem unnatürlichen Italienischblau. Und so wirkte die alte Frau am linken Rand ein wenig fehl am Platz, denn sie trug ein Kopftuch und einen Regenmantel, dessen Kragen sie hochgeklappt hatte. Auf dem Foto konnte man nicht sehen, dass kurz nach dem Klicken der Kamera der Himmel seine Schotten erbarmungslos öffnete. Klatschnass waren sie alle geworden. Bis auf Lizzi, die ihren Schirm dabeihatte.

»Wir sind uns sicher darüber im Klaren«, riss Frau Alberding-Wischenbergs Stimme Lizzi aus ihren Gedanken, »dass hier etwas im Argen liegt.«

Lizzi schwieg.

»Unsere Residenz muss sich den neuen Zeiten anpassen.« Die Frau lächelte Lizzi süßsauer an. »Das Konzept des Hauses hat sich, wie Sie sicherlich bereits wissen, verändert, Frau Böttcher«, fuhr sie fort. »Künftig sollen in unserem Hause nur noch Persönlichkeiten residieren, die ausschließlich auf Empfehlung als Mieter in Erwägung gezogen werden. Die Auswahlkriterien werden auf höchstem Niveau sein, und die Kandidaten müssen eine tadellose Reputation vorweisen können.« Sie lehnte sich zurück. »Eine Art exklusiver Club für Senioren mit Wohnmöglichkeit.« Sie lächelte falsch. »Und Sie, Frau Böttcher, passen in dieses Konzept leider nicht hinein.«

»Leider?«, wiederholte Lizzi leise. Sie spürte, wie die Wut in ihr hochstieg.

»Wir werden künftig Persönlichkeiten im Haus haben, die eine ungestörte Privatsphäre erwarten. Absolute Diskretion wird das Credo des Hauses sein.«

»Ah, verstehe. Und ich nehme an, Herr Jessen ist Ihr erster Kandidat für das – neue Konzept.«

Sofort verschwand Frau Alberding-Wischenbergs Lächeln aus dem perfekt geschminkten Gesicht. »Woher kennen Sie den Namen?«

»Jeder im Haus weiß, dass der ehemalige Vorstandsvorsitzende der Hansebank hier ist«, log Lizzi, aber sie konnte nicht anders. Sie musste die Frau einfach triezen. »Und schwer dement soll er ja auch sein. Ich wusste gar nicht, dass wir jetzt ein Pflegeheim sind. Normalerweise geben Sie die Schwerkranken doch an eine dieser Sterbeeinrichtungen ab.«

»Das sind keine Sterbeeinrichtungen, Frau Böttcher, sondern spezielle Sanatorien mit bestgeschultem Palliativpersonal. Unser neues Konzept sieht vor, dass auch wir künftig in der Lage sein werden, Pflegefälle der Stufe drei zu betreuen.«

»Der Bau wird teuer, vermute ich.«

»Drei Millionen Euro«, bestätigte die Geschäftsführerin nicht ohne Stolz. »Es gibt ernstzunehmende Verhandlungen mit einer internationalen Investorengruppe.« Sie schwieg bedeutungsvoll. »Ich muss Sie daher bitten, das Haus zu verlassen.«

Lizzi schluckte. »Warum?«

»Nun, aus zwei Gründen, meine liebe Frau Böttcher. Erstens entspricht Ihr Auftreten in keiner Hinsicht dem Niveau des Hauses. Und zweitens gab es mehrfach Beschwerden hinsichtlich Ihres Benehmens und Lärms aus Ihrem Appartement. Ungebührliches Verhalten ist für sich genommen schon ein Kündigungsgrund in der Residenz Hanseatica, das sollten Sie wissen. Allein in den letzten zwölf Monaten kam es zu elf Beschwerden über Sie.«

»Interessanterweise, meine liebe Frau Alberding-Wischenberg, gab es in den Jahren zuvor nie Beschwerden. Erst seit Sie die Leitung übernommen haben.« Lizzi beugte sich vor. »Woran mag das wohl liegen?« Doch schon als sie die Worte aussprach, wusste sie, dass sie einen Fehler begangen hatte. Demut lag ihr einfach nicht.

Grinsend lehnte sich die Frau in ihrem Chefsessel zurück. »Und drittens habe ich erfahren, dass sich Ihre finanzielle Situation drastisch geändert hat.«

Lizzis Augen wurden groß. »Woher …?«

»Das tut nichts zur Sache. Wichtig ist nur, dass dem wohl so ist. Oder können Sie zweifelsfrei nachweisen, dass Sie die Miete in unserer Residenz auch weiterhin zahlen können?«

Lizzi wurde schwindelig. Schwer ließ sie sich auf den Stuhl vor dem Schreibtisch fallen. Irgendwie hatte sie gehofft, ihre Pleite noch länger geheim halten zu können.

»Sicherlich haben Sie Kontoauszüge, die den Vorwurf entkräften können.« Sie blickte Lizzi scharf an. »Oder?«

Lizzi schwieg. Wer hatte sie verraten? Nur Mareike wusste von der Sache. Lizzi verkrallte ihre Finger. Na, der würde sie was erzählen!

»Mit Ihrer Unterschrift im Mietvertrag akzeptierten Sie die allgemeinen Geschäftsbedingungen des Hauses. Darin steht, dass die Solvenz unserer Mieter zu jedem Zeitpunkt und auf Wunsch der Geschäftsleitung unzweifelhaft nachzuweisen ist. Können Sie diesen Nachweis erbringen?« Mit zusammengepresstem Mund starrte Lizzi ihre faltigen Hände im Schoß an, deren Knochen unter der altersfleckigen Haut weiß hervortraten. »Haben Sie Bürgen, Frau Böttcher? Vielleicht Ihre Tochter?«

Lizzi schüttelte den Kopf. Dann murmelte sie in einem letzten erbärmlichen Versuch, ihr Zuhause zu retten: »Ich könnte in der Residenz für meine Miete arbeiten. Kann auch ganz passabel kochen.«

Frau Alberding-Wischenberg grinste zufrieden. Dann holte sie aus einer schwarzen Ledermappe einen Briefumschlag heraus. Sie schob ihn zu Lizzi hinüber. »Das dachte ich mir. Sie haben achtundvierzig Stunden, nachzuweisen, dass Sie in der Lage sind, Ihren weiteren Aufenthalt in diesem Haus zu finanzieren. Sollte Ihnen das nicht möglich sein, werden Sie uns verlassen müssen. Es tut mir leid.«

»Leid? Oh, natürlich.« Langsam erhob sich Lizzi. Ihre Beine trugen sie ganz ohne ihr Zutun zur Tür.

»Sie haben Ihre Kündigung vergessen!«, rief Frau Alberding-Wischenberg ihr nach und hielt den Umschlag hoch. Lizzi schüttelte den Kopf.

»Nein. Ich habe noch zwei Tage.«

18

Mareike wartete bereits im Wagen vor der Residenz.

»Ist wohl nicht so gut gelaufen, was?«, fragte sie, nachdem Lizzi sich angeschnallt hatte und wortlos auf die Auffahrt starrte. Als sie nicht antwortete, fuhr Mareike los. Sie erzählte von den Neuigkeiten, die sie in der Reinigung erfahren hatte. »Der Mistkerl wohnt Pflugacker siebzehn d.«

Lizzi sagte nichts, knetete nur ihre Handtasche.

»Ich schlage vor, wir fahren jetzt zu der Adresse und sehen nach, ob der Typ noch da ist.« Lizzis Unterkiefer mahlte hin und her.

»Wie lief denn das Gespräch mit Frau Alberding-Wischenberg nun?«

Lizzi schwieg.

»Ach, Frau Böttcher. Nun lassen Sie doch den Kopf nicht hängen. Vielleicht haben Sie heute Abend schon Ihr Geld zurück und dann …«

Da fuhr Lizzi herum. »Hast du es dieser Person gesagt?«

Erschrocken blickte Mareike sie an. »Was soll ich wem gesagt haben?«

Gepresst kamen die Worte aus Lizzis Mund. »Der Wischenberg! Hast du ihr gesagt, dass ich pleite bin?« Lizzi starrte sie wütend an.

»Nein!«, rief Mareike. »Wann hätte ich das denn tun sollen? Die Frau hat mich entlassen. Seitdem habe ich sie nicht mehr gesehen.«

Lizzi überlegte. »Stimmt, aber wenn du es nicht warst, wer dann? Uhlendorf, die alte Petze?«

»Das hätte jeder sein können, der sein Fenster aufhatte. Erinnern Sie sich, wir standen auf dem Balkon, als Sie mir das mit dem Geld sagten.«

»Mist«, murmelte Lizzi. »Ich hatte gehofft, ich könnte noch länger bleiben. Drei Monate mindestens, wegen der Kündigungsfrist. Aber weil ich kein Geld mehr habe, schmeißt sie mich, so schnell es geht, raus. Ich habe achtundvierzig Stunden, um zu beweisen, dass ich nicht bankrott bin.«

Erschrocken blickte Mareike zu ihr rüber. »Mist.«

»Sag ich doch.«

Die beiden Frauen hingen ihren düsteren Gedanken nach, bis sie Eidelstedt erreicht hatten, ein Arbeiterviertel im Nordwesten der Stadt. Als der Wagen von der Elbgaustraße in die Holsteiner Chaussee rollte, hatte sich Lizzi einigermaßen gefangen.

»Das mit der Reinigung hast du gut gemacht, Kindchen. Sehr gut sogar«, lobte sie Mareike endlich, wobei sie auch ein wenig wiedergutmachen wollte. Sie hatte Mareike misstraut. Das war unfair gewesen. Lizzi setzte sich aufrechter hin. »Vielleicht hast du recht, und ich habe heute ein wenig mehr Glück als gestern.«

Bald schon hatten sie die enge Straße erreicht, an deren beiden Seiten typische Rotklinkermiethäuser aus den Fünfzigern mit je drei Etagen standen. Man hatte die Häuser in langen Reihen hintereinander angeordnet, getrennt durch fleckiges Rasengrün, mit gelegentlichem Baumbestand und vielen Müllcontainern. Die kleinen Balkons der Häuser waren mit Satellitenschüsseln zugepflastert. Hier und da sah man einen leeren Blumenkasten am Geländer baumeln.

»Fünfzehn a, b …« Lizzi zog sich am Griff über der Tür hoch, um besser sehen zu können. »Da!« Sie zeigte mit dem Finger auf eine Lücke zwischen den parkenden Autos. »Anhalten!«

Mareike parkte ihren roten Fiat.

Kurz darauf standen sie vor Nummer 17 d.

Ein Blick auf die Namensschilder verriet Lizzi, wo Martin Müller alias Kai wohnte. »Zweiter Stock«, krächzte sie und befahl: »Klingeln.«

Erstaunt blickte Mareike sie an. »Warum denn ich? Klingeln Sie doch selber.«

Lizzi beachtete sie nicht, sondern trat stattdessen einige Schritte zurück. Ihr Blick glitt an der Fassade des Hauses empor. Vor über sechzig Jahren waren diese Häuser der letzte Chic gewesen. Hier hätte Lizzi damals gern wohnen wollen. Die Wohnungen hatten sogar eigene Badezimmer gehabt. Nicht wie in ihrer alten Wohnung am Fischmarkt, wo sie sich bis in die Siebziger noch eine Gemeinschaftswanne auf dem Flur mit den Nachbarn hatte teilen müssen. Und heizen konnte man diese Nachkriegsbauten auch besser. Aufmerksam betrachtete sie die Balkons und die Gardinen an den Fenstern, während Mareike zum dritten Mal bei Müller klingelte.

Da sah Lizzi, wie sich eine der Gardinen im ersten Stockwerk bewegte. Vor dem Fenster stand eine üppig blühende rote Geranie.

»Sehr empfindliche Blumen. Muss man gut pflegen. Nicht zu viel und nicht zu wenig gießen«, murmelte Lizzi vor sich hin.

»Da ist keiner«, rief Mareike.

»G. Werner. Erster Stock. Klingeln.«

»Aha«, grummelte Mareike. »Und warum gerade dort?«

Lizzi kam zu Mareike zurück. »Weil Frau Werner sich langweilt und uns beobachtet. Ich bin mir sicher, sie würde gern ein Pläuschchen halten.«

»*Frau* Werner? Warum sollte es kein *Herr* Werner sein?«, wollte Mareike wissen.

»Wegen der Geranie, Kindchen.«

Mareike fragte nicht weiter. Kopfschüttelnd drückte sie den Knopf mit dem Namensschild *G. Werner*.

Kurz darauf ging der Summer der Tür. Ein strenger Geruch nach grüner Seife schlug ihnen entgegen, als sie in das Treppenhaus traten.

»Ich gehe allein, Mareike. Du wartest hier.«

Bevor Mareike widersprechen konnte, zog sich Lizzi am Treppengeländer Stufe für Stufe hoch. Erster Stock. Das war auch mit siebzig Jahren und hundert Kilo zu schaffen. Nur eben langsamer.

Während Mareike ihrem Schnaufen nachhorchte, öffnete sich oben eine Tür. Es dauerte lange, bis Lizzi angekommen war. Mareike hörte, wie sich Lizzi keuchend als Patentante von Martin Müller vorstellte. Sie fragte die Nachbarin, ob diese wohl wisse, wo ihr Neffe sei. Er hätte sie eigentlich vom Bahnhof abholen sollen. Gespannt lauschte Mareike der Lüge, die die Nachbarin natürlich glaubte. Sogleich beklagte sich die Frau über die unzuverlässige Jugend im Allgemeinen, obwohl der Herr Müller da ganz anders sei. Der sei nämlich ein ganz Netter. Wortreich bat sie Lizzi auf eine Tasse Kaffee herein.

Unfassbar, wie leichtgläubig Einsamkeit machen kann,

überlegte Mareike. Sie musste nun eine Zeitlang im Treppenhaus herumlungern, dabei las sie die Aushänge der Wohnungsbaugesellschaft, die ein Datum vom letzten Jahr trugen. Danach studierte sie die exotischen Namen an den Briefkästen. Was sie und Lizzi hier taten, war klassische Detektivarbeit, ob die alte Frau es nun wahrhaben wollte oder nicht. Auch wenn sie es leugnete, tat sie doch die Arbeit einer echten Detektivin. Mareike verstand nicht, warum Lizzi keine Detektei gründen wollte. Aber sie hoffte, dass, wenn Lizzi die Arbeit gefiel, sie es sich anders überlegen würde.

Schon sah Mareike die Detektei vor sich: das Messingschild mit Lizzis Namen darauf, ja vielleicht sogar mit ihrem eigenen Namen ganz klein darunter. Sie säße an einem Schreibtisch und nähme die Anrufe der Kunden an. Nannte man die Leute eigentlich Kunden oder Klienten? Egal. Sie sah sich des Nachts wie ein Schatten durch die Stadt huschen, um dubiose Gestalten zu verfolgen. Vielleicht würde sich dann sogar ihr mieses Verhältnis zu Mirko verbessern. War es für einen Pubertierenden nicht viel cooler, wenn er sagen konnte, seine Mutter sei Detektivin? Mit einer Mutter als Altenpflegerin konnte er bei den Kumpels bestimmt nicht punkten. Wer weiß, vielleicht könnten sie und Lizzi sogar Partner werden. Dann hätte sie endlich etwas Eigenes. Und das wäre besser als jedes Loriot'sche Jodeldiplom. Sie seufzte und schaute auf ihre Armbanduhr, wo sich der Zeiger nur langsam bewegte.

Detektive mussten Geduld haben, so viel wusste Mareike aus dem Fernsehen, aber dass das so langweilig sein konnte, hatte sie nicht erwartet. Mareike ging hinaus, setzte sich in den Wagen und machte das Radio an.

Endlich kam Lizzi aus dem Haus. Ihre Stirn lag in Falten, sie machte einen unzufriedenen Eindruck.

»Und? Wie war's?«, wollte Mareike wissen, als sich Lizzi auf den Beifahrersitz fallen ließ.

»Er war schon da!«, platzte es aus Lizzi heraus. »Gleich nachdem er mich ausgeraubt hatte, kam er her, schnappte sich eine Tasche und haute ab. Frau Werner hat ihn gesehen.« Sie versetzte der Tasche auf ihrem Schoß einen Hieb. »Der ist über alle Berge.«

»Mist«, murmelte Mareike. Und während Lizzi wütend schwieg, überlegte Mareike schon mal, wie man eine Rechnung schrieb. Da musste doch diese Mehrwertsteuer mit drauf. Wie hoch war die wohl für Detektivbüros? Gab es nicht zwei verschiedene Steuersätze? Sie schüttelte den Kopf. So eine Detektei aufzubauen war nicht einfach. Und wo bekam man eigentlich Kunden her? »Wir brauchen unbedingt Werbung«, murmelte sie vor sich hin.

Lizzi hörte nicht zu. Sie starrte aus dem Fenster. Irgendetwas war ihr in der Wohnung der Nachbarin aufgefallen. Eine Kleinigkeit nur. Da war etwas gewesen, was ihr wichtig erschien, nur konnte sie sich nicht daran erinnern, was es war.

»Ich könnte mir Geld leihen«, schlug Mareike gerade vor. »Damit könnten wir Anzeigen schalten.«

»Anzeigen?« Erstaunt drehte sich Lizzi zu ihr. »Wer soll Anzeigen schalten und warum?«

»Sie hören mir ja gar nicht zu, Lizzi!«

»Nun, Kindchen, ich beschäftige mich gerade mit einem Dieb, den ich mir schnappen werde. Und wenn ich ihn habe, werde ich ihn in der Elbe kielholen! Da kann man schon mal ein wenig abgelenkt sein«, fügte sie verbittert hinzu.

»Sie haben recht, Lizzi: Erst muss der Fall gelöst werden.« Mareike räusperte sich. »Vielleicht sollten wir aber anders an die Sache rangehen. Wenn wir keine Hinweise auf den Aufenthaltsort der Zielperson finden, dann müssen wir uns seine Psyche genauer ansehen. Ein Profil erstellen. Das wird uns den Weg weisen, was als Nächstes zu tun ist.«

Erstaunt blickte Lizzi sie an. »ICS? SCI? CSI? Wie heißt die Sendung, wo du diese Weisheiten herhast, Kindchen?«

»Dann eben nicht«, grummelte Mareike.

Die beiden schwiegen eine Weile.

»Aber du hast recht«, sagte Lizzi endlich. »Ein klein wenig Polizeihilfe wäre schon schön.«

»Was meinen Sie damit? Wollen Sie jetzt doch zur Polizei gehen?«

»Nein, aber ich habe dir von dem ehemaligen Kommissar erzählt, der mich wegen dem Geld kürzlich besuchte.«

»Pfifferling oder so?«

»Nein, Pfeiffer. Ewald Pfeiffer.«

»Aber der ist doch gar nicht mehr bei der Polizei«, warf Mareike ein.

»Genau das ist die Krux. Aber selbst wenn er nicht mehr im aktiven Dienst ist, hat er vielleicht noch Kontakte, die wir nutzen könnten.«

Mareike war nicht begeistert. »Ich denke, der Kerl will Sie hinter Schloss und Riegel bringen«, maulte sie.

Lizzi seufzte. »Ja, leider.«

Da trat direkt vor Mareikes Wagen ein Mann auf die Straße. Mareike schreckte hoch, trat das Bremspedal durch, stemmte sich gegen das Lenkrad. Die Reifen quietschten auf dem Asphalt. Unsanft wurde Lizzi nach vorn in den Gurt geschleudert. Der Mann sprang auf den rettenden Fußweg zurück und begann wüst zu fluchen.

»Hey! Spinnst du?«, schimpfte Mareike zurück. »Träumst wohl von 'ner Villa an der Alster, oder was?«

Lizzi, die mit beiden Händen den Griff über ihrem Kopf umklammert hielt, fuhr herum. »Das ist es, Kindchen! Genau!« Sie strahlte.

Verwirrt blickte Mareike sie an.

»Da war ein großer Briefumschlag auf dem Tischchen im Flur«, rief Lizzi. »Ich glaube, der Brief war von einem Makler. Darauf stand ein Werbespruch für Eigenheime.« Mareike schien nicht zu verstehen. Lizzi rollte mit den Augen. »Sie hatte ungeöffnete Post von einem Immobilienmakler in ihrer Wohnung. Ich bin mir aber sicher, dass Frau Werner selbst nicht vorhat umzuziehen, schließlich ist sie schon weit über achtzig.« Sie überlegte. »Was wäre, wenn Frau Werner den Briefkasten ihres netten Nachbarn Martin Müller leert und die Post mit in ihre Wohnung nimmt, bis er wiederkommt? So etwas machen hilfsbereite Nachbarn.«

»Hat er ihr gesagt, wann er zurückkommt?«

Lizzi schüttelte den Kopf. »Sie meinte nur, er würde wohl nicht lange weg sein, denn er habe nur kleines Gepäck dabeigehabt. Sie glaubt, er könnte bei seiner kranken Mutter sein.«

»Kranke Mutter?«

»Ja, die liegt im Krankenhaus Sankt Georg am Hauptbahnhof.«

»Verstehe«, murmelte Mareike und lenkte den roten Fiat durch den dichten Verkehr Richtung Westen. »Und welcher Makler war es?«

Lizzi überlegte. »Der Absender war nicht zu sehen, aber ich habe auf dem Umschlag so eine Zeichnung gesehen.«

»Das muss das Logo der Firma gewesen sein. Und wir haben einen Werbespruch. Gut.« Mareike schlug mit ihrer rechten Hand auf das Lenkrad. »Wir sind wieder im Spiel. Jetzt müssen wir nur noch den Makler finden. Vielleicht weiß er, wo Müller hinwill oder ob er woanders schon eine neue Bleibe gefunden hat.«

Sogleich hellte sich auch Lizzis Gesicht auf. Sie schloss die Augen, um sich zu konzentrieren, und versuchte sich das Tischchen samt Papierstapel mit dem Kuvert des Maklers ins Gedächtnis zurückzurufen. »Es war ein rotes Haus auf weißem Hintergrund mit blauen Fenstern. Dieses Zeichen sah aus wie ein Kinderstempel. Und der Spruch ging etwa so: Ein Zuhause fällt nicht vom Himmel.«

»Wie dämlich ist das denn?« Mareike seufzte. Sie würde wohl tausend Makler im Norden überprüfen müssen, vom Rest der Republik ganz zu schweigen. Doch dann lächelte sie aufmunternd. »Das wird viel Arbeit, aber so ist echte Detektivarbeit nun einmal. Viel Schweiß und ein wenig Glück.«

»Aber das ist hier doch keine Detektivarbeit«, sagte Lizzi kopfschüttelnd.

»O doch! Habe mich übrigens mal informiert. Die Stundensätze für solch einen Auftrag wären gar nicht übel. Ein oder zwei Aufträge pro Monat würden genügen. Wir brauchten nur Werbung, um bekannt zu werden. Und ein Büro, etwas Billiges für den Anfang, denke ich.«

Energisch schüttelte Lizzi den Kopf. »Ich will aber keine Detektei. Ich will nur mein Geld zurückhaben. Und meine Ruhe.«

Wie könnte sie Mareike nur von ihrer Idee abbringen? Eine Zukunft als unbezahlte Detektivassistentin konnte für die junge Frau doch wohl kaum attraktiver sein als ein mies bezahlter Pflegerinnenjob. Lizzi seufzte.

19

Als Lizzi wenig später ins Foyer der Residenz Hanseatica trat, stand Frau Alberding-Wischenberg hinter der Rezeption. Wortlos reichte sie Lizzi den Schlüssel zum Appartement und einen Brief. »Der wurde für Sie vor einer halben Stunde abgegeben«, sagte sie. »Ich hoffe, es betrifft Ihre Vorkehrungen für den Auszug, Frau Böttcher.«

»Ich habe noch dreiundvierzig Stunden.« Die beiden Frauen warfen sich eisige Blicke zu, dann ging Lizzi zum Fahrstuhl. Die Schrift auf dem Kuvert hatte sie sofort erkannt. Jeder einzelne Buchstabe akkurat und weiblich rund, eine wahre Zierde des Schönschreibens, wie eine Lehrerin früher einmal über Andreas Handschrift gesagt hatte. Hoffnung wogte in ihr auf. Wollte Andrea sich entschuldigen? Hatte sie diesen Kai etwa wiedergefunden? Doch warum rief sie dann nicht an?

Lizzi öffnete den Brief und las.

Tatsächlich entschuldigte Andrea sich für das nächtliche Telefonat auf ihre Weise. Sie begründete es mit dem Verlust ihres Traummannes und dem Alkohol sowie mit dem Auftauchen eines neuen Problems. Andrea würde wohl ihren Job verlieren, wie man ihr heute am Rande einer Betriebsversammlung mitgeteilt hatte. Hunderte großer und kleiner Kunden hatten die Hansebank Hamburg, das alte Traditionshaus, für das sie arbeitete, in den letzten Monaten verlassen. Und nun ging es dem Personal an den Kragen. In der Presse hieß es, der ehemalige Vorstandsvorsitzende Jessen sei aus Gesundheitsgründen nicht verhandlungsfähig. Sie selber halte es für eine Finte, weil er sich dem Prozess und der Strafe entziehen wollte. Und da sei sie nicht die Einzige.

Liebe Mami, Du hast doch am Telefon gesagt, Jens Jessen sei bei Euch in der Residenz, inkognito …

Oje! Lizzi hielt die Luft an. »Ich hatte in der Nacht wohl mehr als nur einen im Tee«, murmelte sie.

Die Tochter fragte, ob Lizzi nicht mit dem Herrn Vorstandsvorsitzenden reden könne, um wenigstens Andreas Job zu retten. Auch wenn er nicht mehr Chef der Bank sei, so habe er doch bestimmt Kontakte, die er für Andrea nutzen könnte. Unterzeichnet hatte sie mit: *Deine Dich liebende Tochter Andrea.*

»Ach, plötzlich liebst du mich«, zischte Lizzi das Blatt in ihrer Hand an. »Gerade war ich dir noch peinlich.«

Wütend warf sie den Brief in den Mülleimer auf dem Gang, als sie aus dem Fahrstuhl trat.

Der Becher Kaffee vor Lizzi war schon kalt geworden. Und auf das Käsebrot daneben hatte sie auch keinen Appetit mehr. Sie saß auf ihrem Balkon und blickte in den Park. Es war ungewöhnlich still heute. Nur ein einziger Vogel zwitscherte, alle anderen schwiegen, als warteten sie auf etwas. Im graubraunen Wasser der Elbe fuhren weder die kleinen Barkassen noch irgendwelche Segler. Nicht einmal das dumpfe Vibrieren war zu spüren, das die großen Containerschiffe stets ankündigte, lange bevor sie in Sicht kamen. Stattdessen hörte Lizzi ein ganz anderes Geräusch in ihrem Appartement. Es schien eine Art Surren zu sein, das nach kurzer Zeit verstummte, um dann wieder von vorn zu beginnen. Sie beugte sich zur Seite. Das Geräusch kam ganz eindeutig aus dem Flur. Langsam erhob sie sich und folgte dem eigentümlichen Summen. Im Flur angekommen, merkte sie, dass es aus ihrer Handtasche kam. Skeptisch blickte sie die Tasche an.

»Was zum Teufel ist denn das?«, murmelte sie, als sie hineingriff. Das Handy in ihrer Hand begann zu vibrieren. »Himmel!« Erschreckt riss sie die Hand aus der Tasche. Als sie sich vom ersten Schock erholt hatte, nahm sie das kleine Telefon mit spitzen Fingern heraus.

Zögernd drückte sie auf die grüne Taste, wie Mareike es ihr gezeigt hatte. »Ja?«

Es war Mareike.

»Warum rufst du nicht über das richtige Telefon an, Kindchen?«, wollte Lizzi wissen und horchte in die kleine Kiste in ihrer Hand. »So, so, ich soll also lernen, mit so einem Ding umzugehen. Findest du nicht, dass ich alt genug bin, um … Was sagst du?« Lizzi presste das Gerät fester an ihr Ohr. Sie steckte den Finger ins andere, um besser hören zu können.

»Ich habe den Makler gefunden, Lizzi!«, jubelte es aus dem schnurlosen Gerät. »Er heißt Ernst Ulrich von Hemmberge.«

Lizzi stützte sich an der Kommode ab, weil ihre Knie nachzugeben drohten. »Wo ist der Mistkerl? Kennt er ihn?«, krächzte sie mit trockenem Hals.

»Er wusste nicht viel. Sagte nur, ein Mann mit dem Namen Martin Müller habe sich vor einigen Wochen tatsächlich bei ihm nach einer teuren Immobilie erkundigt, die er angeblich kaufen wollte.«

»Aber das war doch, bevor er mich ausgeraubt hat.« War es wirklich erst vorgestern gewesen, dass ihr Leben dermaßen aus den Fugen geraten war? »Das kann nicht unser Müller gewesen sein.«

»Doch. Ernst Ulrich sagte, er habe diesem Müller das Exposé für die Villa geschickt. Pflugacker siebzehn d, Eidelstedt.«

»Ernst Ulrich?«

»Ähm, ja.« Verlegenes Schweigen in der Leitung.

»Ihr kennt euch?«

»Ja … ähm … nicht richtig. Er hat mich zum Essen eingeladen.«

»Oha, das nenne ich Einsatz. Wer zahlt?«

»Ähm, ich nehme an, er.«

»Richtig so, Kindchen. Aber was sagt uns das?«

»Das mit Ernst Ulrich?«

»Nein. Das mit dem Exposé für die Villa.«

»Ach so. Also, Müller hatte sich die Villa zweimal zeigen lassen. Er sei sogar mit seiner Freundin gekommen, um den Einzug zu planen.«

»Andrea?«

»Nee, das war wohl was ganz Junges. Egal. Jedenfalls hatte Ernst Ulrich seine Zweifel an dem Typen. Er meint, der Müller habe nur vor seiner Freundin angeben wollen. Spätestens, als er Müller weitere Unterlagen für die Villa zuschickte, hat er begriffen, dass sein Kunde sich so etwas gar nicht leisten kann.«

»Verstehe. Die Adresse in Eidelstedt war ihm nicht vornehm genug.«

»Genau. Und Müller hat sich nie wieder bei ihm gemeldet.«

»Aber wie bringt uns das, was dein Ernst Ulrich gesagt hat, weiter?«

»Nun, er hat mich auf einen Gedanken gebracht. Unser Herr Martin Mistkerl Müller will schon lange nicht mehr in seiner kleinen Eidelstedter Bude wohnen. Er fühlt sich berufen, vornehmer zu leben. Das nötige Geld dafür hat er jetzt. Wohin geht man, um standesgemäß zu residieren? In ein Hotel?«

»Gute Idee!«

»Nein, ganz und gar nicht.« Mareikes Stimme klang wie die einer Lehrerin. »Sollte nämlich eine gewisse ältere Dame die Polizei rufen, was er ja nicht ausschließen kann, dann würden die als Erstes in Hotels, auf Flughäfen, bei Autovermietungen und so weiter nach ihm suchen«, erklärte sie.

»Stimmt.« Lizzie wechselte das Telefon ans andere Ohr. »Komm zum Punkt, Kindchen.«

»Wenn unsere Annahme korrekt ist, dass Müller seine Mutter nicht allein lassen will – wie die Nachbarin von dem Kerl sagte –, er aber auch nicht in ein Hotel gehen kann, trotz Taschen voller Geld …« Sie machte eine dramatische Pause.

»Mareike. Bitte!«, sagte Lizzi ungeduldig.

»Ja, ich mach ja schon. Dann wird er piekfein unterkommen wollen, aber eben nicht öffentlich.«

»Das heißt?«

»Es gibt spezialisierte Makler in der Stadt, die möblierte Luxuswohnungen vermieten. Wochenweise, monatsweise. Je nach Bedarf.«

Lizzis Blick hellte sich auf. »Und du hast einen solchen Makler gefunden, der unseren Müller kennt?«

»Nee, aber ich habe einen Makler gefunden, bei dem vorgestern ein Mann vor der Tür stand. Der wollte so schnell wie möglich ein Nobelappartement für den nächsten Monat haben. Der Makler hatte nur eines frei, das der Kunde dann zähneknirschend genommen hat.«

»Warum zähneknirschend?«

»Dem Kunden gefiel die Lage nicht. Er sagte, der Blick auf die Elbe sei ihm zu langweilig. Aber ich bin mir sicher, dass er einen anderen Grund hatte, die Adresse nicht zu mögen.«

Lizzi rollte mit den Augen. »Und welchen?«

»Die Wohnung ist ganz in der Nähe der Elbchaussee. Keine drei Kilometer von der Residenz entfernt. Christian-F.-Hansen-Straße achtzehn, zweiter Stock.«

»So nah bei mir?« Lizzi eilte mit dem Handy in der Hand zum Balkon hinaus, beugte sich, soweit es ging, über das Geländer und blickte stadteinwärts. »Das muss er sein. Ach, Kindchen, du bist wunderbar.«

Natürlich könnte es auch ein anderer Mann sein, gab Mareike zu bedenken. Der Name war jedenfalls nicht Müller, sondern Millberg, Phillip Millberg. Da jedoch kein anderer Makler in der Stadt Mareike einen passenderen Kandidaten bieten konnte, war diese Spur besser als keine.

Während Lizzi zurück in den Flur eilte, ließ sie sich noch einmal die Adresse geben. »Und das hat der andere Makler dir einfach so erzählt, Kindchen?«

»Ich lerne von einem Profi.«

Lizzi lächelte. »Kindchen, du sollst doch nicht lügen. Das tut man nicht.« Sie nahm das Handy vom Ohr und drückte auf die rote Taste. Dann warf sie das Gerät auf die Kommode. Schnell schlüpfte sie in ihren Mantel. Während sie das Kopftuch umband, klingelte das Handy erneut.

Mareike wollte wissen, was Lizzi nun zu tun gedenke.

»Ich fahre natürlich hin. Dann werden wir wissen, ob dieser Millberg unser Mann ist.«

»Nein!«, schrillte Mareikes Stimme aus dem Telefon. »Das ist viel zu gefährlich! Wenn er es tatsächlich ist, wird er sonst was mit Ihnen anstellen. Das ist ein Verbrecher! Warten Sie auf mich, Lizzi. Ich komme sofort zu Ihnen. Wir besprechen alles in Ruhe. Ich …«

Lizzi legte auf. Sie wusste, dass sie keine Zeit mehr vergeuden durfte.

Mareike stand in ihrer kleinen Küche und blickte wütend den Hörer in ihrer Hand an. Was hatte sie nur getan? Sie hätte sich doch denken können, dass Lizzi nicht mehr aufzuhalten wäre. Himmel, warum hatte sie nur ihren Mund nicht gehalten?

Unruhig lief sie zwischen Tisch und Spüle hin und her. »Was mache ich nur?« Plötzlich blieb sie stehen.

Sie würde etwas tun, was Lizzi bestimmt nicht gefiel. Doch Mareike war sicher, dass es zu Lizzis Bestem wäre. »Das hätte ich schon viel früher machen sollen«, sagte sie und wählte die Nummer der Polizei.

20

Den ganzen Tag war Pfeiffer zwischen Altonaer Bahnhof und Fischmarkt hin und her gelaufen. Er hatte die alte Wohnung von Elisabeth Böttcher aufgesucht und bei den Nachbarn herumgefragt. Einige kannten den Polizisten noch von damals und waren daher nicht sehr gesprächig. Dennoch hatte er herausgefunden, dass Lizzi ab und zu auf einen Kaffee in ihrer alten Heimat vorbeikam.

Verändert? Nö, die Lizzi sei wie früher.

Nein, ein Auto habe sie immer noch nicht.

Und auf große Reise gehe sie auch nicht. Die Lizzi halte ihr Geld zusammen, hieß es. Von Schulden wisse keiner etwas, was selbstredend auch keinen Sinn machen würde, schließlich habe die Lizzi doch im Lotto gewonnen.

Freunde? Tja, also Freunde habe die Lizzi eigentlich keine. Die Lizzi habe so eine direkte Art, die nicht jedermanns Sache war, meinte eine Nachbarin.

Es war verdammt spät, als Pfeiffer nach Hause kam. Er schloss die Wohnungstür auf, knipste das Licht im Flur an, hängte den Mantel an die Garderobe und legte seinen Hut auf die Ablage darüber. Weil seine kleine Wohnung ganz in der Nähe vom Hamburger Michel lag, konnte er die zehn Schläge der Kirchturmuhr deutlich hören. Ihm taten die Füße weh. Als er in seine Hauspantoffeln schlüpfte, seufzte er erleichtert.

Der Hunger trieb ihn in die Küche. Er öffnete den Kühlschrank, der ihm vorwurfsvoll leer entgegengähnte. Nicht einmal ein Bier war drin. Dank Lizzi Böttcher hatte er vergessen, einkaufen zu gehen.

Vielleicht fand er noch irgendwo eine Packung Kekse. Er ging ins dunkle Wohnzimmer, wo er an der Strippe der alten Stehlampe mit den Bommeln zog. Eine der beiden Glühbirnen war kaputt. Auch das noch. Spärlich erhellte die verbleibende das Zimmer mit der braunen Schrankwand. Im Fach über der Bar könnten noch ein paar Butterkekse liegen, vermutete Pfeiffer und öffnete die Klappe. Da bemerkte er die Papierschlange, die auf dem Boden vor dem schmalen Schränkchen mit dem Faxgerät lag.

»Geht doch, Lindemann«, murmelte er. Er hob die Schlange auf und hoffte, dass die Papierrolle in dem uralten Gerät gereicht hatte. Die Qualität des Drucks war miserabel, aber einigermaßen lesbar.

Mit einer Schere schnitt Pfeiffer das Papier ab. Zwei Meter Informationen über Elisabeth Böttcher! Besser ging es fast nicht. Er setzte sich auf sein Sofa und begann die Papierrolle mit einer Schere in handliche Einzelseiten zu schneiden. Den Hunger hatte er vergessen.

Nach einer halben Stunde las Pfeiffer schwarz auf weiß, was er längst geahnt hatte: Elisabeth Böttcher hatte laut Auskunft der Lottogesellschaft niemals einen Gewinn für sich beansprucht. »Ha!«, rief er. Auf seine Nase konnte er sich noch immer verlassen. Ihre Rente war lächerlich gering und hätte vorn und hinten nicht gereicht, um einen Nobelschuppen wie die Residenz Hanseatica zu bezahlen. Lizzi Böttcher hatte ein Konto bei der Post, wo ihre Rente allmonatlich einging. Dort lag das Geld also. Keine Abbuchungen, keine weiteren Einzahlungen. Auf die Rennbahn ging die Böttcher ebenfalls nicht, wie es hieß. Und einen Führerschein hatte sie nie gemacht. Visa für exotische Auslandsreisen hatte sie nicht beantragt. Überhaupt führte die Verdächtige ein auffallend unauffälliges Leben. All das deckte sich mit Pfeiffers Befragungen im Umfeld der Verdächtigen.

Die meisten der noch folgenden Seiten betrafen Lizzis Tochter Andrea. Ein schlechtes Foto von ihr, gemacht von einer Geschwindigkeitsüberwachungskamera, lag anbei. Andrea Böttcher arbeitete noch immer in der Hansebank. Und sie war noch immer Single. Jedoch nicht freiwillig, wie es schien. Vor drei Jahren erstattete eine Nachbarin Anzeige wegen ruhestörenden Lärms aus der Wohnung von Andrea Böttcher, die mit ihrem damaligen Freund wohl eine handfeste Auseinandersetzung hatte. Überhaupt schien Lizzis Tochter ein schlechtes Händchen für Männer zu haben, wenn man der Nachbarin glauben durfte. Er blätterte zu dem Foto von Lizzis Tochter zurück und blickte es an. Er erkannte die Ähnlichkeit mit der Mutter in jüngeren Jahren.

Elisabeth war früher eine hübsche Frau gewesen. Nicht im klassischen Sinne, eher auf eine markante Art. Ihre Augen strahlten immer, selbst oder gerade wenn sie wütend war. Schon damals, als Pfeiffer sie verhören musste, fand er, dass die Lizzi für diesen nutzlosen Kerl wie den Willi viel zu schade war. Und jetzt war der Willi tot.

Pfeiffer schob die Papiere fort. Lange starrte er vor sich hin. Dann stand er auf und holte sich eine Handvoll Kekse aus dem Schrank. Während er eins der muffigen Gebäckstücke in den Mund schob, überlegte er, ob er vielleicht über die Tochter an Lizzi herankommen könnte.

21

War es Ironie des Schicksals oder nur Zufall, dass Lizzis Tochter für genau jene Bank arbeitete, deren Filialen ihr Vater damals ausgeraubt hatte? Pfeiffer lehnte an einer Betonsäule. Er blickte über den Rand der Zeitung, die er in Händen hielt, auf die andere Straßenseite. Dort lag der Eingang der Hauptfiliale der Hansebank, am Großen Burstah nahe dem Hamburger Rathaus. Es war kurz nach zwölf, und die Angestellten strömten aus dem modernen Gebäude mit der gläsernen Überdachung ihrer Mittagspause entgegen.

Als Pfeiffer Andrea Böttcher entdeckte, stieß er sich von der Säule ab und folgte ihr. In ihrem dezenten Kostüm und den dazu passenden Schuhen fügte sie sich hervorragend in die geschäftige Innenstadt von Hamburg ein. Umgeben von internationalen Investmentfirmen ebenso wie von altehrwürdigen Kontorhäusern in demonstrativ bescheidener Üppigkeit, wirkte Andrea Böttcher wie eine Frau am rechten Platz. Sie schien mit dieser rechtschaffenen Umgebung förmlich zu verschmelzen.

Er folgte ihr Richtung Rödingsmarkt, wo sie in einem rappelvollen Starbucks verschwand. Pfeiffer wartete neben einem Blumenladen vor der Tür. Er ging nicht davon aus, dass sie um diese Zeit einen Platz finden würde. Und er behielt recht. Mit einer Papiertüte in der einen und einem braunen Pappbecher in der anderen Hand kam sie kurz darauf wieder heraus. Sie ging unter der U-Bahn-Brücke entlang, hinüber zum Nobelhotel Steigenberger. Der Weg führte sie zu einem kleinen Platz mit Sonnenschirmen, an dessen anderem Ende ein paar Stufen zum Alsterfleet hinunterführten.

Pfeiffer sah, wie Lizzis Tochter eine saubere Papierserviette auf eine der oberen Stufen legte und sich daraufsetzte. Dann stellte sie den Kaffeebecher neben sich, legte eine zweite Serviette auf ihren Schoß und packte einen Bagel aus.

»Verzeihung. Ist hier noch frei?« Eine sinnlose Frage, denn auf den Stufen saß außer Andrea Böttcher niemand.

Sie hob den Kopf. Für einen Moment konnte er sehen, wie sich das strahlende Leuchten ihrer Augen in einen abschätzenden Blick wandelte. Er war wohl zu alt, um für sie in Frage zu kommen.

Sie nickte. Pfeiffer setzte sich auf die kalten Stufen. »Wir haben uns lange nicht gesehen, Frau Böttcher.«

Neugierig schaute sie ihn noch einmal an. »Ähm, ja?« Ein unverbindliches Bankerlächeln huschte über ihr Gesicht. »Was kann ich für Sie tun, Herr …?«

»Pfeiffer, Kriminalpolizei Hamburg.« Oh, da war es ihm schon wieder herausgerutscht. »Wie geht es Ihrer Mutter?«

Jetzt hatte sie ihn erkannt. Energisch biss die Frau von ihrem Brötchen mit Loch in der Mitte ab. »Ach natürlich, Kommissar Pfeiffer. Sie hatten mich damals befragt.« Sie nahm einen Schluck Kaffee. »Was wollen Sie? Ich habe mit dem Banküberfall nichts zu tun. Das habe ich Ihnen und Ihren Kollegen schon damals gesagt.« Sie nahm noch einen Schluck und funkelte ihn über den Rand ihres Pappbechers hinweg böse an. Dann stellte sie den Becher neben sich ab. »Wissen Sie eigentlich, dass Ihre absurden Ermittlungen mich fast meine Stellung gekostet hätten? Glücklicherweise gibt es viele Familien mit dem Namen Böttcher in der Stadt.«

Da klang ihm offensichtlich ein gerüttelt Maß an Ablehnung entgegen, bemerkte Pfeiffer. Er streckte sein Gesicht der Frühlingssonne entgegen. »Ich bitte Sie, Frau Böttcher.« Fast hätte er Fräulein gesagt. »Es geht doch nicht um damals.«

»Nicht? Worum geht es dann?«, fragte sie schnippisch. Sie nahm die Papierserviette von ihrem Schoß und schüttelte sie aus. »Ach so, ich verstehe! Meine Mutter hat Sie geschickt. Sie konnte Kai ja von Anfang an nicht leiden. Hat ihm überhaupt keine Chance gegeben. Kein Wunder, dass er weg ist.« Pfeiffer horchte auf. »Wissen Sie, egal, was meine Mutter sagt: Ich weiß nicht, wo Kai gerade ist. Er wird es mir erklären, sobald er zurückkommt. Ich nehme an, er musste auf Geschäftsreise gehen oder etwas in der Art.« Aufmerksam hörte Pfeiffer zu, während Lizzis Tochter weiterplapperte. »Es wird sich alles aufklären. Bestimmt ist alles nur ein Missverständnis. Sonst hätte er mir doch Bescheid gesagt, dass er wegmuss.« Sie drehte sich zu Pfeiffer um. »Wegen der paar hundert Euro hätte sie nicht gleich die Polizei einschalten müssen. Wobei ich nicht glaube, dass er ihr etwas gestohlen hat. Das hat er nämlich nicht nötig.«

Energisch stopfte sie den halb aufgegessenen Bagel in die Tüte zurück. Dann erhob sie sich. Dabei fiel der Pappbecher um, und der Kaffee floss über die Treppenstufen hinunter ins Fleet. »Sagen Sie meiner Mutter, dass ich ihr das niemals verzeihen werde – mir die Polizei auf den Hals schicken! Welche Mutter tut denn so was?« Sie eilte über den Platz, blieb jedoch noch einmal stehen und drehte sich um. »Na ja, zur Polizei hatte sie schon immer einen guten Draht.« Sie warf Pfeiffer einen giftigen Blick zu.

»Wie meinen Sie das, Fräul… Frau Böttcher?«

»Das müssten Sie doch am besten wissen. Mein Vater ist nicht ohne Grund ins Gefängnis gekommen, Herr Kommissar.«

Mit wehender Kostümjacke eilte sie zurück zu ihrer Arbeit.

Irritiert blickte Pfeiffer ihr nach. Wovon hatte diese Person gesprochen? Was sollte er doch am besten wissen? Wen hatte Lizzi verpfiffen – Willi? So ein Unsinn! Und wer um Himmels willen war dieser Kai, der Lizzi angeblich ein paar hundert Euro geklaut hatte? Offenbar mochte Lizzi diesen Typen nicht. Pfeiffer dachte an den Mann mit der goldenen Plastiktüte. Handelte es sich hier um einen Streit unter Komplizen? Es war Zeit, dass Pfeiffer Elisabeth Böttcher noch einmal besuchte.

22

Die Häuser in der Christian-F.-Hansen-Straße waren mächtig schick und sehr modern. Eigentlich war jedes dieser zweistöckigen Luxusgebäude nur ein Würfel, an dem hier und da eine Ecke fehlte und an anderer Stelle wieder drangeklebt worden war. Bodentiefe Fenster ohne störende Gardinen und große Terrassen mit wohlplatzierten Buchsbaumtöpfen gaben den Häusern eine Eleganz, die sogar Lizzi anerkennen musste. Alles roch förmlich nach Geld.

Kai alias Martin Müller könnte sich hier also unter dem Namen Phillip Millberg eine Wohnung gemietet haben. Lizzi stand vor dem Kubus mit der Hausnummer 18. Sie blickte zum zweiten Stock hoch. Das Kribbeln in ihren Fingerspitzen sagte ihr, dass er hier war. Sie konnte es genau fühlen.

Ihr Puls ging schneller, und sie merkte, wie eine Art Euphorie von ihr Besitz ergriff. So mussten sich Jäger fühlen, kurz bevor sie den Abzug drückten, vermutete sie. Auch ihr Opfer hatte keine Ahnung, wer ihm da auflauerte. Sie grinste.

Langsam schritt Lizzi zum Eingang hinüber. Natürlich war die gläserne Haustür verschlossen. Über ihrem Kopf bemerkte sie eine kleine Kamera, deren Objektiv auf sie gerichtet war. Die Reihe der Klingelknöpfe verriet ihr, dass es im Haus sechs Wohnungen gab. Das linke der goldfarbenen Namensschilder in der oberen Reihe jedoch war leer. Dies musste die Wohnung sein, die der Makler auf Zeit vermietet hatte. Wenn sie jetzt allerdings klingelte, würde Müller dank der Kamera sofort wissen, wer hier unten stand. Denn wo eine Kamera war, war sicherlich auch irgendwo ein Bildschirm. Lizzi rätselte, wie sie es anstellen sollte, ungesehen ins Haus zu kommen. Da erinnerte sie sich, das Fahrzeug einer Reinigung in der Nähe gesehen zu haben.

Lizzi eilte zurück zur Straße. Sie hatte Glück. Der weiße Renault Kangoo mit der Aufschrift *Reinigung Winterhagen – Weiße Westen sind unsere Spezialität* stand dort noch mit laufendem Motor. Die Hecktüren waren weit geöffnet, und gerade zog ein junger Mann einen Wäschekorb von der Ladefläche. Er trug ihn zu einem der Häuser auf der anderen Straßenseite hinüber.

Kurz spähte Lizzi die Straße auf und ab. Als sie sicher war, dass niemand sie sehen konnte, huschte sie zum Wagen. Mehrere gefüllte Plastikkörbe waren dort gestapelt. Sie griff sich den ersten und zog ihn zu sich heran. Der frische Duft, der den Packen entströmte, erinnerte Lizzi an damals, als jeden Donnerstag Waschtag war. Für einen Moment sah sie die Leinen im Hof vor sich mit den Bettlaken und Blusen, Handtüchern und Socken, die im Wind flatterten.

Mit dem Korb vor dem Bauch ging sie zurück zur Nummer 18. Sie klingelte im Erdgeschoss.

»Ja, bitte?«, kam eine Frauenstimme aus dem Lautsprecher.

»Reinigung Winterhagen. Wir bringen Ihre Wäsche.«

Kurzes Schweigen. Die Kamera bewegte sich ein wenig, Lizzi hörte ein leises Zoomgeräusch über ihrem Kopf und lächelte in das Objektiv.

»Ähm, es tut mir leid, aber wir lassen unsere Weißwäsche bei Heimann machen.«

Lizzi blickte betont erstaunt in die Kamera. »Also das verstehe ich nicht. Sind Sie denn nicht Familie Millberg?«

»Millberg? Nein.«

Lizzi stellte den Korb ab und wühlte in ihrer Manteltasche. »Aber Nummer achtzehn stimmt doch?«

»Ja.«

»Oje, da muss ein Fehler passiert sein. Was mache ich denn nur? Wohin soll ich jetzt bloß mit der Wäsche?« Lizzi sah sich um, als könne jemand auf der Straße ihr helfen.

»Warten Sie«, sagte die Frau. »Vielleicht ist das der neue Mieter von oben. Ich glaube, der heißt Millberg. Ich bin mir aber nicht sicher.«

Lizzi lächelte dankbar in die Kamera. »Ach, könnten Sie mich kurz einlassen? Dann frage ich den Herrn. Zweiter Stock, sagten Sie?«

Der Summer ertönte, und Lizzi trat in einen kühlen marmornen Flur. Den Korb ließ sie vor der Tür stehen. Sie wollte ja nicht stehlen. Er war nur geborgt, eine Requisite sozusagen. Lizzi bemerkte einen Fahrstuhl in der Ecke und dankte ihrem Schicksal, dass sie keine Treppe steigen musste. Als sie im zweiten Stock ankam, klingelte sie an der Tür, vor der keine Fußmatte lag. Ein Namensschild konnte sie nicht entdecken. Lizzi holte tief Luft.

Jemand öffnete die Tür einen Spalt.

Der Mann brauchte nur einen Augenblick, bis er Lizzi erkannte. Noch bevor sie etwas sagen konnte, knallte Martin Müller die Tür wieder zu.

»So nicht, Bürschchen!«, rief Lizzi und klingelte Sturm.

Wie nicht anders zu erwarten war, öffnete sich die Tür

kein zweites Mal. Sie schlug mit der Faust dagegen. »Was ist das für eine Art, alte Frauen zu bestehlen? Haben Sie keinen Anstand, Herr Müller?« Nichts rührte sich. »Wenn Sie mir mein Geld nicht auf Heller und Pfennig zurückgeben, junger Mann, hole ich die Polizei!«

Da wurde die Tür plötzlich aufgerissen. Martin Mistkerl Müller alias Kai stand vor ihr. Er trug jetzt eine teure Lederjacke, die er sich garantiert von ihrem Geld gekauft hatte, da war sich Lizzi sicher. Grob drängte er sie zur Seite. Lizzi konnte sich gerade noch mit einer Hand an der Wand abstützen.

»Dann holen Sie doch die Polizei, alte Frau«, rief er. In der einen Hand hielt er einen üppigen Strauß Frühlingsblumen, in der anderen einen Autoschlüssel mit einem knallroten Ferrarianhänger. »Aber ich glaube nicht, dass Sie das tun werden.« Grinsend stand er am Treppenabsatz. »Das war doch Schwarzgeld. Sonst hätten Sie es doch nicht versteckt, sondern es wie jeder ehrliche Bürger auf die Bank gebracht!« Lizzi sagte nichts. »Sehen Sie«, lachte er. »Über zweihunderttausend! Im Duden versteckt. Wahnsinn. Ich bin ein Glückspilz.«

Er schien sich prächtig über Lizzi zu amüsieren, die mit zusammengekniffenem Mund dastand. Dann lief er die Treppen hinunter, immer zwei Stufen auf einmal nehmend.

»Das war der Brockhaus, du ungebildeter Dumpfling!«, schrie sie ihm über das Geländer nach. Schon spürte sie, wie ihr die Tränen hochkamen.

Unten knallte die Haustür zu. Sie wischte sich das Nass aus ihrem Gesicht. Sie würde nicht weinen. Erst musste sie den Kerl erwischen.

»Mich schüttelst du nicht ab, Kleiner«, murmelte sie und

drückte den Fahrstuhlknopf. Sofort öffneten sich die Türen.

In ihrem Kopf rasten die Gedanken, während sie nach unten fuhr. Der Autoschlüssel in seiner Hand hatte Lizzi verraten, dass der Kerl irgendwo einen Wagen stehen hatte. Einen Ferrari, den er hoffentlich nur gemietet hatte. Da man so einen Wagen wohl kaum unbeaufsichtigt am Straßenrand parkte, war das Ding garantiert in einer Tiefgarage untergebracht. Doch warum hatte der Mistkerl das Haus verlassen? Im Keller von Nummer 18 gab es eine Tiefgarage, wie ihr ein poliertes Messingschild im Fahrstuhl verriet. Wahrscheinlich hatte er in der Kürze der Zeit nur in einem anderen Haus einen Stellplatz für das edle Gefährt bekommen, mutmaßte Lizzi. So musste es sein.

Der Blumenstrauß. Für wen könnte der sein? Eine neue Freundin? Unwahrscheinlich. Der würde er von seinem neuen Reichtum doch eher Dessous oder einen Brillantring schenken. Blieb also nur noch seine Mutter, die er doch angeblich liebte. Wo, hatte die Nachbarin noch gesagt, lag die kranke Frau? Krankenhaus St. Georg, genau.

Die Aufzugtüren öffneten sich, und sie eilte aus dem Haus. Sie bemerkte noch rechtzeitig, dass der Wäschekorb vor der Tür umgestoßen worden war. Gehetzt blickte sie die Straße auf und ab. Wohin sollte sie laufen? Denk, Lizzi! Denk!, schrie es in ihrem Kopf.

Da kam der junge Mann von der Reinigung auf den Eingang Nummer achtzehn zugeeilt. Fassungslos starrte er auf den umgekippten Wäschekorb, dessen sauber gefaltete Servietten und Tischtücher im Dreck lagen.

»Scheiße!«, rief er. »Wer macht denn so was?« Er begann, die Wäsche Stück für Stück in den Korb zurückzulegen.

Lizzi tippte ihm auf die Schulter. »Sag mal, Kleiner, wie komme ich von hier aus zur Elbchaussee?«

Verständnislos blickte er zu ihr hoch. »Waren Sie das?«

»Elbchaussee!«, wiederholte sie energisch.

Er schien noch immer zu überlegen, was die alte Frau von ihm wollte. Da setzte es auch schon eine Kopfnuss.

»Aua!« Empört rieb er sich den Hinterkopf.

»Geht das mit dem Denken auch schneller? Elbchaussee!«

Zögerlich wies er zu einem kleinen Fußweg zwischen den Häusern. »Den Weg runter zur Elbschlossstraße, am Seegerichtshof vorbei.«

»Wie weit?«

»Zwei Minuten.« Dann musterte er Lizzi von oben bis unten. »Vielleicht auch fünf.«

»Geht doch.« Lizzi rannte los.

Eigentlich hätte sie schon nach wenigen Schritten aus der Puste sein müssen, doch Wut macht stark. Und, Himmel noch mal, sie war wütend!

Während sie zur Elbschlossstraße eilte, ging sie ein weiteres Mal ihre Schlussfolgerungen durch: Wenn der Blumenstrauß für seine Mutter war, würde der Kerl wahrscheinlich jetzt zum Krankenhaus fahren. Das lag ziemlich genau in der Innenstadt, also von hier aus im Osten.

Sie wusste, dass am Ende der Christian-F.-Hansen Straße eine Baustelle war. Damit war ein möglicher Fluchtweg in die Richtung versperrt.

Lizzi rannte den Fußweg hinunter. Einige Meter vor sich sah sie mitten auf der Straße einen dieser großen gelben Müllwagen stehen, die nur noch selten umherfuhren. Er blockierte die Straße fast auf ganzer Breite, so dass kein Auto vorbeikam. Wunderbar!, jubelte sie in Gedanken. Damit hatte sich Fluchtweg Nummer zwei auch erledigt. Blieb also nur noch ein Weg, den er nehmen konnte.

Sie rannte weiter. An beiden Seiten des Müllwagens klemmten hinter zwei Querstangen, wie eine surreale Zombiearmee, mehrere schmutzige Teddys in verschiedenen Größen. Man hatte sie wohl über die Jahre hinweg vor der Müllverbrennung gerettet. Dumpf glotzten die diesseitigen Viecher Lizzi an, die keuchend an ihnen vorbeilief.

Da kam einer der Müllmänner um die Hausecke. Er schob einen riesigen Rollcontainer vor sich her. Als er sie sah, lehnte er sich mit aller Kraft nach hinten, um den schweren Mülleimer am Weiterrollen zu hindern. Glücklicherweise, denn sonst wären Lizzi und das Rollding heftig zusammengestoßen. »Sind wir lebensmüde, Fräuleinchen?«, rief der Mann im grell orangen Anzug ihr hinterher.

Sie aber rannte nur. Ihre Lunge begann zu brennen. Noch trugen sie ihre Beine. Sie folgte dem hohen schmiedeeisernen Zaun, hinter dem der Park des Seegerichtshofs lag. Schon sah Lizzi die Autos am Ende der Straße, wo die Christian-F.-Hansen-Straße auf die vielbefahrene Elbchaussee traf. Nur noch knapp fünfzig Meter trennten sie von der berühmtesten Villenstraße Europas.

Schnaufend stützte sie sich an einem Telefonkasten ab. Ihre Seite schmerzte heftig, der Atem schnarrte. Sie zwang sich, ein paarmal tief Luft zu holen. Als sie merkte, dass es wenigstens nicht schlimmer wurde, stolperte sie weiter.

Wenn ihre Berechnung stimmte, dann musste der Kerl über die Sieberlingstraße fahren, um von dort im Bogen auf die Elbchaussee zu gelangen. Was bedeutete, dass sie eine klitzekleine Chance hatte, ihn abzufangen, wenn er Richtung Innenstadt fuhr. Sie musste nur schnell genug dort sein und auf ihr Glück hoffen.

Als Lizzi die Elbchaussee erreichte, dröhnten die Autos an ihr vorbei. Auf der anderen Straßenseite, den Hang hinunter, lag silbergrau der Fluss.

Sie starrte nach rechts, die Straße entlang. Von dort musste er kommen. Sie reckte den Hals, während sie keuchend Luft einsog, was ihr heftige Schmerzen zwischen die Rippen jagte. Doch die Autos diesseits der Straße versperrten ihr den Blick auf die andere Seite. Sie musste rüber.

Lizzi blickte nach links. An der Einmündung der Straße, aus der sie gerade gekommen war, war eine Ampel. Dort lag die Bushaltestelle des 36ers, Richtung S-Bahn Blankenese. Von weit hinten konnte sie den Bus bereits in der Autoschlange kommen sehen. Als sie eine Lücke zwischen den Autos bemerkte, trat sie auf die Straße. Mit vier Schritten war sie an der Mittellinie. Jemand hupte. Ihr Herz setzte für einen Schlag aus.

Nun blickte sie nach rechts, bis sie auch dort eine kleine Lücke entdeckte. Wenige Sekunden nur, dann lief sie los.

Jetzt war Lizzi auf der Elbseite der Straße. Den Abhang hinunter, vielleicht zehn oder zwölf Meter unter ihr, verlief der Elbwanderweg. Der Hang war mit Sträuchern bepflanzt. Stümpfe gefällter Bäume ragten wie mahnende Finger dazwischen hervor.

Die Seitenstiche wurden schier unerträglich. Lizzi musste ihre Hand gegen die Rippen pressen, während sie versuchte, die Autos im Blick zu behalten, die stadteinwärts fuhren.

Ein silberner Mercedes mit einer kleinen Delle an der Beifahrerseite kam an ihr vorbei. Dicht dahinter folgte ein meerblauer Audi Quattro mit auffallend jungem Fahrer am

Steuer, der seine grüne Baseballmütze tief ins Gesicht gezogen hatte. Danach kam eine Hausfrau im weißen Ford Fiesta. Kein roter Ferrari. Mist.

Hatte sie sich geirrt? War er doch woanders langgefahren? Noch einmal ging sie den Weg in Gedanken durch.

Mit schmalen Augen spähte sie die Straße hinunter.

Da fiel Lizzi ein, dass sie überhaupt keinen Plan hatte. Sie wusste nicht, was sie eigentlich unternehmen wollte, um den Kerl zu stoppen. Sie wusste nur, dass sie ihn aufhalten musste, denn so eine Chance bekäme sie nie wieder. Er hatte sie unterschätzt. Das würde nicht noch einmal passieren.

Zwischen all den anderen Autos hörte sie plötzlich das aufdringliche Röhren eines herannahenden Sportwagens. Es klang asthmatisch, fast so, als hätte das Gefährt in jedem einzelnen seiner zwölf Zylinder schreckliche Verdauungsprobleme. Und dann sah sie den kleinen roten Punkt am Ende der Elbchaussee auftauchen. Lizzi traf eine Entscheidung. Sie hob die rechte Hand. Dann trat sie, ohne abzuwarten, direkt auf die Fahrbahn.

23

Dummgelaufen, dachte er, als er an der Ampel wartete, um sich in den Verkehr auf der Elbchaussee stadteinwärts einzufädeln. Das wohlige Brummen seines Ferrari 599 GTB Fiorano beruhigte ihn ein wenig. Als die Alte plötzlich vor seiner Tür stand, hatte er einen mächtigen Schreck bekommen. Glücklicherweise war keine Polizei dabei. Aber er wusste, wann es Zeit war, zu verschwinden.

Die Ampel sprang auf Grün. Der Zeiger des Drehzahlmessers schob sich bis zur Fünf hoch, dann jagte er den zweiten Gang rein. Er spürte die 620 PS in jeder Faser seines Körpers. Breit lächelte er. Das Geld in den Büchern hatte er durch Zufall gefunden, als er ein Wort in der Fernsehzeitung las, das er nicht kannte. Da sah man doch wieder einmal, wie wichtig Bildung war. Ebenso hatte er Glück mit der möblierten Penthouse-Wohnung gehabt, die er gleich am nächsten Tag mieten konnte. Doch am meisten Glück hatte er mit dem Wagen. Er konnte ihn sogar gleich mitnehmen. Ein Traum mit allen Extras. Kugellackierte Felgen, rote Fünfziger-Jahre-Speziallackierung, elektrisch verstellbare Sitze mit Memory-Anpassung und Diamantdesign für die Rückenlehnen. Die Silberplakette mit seinem Namen würde er morgen früh abholen. Die gehe auf Kosten des Hauses, hatte der Verkäufer gesagt, als er ihm den Haufen Scheine auf den Schreibtisch kippte. Er überlegte, welchen seiner vielen Namen er für die Plakette nehmen sollte.

Zum ersten Mal in seinem Leben hatte Martin Müller aus Eidelstedt statt Spielschulden einen echten Ferrari unterm Hintern. Ja, das Glück war wirklich auf seiner Seite.

Da bemerkte er, wie die Wagen vor ihm immer langsamer fuhren. Einige hupten. Andere wichen auf die Gegenfahrbahn aus, was zu noch mehr Gehupe führte. Er reckte den Hals, um etwas zu erkennen. Die Wagen vor ihm schienen ein Hindernis zu umfahren. Vielleicht hatte jemand eine Panne und stand nun am Straßenrand. Müller blieb mit dem Ferrari vor einer Auffahrt stehen, falls er wenden und zurückfahren musste. Er wartete. Als der letzte Wagen sich an dem Hindernis vorbeigeschoben hatte, sah er sie!

Die Alte stand mitten auf der Straße, die Arme erhoben, als wolle sie eine heilige Botschaft verkünden. Ihr Kopftuch unterm Kinn verknotet. Der offene Mantel flatterte im Wind.

Martin Müller starrte die Mutter von dieser … wie hieß sie noch gleich? … an.

Die Alte da vorn war doch nicht mehr ganz richtig im Kopf! Was wollte die da? Er spürte seinen Blutdruck nach oben schnellen. Die Frau stand keine hundertfünfzig Meter vor ihm. Er fluchte, aber es half nichts. Sie schien fest entschlossen, mit ausgebreiteten Armen einen Ferrari aufhalten zu wollen.

Seinen Ferrari. Martin Müller überlegte kurz, ob er wenden sollte, doch dann lachte er trocken auf. Er würde sie plattmachen. Jawohl, das würde er.

Um klarzumachen, wer hier das Sagen hatte, ließ er den Motor aufheulen, bis der Zeiger des Drehzahlmessers die Neun berührte. Niemand wagte, das rote brüllende Tier zu überholen. Was sowieso nicht gegangen wäre, denn von vorn kamen stetig neue Autos. Langsam rollte der Gegenverkehr an der eigenartigen Szenerie vorbei. Niemand wollte das merkwürdige Spektakel verpassen.

Der Drehzahlmesser ging zurück auf die Eins. Das Tier duckte sich zum Sprung.

»Mensch, hau ab!«, schrie Martin Müller gegen die Windschutzscheibe. Doch die Verrückte bewegte sich keinen Millimeter. »Scheiße, jetzt reicht's!« Er knallte den Gang rein. Der Wagen gewann an Fahrt. Müller hielt direkt auf die Frau zu.

Wie festgenagelt stand Lizzi mitten auf der Straße und wartete auf den Aufprall. Als sie sah, wie der Mistkerl immer schneller auf sie zukam, kniff sie die Augen zu. Wilde Gedanken rasten ihr durch den Kopf, Bilder von leeren Brockhausbänden, einem Leben in Armut mit Nächten unter der Brücke, vom Gefängnis, der dummen Andrea, der blöden Wischenberg, Pfeiffer … Hinter sich hörte sie Leute aufschreien.

Lizzi konnte sich nicht bewegen. Sie würde hier und jetzt sterben. Ob es weh tat?

Das Röhren des zu groß geratenen Spielzeugautos bohrte sich in ihren Kopf. Jetzt war es so weit.

Da ertönte, genau neben ihr, ein lautes Hupen. Lizzi fuhr herum.

Direkt vor sich sah sie den Müllwagen aus der Elbschlossstraße rollen. Der Mund des Müllmannes hinter der Windschutzscheibe schrie Lizzi tonlos etwas zu. Im selben Moment raste der rote Wagen von links heran. Lizzi riss den Kopf zur Seite.

Doch statt sie umzufahren, scherte das dröhnende Ding

aus, um ihr auszuweichen. Nur war die Lücke zwischen ihr und dem Müllwagen, dessen tote Teddyarmee den Ferrarifahrer anglotzte, verdammt eng.

Kurz blickte Lizzi in das überraschte Gesicht des Mistkerls, als er den Müllwagen bemerkte. Sie stolperte nach hinten. Noch während sie fiel, schoss der Ferrari an ihr vorbei. Sie spürte einen heftigen Ruck an ihrem Mantel und sah, wie der Fahrer das Steuer herumriss. Das Heck des Ferraris begann zu schleudern, während er auf die Bushaltestelle zuraste. Doch dort stand bereits der Bus Richtung Blankenese. Bremsen quietschten. Ein weiteres Mal riss der Fahrer das Lenkrad zur Seite, um nach rechts auszuweichen. Jetzt kam der Wagen endgültig ins Schleudern. Gleich hinter der Ampel zog er auf die andere Straßenseite, holperte über den Kantstein und schoss den Abhang zum Elbwanderweg hinunter. Schreie drangen von unten herauf, als der Wagen mitten durch die halbhohen Büsche, die den rasanten Abgang nur dürftig bremsten, rollte. Äste schrammten über den roten Lack wie Fingernägel über eine Tafel. Es schepperte laut, als der Wagen holpernd Teile seiner Karosserie verlor, während die Baumstümpfe den Unterboden aufschlitzten. Dann ein ohrenbetäubender Knall. Der Kühler des Wagens krachte auf den Asphalt des Elbwanderweges. Das Heck hob sich gen Himmel, bis der Wagen sich langsam überschlug.

Qualmend und mit drehenden Reifen blieb das Luxusgefährt auf dem Dach liegen.

Entsetzt starrten die Fußgänger das Auto an. Oben auf der Straße sprangen die Leute aus ihren Autos und versuchten, etwas zu erkennen.

Niemand beachtete Lizzi, die zitternd am Rinnstein der

Elbchaussee saß. Nur einer ging zu der alten Frau hinüber. Sanft legte er seine Hand auf ihre Schulter. »Was machen Sie bloß für Sachen, Frau Böttcher«, sagte Pfeiffer ganz leise.

Dann wurde Lizzi ohnmächtig.

24

Als Lizzi zu sich kam, lag sie in einem Bett. Ihr Arm schmerzte. Irgendwo piepte etwas. Jemand hielt ihre Hand.

Vorsichtig öffnete sie die Augen.

»Machen Sie das nie wieder, Frau Böttcher!«, schimpfte Mareike neben ihr ganz leise. Sie hielt Lizzis Hand in ihrer, während sie mit der anderen ein Taschentuch aus ihrem Wollmantel zerrte und hineinschnaubte. »Nie wieder, hören Sie?«

Lizzis Mund war trocken. »Warum war dieser schreckliche Pfeiffer dort?«, hörte sie sich krächzen.

»Ich wusste nicht, was ich machen sollte«, erklärte Mareike zögerlich. »Erst rief ich die Polizei an, weil Sie einfach losgerannt sind.« Ihre Stimme hatte jetzt einen leicht bockigen Unterton. »Aber die hielten mich für bescheuert.«

Lizzi nickte. »Verständlich.«

»Da habe ich mich an diesen Kommissar erinnert. Der, der sie einsperren wollte. Ich habe im Internet nachgeschaut. Es gibt nur zwei Männer mit dem Namen Ewald Pfeiffer in ganz Deutschland. Einer wohnt in Hamburg. Ich habe ihn angerufen.«

»Wie geht es ihm?« Lizzis Stimme klang wie ein Reibeisen und fühlte sich auch so an.

Mareike sah sie aus verheulten Augen an. »Wem? Dem Pfeiffer?«

Langsam versuchte Lizzi sich aufzusetzen, als sie merkte,

dass sie mit Strippen an ein EKG-Gerät angeschlossen war. »Wem wohl? Dem Mistkerl natürlich.«

»Ach dem«, murmelte Mareike. »Dem geht es leider recht gut. Prellungen, kaputtes Bein und eine gebrochene Nase, glaube ich. Er liegt auf der anderen Seite des Ganges. Was interessiert Sie der Kerl noch? Der Typ wollte Sie umfahren.«

Matt schüttelte Lizzi den Kopf. Sie begann die Pflaster mit den Kabeln an ihrer Brust abzufummeln.

»Was machen Sie da?«

»Ich will mein Geld haben.« Lizzi schlug die Decke zurück. »Warum habe ich ein Nachthemd an?«

»Sie sollen zur Beobachtung hier …«

»Nix da! Wo sind meine Sachen?« Lizzi schleppte sich zum Einbauschrank. Sie stützte sich an der Schranktür ab, als ihre Beine zu zittern begannen.

»Sie können nicht einfach aufstehen, Frau Böttcher! Die Polizei will sich mit Ihnen noch …«

Lizzi drehte sich um. »Ich sagte nein!«

Mareike schwieg. Grimmig nickte Lizzi. Dann holte sie ihre Sachen aus dem Schrank und zog sich an.

Schimpfend stand Mareike am Fenster. »Das ist nicht richtig, Frau Böttcher.«

»O doch, ist es. Und du kommst mit.«

Kurz darauf gingen die beiden Frauen den Gang entlang. Lizzi musste sich bei Mareike schwer einhaken, denn ihre Beine fühlten sich weich wie Pudding an. Sie überlegte, wie sie ihr schlechtes Benehmen von eben wiedergutmachen könnte. Immerhin verdankte sie Mareike den Hinweis auf Martin Müller. Und an ihrem Krankenbett hatte die junge

Frau auch gesessen. »Sag mal, Kindchen«, begann Lizzi darum in einem versöhnlichen Ton, »das mit der Kündigung in der Residenz … Hast du einen Anwalt gefragt, ob das alles rechtens ist?«

Mareike seufzte. »Keine Chancen. Der Job ist futsch. Aber das macht nichts. Ich habe ja einen neuen.«

»Ja?«

»Ja, bei Ihnen, als Assistentin.« Mareike lächelte vorsichtig.

Lizzi sagte nichts. Stattdessen hakte sie sich fester bei Mareike ein. »Das mit dem Makler hast du super hingekriegt. Ich bin stolz auf dich. Und die Sache mit der Reinigung hätte ein echter Detektiv bestimmt nicht besser machen können.« Lizzi schluckte. Sie musste Mareike endlich klarmachen, dass das mit der Detektei nichts werden konnte. »Aber ich bin nun einmal keine Detektivin. Und darum hast du auch keinen neuen Job. Es tut mir leid«, sagte sie leise. Sie mied Mareikes enttäuschten Blick. »Aber vielleicht kann ich dir anders helfen.« Sie blieb stehen. »Hör zu, Kindchen.« Lizzi zog Mareike dichter an sich heran, wobei sie die Krankenschwester am Ende des Ganges nicht aus den Augen ließ, die gerade Medikamente auf ihrem Wagen kontrollierte. »Gerechtigkeit fällt nicht vom Himmel, darum gebe ich dir einen Tipp: Das Foto an der Wand im Büro von Frau Alberding-Wischenberg …«

Mareike beugte sich zu Lizzi herunter. »Was ist damit?«

»Es war ihr erster Tag bei uns. Unser Herr Doktor stand auf dem Foto neben ihr.«

»Ja, ich erinnere mich, aber was hat das …?«

»An seinem rechten Ringfinger sieht man deutlich den weißen Streifen eines Eherings. Hoffstätter trug also vor einem Jahr noch einen Ring am Finger. Einen Ring, den er seither nicht mehr trägt«, flüsterte Lizzi. Verschwörerisch kniff sie ein Auge zu.

»Ja und?«

Ungeduldig rollte Lizzi mit den Augen. »Ich glaube, es lohnt sich, in seinem Privatleben zu recherchieren. Kommt unser lieber Freund nicht aus Frankfurt? Dorthin fährt er doch jedes zweite Wochenende, oder? Angeblich wegen seiner Mutter.«

Mareikes Augen wurden groß. »Meinen Sie etwa, der hat hier was mit Frau Alberding-Wischenberg und in Frankfurt eine Ehefrau?«

»Nun, ich denke, das Privatleben unseres Herrn Doktors ist einen Blick wert. Was meinst du?« Sie lächelte Mareike an. »Wahrscheinlich bringt es dir den Job in der Residenz nicht zurück, aber ein wenig Rache kann auch Spaß machen.« Es war nicht nett, das wusste Lizzi, aber ein klitzekleines bisschen wollte auch sie Frau Alberding-Wischenberg ärgern.

Sie gingen weiter. Als sie die Krankenschwester erreichten, stellte sich Lizzi als die Mutter des frisch eingelieferten jungen Mannes vor, den sie besuchen wolle.

»Höchstens fünf Minuten«, meinte die Schwester streng. »Der Patient ist noch schwach.«

Seine Augen waren geschwollen, aus der Nase lugten zwei dicke Wattetamponaden, und um den Kopf trug er einen weißen Verband. Sein linker Arm war geschient, und das gebrochene Bein lag auf einer Erhöhung. Das zweite Bett war leer.

Martin Müller schreckte hoch, als er Lizzi erkannte. »Sie sind irre!«, rief er ihr entgegen. »Komplett verrückt!«

Schnell schloss Mareike die Tür.

Lizzi ging zum Bett des Mistkerls und musterte ihn von oben bis unten. »Tut das eigentlich weh?«, fragte sie und schnippte mit dem Finger gegen seine verletzte Nase. Der Mann schrie auf.

Es dauerte keine drei Sekunden, da wurde die Tür aufgestoßen. Die Schwester kam herein.

Lizzi drehte sich zu ihr um. »Alles in Ordnung«, erklärte sie lächelnd. »Mein Sohn wollte sich nur aufsetzen. Diese Schmerzen …«, säuselte sie, während sie dem Kerl im Bett in den Arm kniff. Zögernd schloss die Schwester die Tür.

»Wo ist mein Geld, du kleine Ratte?«, zischte Lizzi den Verletzten an. Dem traten mittlerweile die Tränen in die Augen, und er stöhnte auf. Noch einmal hob Lizzi ihren Finger an seine Nase. Schnell drehte er seinen Kopf zur Seite. »Schublade«, näselte er, wobei er versuchte, seine Nase mit der Hand zu schützen.

Lizzi öffnete die Schublade des Nachtschrankes neben dem Bett und blickte hinein. Nur der rote Ferrari-Anhänger samt Schlüssel lag darin.

»Den können Sie behalten. Schenke ich Ihnen«, nuschelte der Mann im Bett.

Fragend blickte Lizzi zu Mareike, während sie den Schlüssel hochhielt.

Mareike stürzte zum Bett. »Willst du damit sagen, dass du Lizzis Geld für so ein dämliches rotes Ding ausgegeben hast? Ein Auto, das jetzt komplett schrottreif ist?«

Lizzi tastete sich zu einem Stuhl, der an der Wand stand. Schwer ließ sie sich darauf sinken. Einen Ferrari bekam man nicht unter hundertfünfzigtausend Euro, hatte sie mal irgendwo gelesen.

Der Mistkerl grinste Mareike an. »Schnäppchen, wenn ihr mich fragt. Neu, nicht gebraucht. Bar bezahlt.«

»Und der Rest?«, hörte sich Lizzi ohne viel Hoffnung fragen.

»Spielschulden. Klamotten. Ich sag doch, ich bin ein Glückspilz.«

Mareike griff nach dem lächerlichen Krankenhausnachthemd des Typen und schüttelte ihn. Der Mann schrie um Hilfe.

»Wenn ich mit dir fertig bin, dann ist Schluss mit Glück! Dann wünschst du dir …« Weiter kam sie nicht. Die Tür wurde aufgestoßen, und die Schwester kam mit einem Pfleger hereingestürzt. Sie zerrten Mareike und Lizzi aus dem Zimmer.

»Ich rufe die Polizei«, rief die Schwester, als sie alle auf dem Flur standen. Einige Patienten lugten neugierig zu ihnen herüber. Gerade wollte die Schwester zum Telefon gehen, als sich ihr jemand in den Weg stellte.

»Das ist nicht nötig.« Besorgt blickte Pfeiffer zu Lizzi, die ihre Hände vors Gesicht geschlagen hatte und an der Wand lehnte. Er lächelte die Krankenschwester an. »Mein Name ist Pfeiffer, Kripo Hamburg. Gibt es Probleme?« Geduldig hörte er sich an, was die Frau zu berichten hatte, dabei beobachtete er aufmerksam Lizzi und Mareike. Die eine war nur noch ein Häufchen Elend, und die andere schien vor Wut gleich zu platzen. »Sind Sie die Frau, die mich vorhin angerufen hat?«, unterbrach Pfeiffer den Redeschwall der Schwester und blickte zu Mareike. Die nickte. »Nun, dann werden Sie beide jetzt mit mir kommen, meine Damen. Sie haben einiges zu erklären.« Er nahm Lizzi am Arm und geleitete sie aus dem Krankenhaus. Schweigend folgte ihnen Mareike.

Das Krankenhaus in Eppendorf bestand aus einem riesigen Backsteingebäude aus dem letzten Jahrhundert und zweistöckigen Häusern zwischen Grasflächen und bunten Hinweisschildern, die mehr Verwirrung stifteten, als Orientierung zu verschaffen.

Ein moderner Neubau aus Glas und Stahl war die aktuellste architektonische Untat, an der Pfeiffer nun seinen alten Granada vorbeirollen ließ, hin zur Eingangsschranke, die die Krankenhauswelt drinnen von dem Leben draußen trennte.

»Hat Mareike Sie tatsächlich angerufen?«, wollte Lizzi wissen, die zusammengesunken auf dem Beifahrersitz hockte.

Pfeiffer wartete, bis sich die Schranke hob. Dann legte er den Blinker ein. »Ja. Eine Frau Gödecke rief mich zu Hause an. Sie sagte, dass Elisabeth Böttcher auf Verbrecherjagd sei und einen gewissen Martin Müller in Blankenese jagen würde, der mit der Beute des Bankraubs von damals abgehauen sei. Ich setzte mich sofort ins Auto. Als ich aber ankam, sah ich nur eine Verrückte mitten auf der Straße stehen.« Er schüttelte den Kopf.

Der Wagen schob sich in den abebbenden Hamburger Feierabendverkehr. »Apropos verrückt. Warum sind Sie nicht im Krankenhaus zur Beobachtung geblieben? In Ihrem Alter sollte man auf die Ärzte hören.«

»Unsinn. Die kriegen mich noch früh genug. Warum hat sie das getan? Ich meine Mareike. Warum hat sie Sie angerufen?« Lizzi warf einen bösen Blick in den Außenspiegel auf ihrer Seite, wo sich Mareikes roter Fiat gerade hinter ihnen einreihte. »Sie weiß doch, dass Sie mich wegen des Geldes ins Gefängnis bringen wollen.«

»Ich nehme an, sie wollte Sie vor sich selbst schützen. Irgendjemand muss ja auf Sie aufpassen.«

Lizzi schwieg.

Nach einer Weile fragte sie: »Wohin bringen Sie mich jetzt, Herr Kommissar? Ins Präsidium?«

Pfeiffer schüttelte den Kopf. »Da ist nichts mehr, wofür ich Sie noch verhaften lassen könnte, Frau Böttcher. Dieser Müller scheint das gesamte Geld verjubelt zu haben. Und darum ist jetzt alles aus.«

»Wie meinen Sie das?«

»Solange ich eine Chance hatte, Willis Beute wiederzubeschaffen, selbst wenn ich nur Teile davon gefunden hätte …« Er atmete tief ein, als fiele es ihm schwer, diese Worte auszusprechen. »Das Geld wäre mein Beweis gewesen, dass ich damals recht gehabt hatte. Jetzt aber ist es weg. Und damit auch die einzige Chance, mich zu rehabilitieren.« Er warf Lizzi einen kurzen Blick zu. »Ich nehme nicht an, dass Sie gestehen werden, oder?«

Sie schluckte trocken. »Was sollte ich denn gestehen, Herr Pfeiffer? Ich habe doch kein Verbrechen begangen. Und warum rehabilitieren?«

Er sagte nichts. Und so schwiegen die beiden Alten eine Zeitlang, dann meinte er: »Sie bekommen doch eine Rente, Lizzi. Ich meine, eine ganz normale. Nach über vierzig Jahren Arbeit muss doch ein wenig übrig sein. Da hat man es doch eigentlich nicht nötig, kriminell zu werden.«

Sie lächelte bitter. »Keine vierhundert Euro Rente bekomme ich im Monat, Herr Kommissar.«

Pfeiffer nickte. »Dreihundertachtundzwanzig und sieben Cent.«

»Verstehe. Sie haben sich erkundigt. Dann wissen Sie ja

auch, dass meine Rente nicht einmal für die Warmmiete in einem Plattenbau reicht.«

Er überholte einen blauen Mini. »Darum haben Sie das Geld damals nicht abgegeben?«

Sie schaute aus dem Fenster. »Irgendwie dachte ich, ich hätte auch mal ein wenig Glück verdient. Und so richtig vermisst hat das Geld ja auch keiner, oder?« Sie sah zu Pfeiffer. »Außer Ihnen.«

»Sie haben mich wie einen Hund weggejagt.«

»Wer?«

»Der Abteilungsleiter, die Kollegen, das Präsidium.« Er hielt an einer roten Ampel und starrte auf die Straße hinaus. »Vierzig Jahre war ich bei der Polizei.« Er schluckte. »Meine Frau ist auch weg.«

»Wohin?«

»Tot. Und die Wohnung ist so leer.«

Lizzi hatte einen Kloß im Hals. »Wir beide haben uns mehr erhofft, als das Schicksal uns geben wollte«, flüsterte sie.

Schweigend fuhren sie an der Alster entlang, wo vor hanseatischer Kulisse kleine weiße Boote mit schlaffen Segeln in der Sonne dümpelten.

»Wegen seiner Fahrweise wird der Kerl sicherlich Ärger bekommen«, sagte Pfeiffer irgendwann. »Mehr aber nicht. Ein paar Einbrüche in feine Häuser, gefälschte Unterschriften, Betrug, mehr hat er nicht zu bieten.« Er blickte Lizzi an. »Sie müssen allerdings mit Problemen rechnen, Frau Böttcher. Man stellt sich nicht einfach auf die Straße und verursacht einen schweren Unfall.«

Lizzi verzog das Gesicht zu einem Grinsen. »Ich bin alt und tüdelig. Man wird mich laufenlassen.« Er lenkte den

Wagen auf die Abbiegespur Richtung Hauptbahnhof. »Außerdem ist die Polizei nicht mein Problem, lieber Pfeiffer.«

»Nein?«

»Nein. Ich werde wohl schon bald ohne ein Dach über dem Kopf auf der Straße sitzen.«

25

Rücksichtsvoll mied Pfeiffer die Elbchaussee Höhe Christian-F.-Hansen-Straße und fuhr stattdessen über die Osdorfer Landstraße zur Residenz. Erst als der Granada die Auffahrt hochrollte, sprach er aus, was ihm seit Mareikes Anruf durch den Kopf ging. Er hielt vor dem Eingang der Residenz. »Lizzi, darf ich Sie etwas fragen?« Als die Frau neben ihm nichts sagte, räusperte er sich. »Also ich bin ein Polizist im Ruhestand, abgesichert dank einer guten Pension, zuverlässig … Na ja, und Sie sind eine Frau …«

Lizzi fuhr herum. »Nein, kommt gar nicht in Frage! Ich werde Sie nicht heiraten! Mitleid habe ich nicht nötig.« Ihre Stimme überschlug sich. »Ich komme schon allein zurecht. Und alte Männer pflegen ist absolut nicht das, was ich will.«

»Aber das meinte ich doch gar nicht.« Mit großen Augen sah er sie an.

»Natürlich meinten Sie das. Sie haben Mitleid mit mir. Aber in Wirklichkeit ist es nur die Angst, an Einsamkeit einzugehen. So ist das nämlich in Wahrheit.«

Mit wütendem Blick fuhr er Lizzi an. »Mal so ganz unter uns, Frau Böttcher: Bilden Sie sich bloß nicht ein, Sie würden auf meiner Heiratsliste ganz oben stehen. Weder sind Sie jung noch schön, ja nicht einmal mehr reich sind Sie. Und rotzfrech noch dazu. Sie zu heiraten wäre eine Bankrotterklärung für jeden zivilisierten Mann.«

»Was fällt Ihnen ein?«, schnauzte Lizzi zurück, während sie umständlich versuchte, den Sicherheitsgurt zu lösen.

»Ich rate Ihnen, nehmen Sie sich nicht immer so wichtig, Frau Böttcher.« Pfeiffers Blick hätte problemlos Eisen schneiden können.

»Ich mich wichtig nehmen?« Sie lachte auf. »Wer tut denn ständig so, als sei er noch bei der Polizei? ›Pfeiffer, Kripo Hamburg‹«, äffte sie ihn nach.

»Das geht Sie nichts an!«

»Nee, aber Ihre Exkollegen interessiert es vielleicht«, schimpfte Lizzi zurück. »Verdammt, warum geht der Gurt nicht ab?« Sie zerrte an dem Ding.

Mit beiden Händen ergriff Pfeiffer das Lenkrad, damit sie seine zitternden Hände nicht sah. Das mit der Amtsanmaßung hatte gesessen.

Lizzi hielt inne, sah ihn an. In ihren Ohren pochte das Blut. Er sagte nichts. »Hm«, brummte sie.

Plötzlich fühlte sie sich mächtig mies. Schließlich machte sie doch seit Tagen nichts anderes, als zu lügen. Im Café hatte sie die Bedienung angelogen, die Nachbarin von dem Müller in Eidelstedt, die Krankenschwester. Nein, sie war um keinen Deut besser als der Mann neben ihr. Im Gegenteil.

»'tschuldigung«, murmelte sie. »Das eben, das sollte gar kein Heiratsantrag sein?« Verlegen blickte sie auf ihre Hände. »Ich dachte ja man nur, weil …«

Pfeiffer holte tief Luft. Er brauchte ein wenig, bis er sich beruhigt hatte. »Noch einmal von vorn: Ich bin ein erfahrener Polizist. Sie sind eine Frau mit besonderen Fähigkeiten.

Und wie Mareike sagte, planen Sie, eine Detektei zu eröffnen. Wir könnten uns zusammentun.«

Ihr Blick schoss hoch.

Schützend hob Pfeiffer die Hände. »Ich meine doch rein beruflich!«

»Ach so. Aber warum sollte ich?«

Er schwieg. Er hätte etwas von Kenntnissen in der Observation sagen können oder dass er beste Kontakte ins Präsidium hatte, zumindest noch. Oder er hätte seinen Waffenschein erwähnen können, den sie ganz bestimmt nicht hatte.

Aber das war es nicht. Diese Frau hatte ihre Frage anders gemeint. Persönlicher. Und Pfeiffer wusste, dass es jetzt so weit war: Nun musste er damit rausrücken, ob er wollte oder nicht. »Wenn ich nicht bald etwas zu tun bekomme, drehe ich durch.«

So, jetzt war es raus.

Lizzi nickte. »Verstehe«, flüsterte sie. »Geht mir genauso, nur andersrum. Ich will eigentlich nichts weiter als meine Ruhe zurückhaben. Aber damit ist es wohl endgültig vorbei.« Sie seufzte, öffnete den Gurt und stieg aus, ohne auf Pfeiffers Vorschlag zu antworten.

26

Lizzi hatte verschlafen. Das war ihr noch nie passiert. Als sie aufwachte, dröhnte ihr Schädel, als hätte sie in der Nacht eine wilde Party gefeiert. Vorsichtig ließ sie sich aus dem Bett gleiten. Ein Blick auf den Radiowecker sagte ihr, dass es bereits früher Nachmittag war. Das konnte nicht sein. Sie beugte sich dichter zu den grünschimmernden Ziffern hinunter. Das Ultimatum von Frau Alberding-Wischenberg würde in genau einer halben Stunde ablaufen. Die achtundvierzig Stunden waren um.

Der rote Ferrari schoss durch Lizzis Kopf. Sie sah, wie er direkt auf sie zuhielt. Ihr wurde schwindelig.

»Mein Gott«, murmelte sie, als sie im Nachthemd ins Wohnzimmer schlurfte, um sich in ihrer kleinen Küche einen starken, sogar sehr starken Kaffee zu machen.

»Ausgeschlafen?«

Für einen Moment setzte ihr Herz aus. Mareike saß auf dem Sofa. Auf dem Tisch vor ihr stand ein Laptop, umgeben von Papierhaufen.

»Ich war fleißig, Lizzi.« Mareike wedelte mit einem Stück Papier. »Doktor Hoffstätter steht zwar im Telefonbuch von Frankfurt, aber nicht allein.«

Lizzi drückte ihre Hand auf die plötzlich schmerzende Brust. »Willst du mich umbringen, Kindchen?«, japste sie.

Mareike lachte. »Wenn ein Ferrari Sie nicht umbringen kann, dann schaffe ich das erst recht nicht.«

»Auch wieder wahr.« Lizzi schlurfte in ihre Pantry.

»Der Kaffee ist fertig«, rief Mareike ihr nach. »Steht schon da.«

Lizzi grummelte etwas vor sich hin. Doch als sie in die Küche kam, roch es wunderbar nach wirklich starkem Kaffee.

»Ah«, entfuhr es ihr genüsslich. »Der macht Tote wieder lebendig! Herrlich.«

»Im Kühlschrank ist auch eine Scheibe Brot mit Gouda.«

Lizzi goss den schwarzen Kaffee in eine Tasse.

»Mit Marmelade?«

»Aber natürlich, liebe Lizzi«, flötete Mareike.

Mit sich und der Welt ein kleines bisschen zufriedener, setzte sich Lizzi zu Mareike an den Wohnzimmertisch. »Und was ist daran so aufregend, dass der Mann im Telefonbuch steht?«, fragte sie, während sie herzhaft in ihr Brot biss.

»Doktor Hoffstätter steht dort mit einer gewissen Irene Hoffstätter.«

Lizzi nahm einen Schluck Kaffee. »Oh, wie schön. Ist der Eintrag denn auch aktuell? Er könnte inzwischen immerhin geschieden oder verwitwet sein.«

»Das dachte ich mir auch, und darum habe ich in Frankfurt angerufen.«

»Ach nee. Und?«

Mareike grinste übers ganze Gesicht. »Eine sehr nette Frau, diese Frau Hoffstätter. Wir haben uns lange unterhalten.«

»Wie schön«, säuselte Lizzi.

»Es würde mich nicht wundern, wenn sie ihrem Mann einen spontanen Besuch abstattet.«

»Wirklich? Auch sehr schön.« Die beiden Frauen grinsten sich breit an.

Als Lizzi mit ihrem späten Frühstück fertig war, erhob sie sich. »So, Kindchen, du gehst jetzt nach Hause und schläfst dich aus. Auf alte Leute aufzupassen kann sehr anstrengend sein.« Sie lächelte Mareike aufmunternd an.

»Können Sie denn schon allein bleiben, Lizzi?«

»Aber natürlich. Ich bringe dich runter.«

In Wahrheit wollte Lizzi nichts anderes als allein sein. Sie dachte an die Terrasse, drei Stockwerke unter ihrem Balkon. Ob es wie bei den Marmeladenbroten war, die immer auf die appetitliche Seite fielen? Würde sie etwa mit dem Kopf zuerst aufschlagen?

Lizzi fröstelte, als sie Mareike vor dem Foyer verabschiedete. Sie blickte dem kleinen Fiat nach, der dem Tor zur Elbchaussee entgegenfuhr. Da bog ein schwarzer Mercedes von der Straße in die Auffahrt zur Residenz ein. Mareikes kleiner Fiat musste dem Wagen auf den Rasen ausweichen, da die Limousine keinen Zentimeter Platz machte.

Geräuschlos rollte das schwarze Ungetüm zum Haus, gefolgt von zwei weiteren Luxusschlitten. Die Wagen hielten vor dem Eingang, aus dem soeben die Geschäftsführerin samt Pflegeleitung, Doktor Hoffstätter und einer ausgewählten Schar festlich gekleideter Senioren trat.

Wie vom Donner gerührt, starrte Frau Alberding-Wischenberg Lizzi von oben bis unten an. Lizzi schaute an sich herunter. »Oha«, entfuhr es ihr, als sie realisierte, dass sie unter ihrem offenen Mantel nur ihr Nachthemd trug. Doch die Geschäftsleiterin hatte offenbar keine Zeit für modische Kommentare. Sie drängte sich an Lizzi vorbei. »Verschwinden Sie!«, raunte sie ihr zu. »Das Ultimatum ist abgelaufen. Sie hatten Ihre Chance.«

Mit einem breiten Lächeln wandte sich die Wischenberg

dem grauhaarigen der Herren zu, die soeben den Wagen entstiegen. Es waren insgesamt fünf Männer mit Aktentaschen. Die Investoren von Kruger International blickten taxierend an der Front der alten Jugendstilvilla hoch, bevor sie die Geschäftsführerin grüßten.

Jemand bot den Anwesenden ein Glas Sekt an.

Da trat Lizzis Nachbar Uhlendorf aus dem Haus. Über den Menschenauflauf verwundert, sah er sich um. Man hatte ihn offenbar auch nicht eingeladen. Dabei war der Hobbyornithologe zünftig gekleidet. Er trug eine wetterfeste Jacke in adretten Tarnfarben und eine grüne Hose samt Gummistiefeln, über seiner Schulter hing die obligate Stativtasche, und um den Hals baumelte die Kamera. Wortlos tippte Uhlendorf an den Rand seiner Mütze und bahnte sich einen Weg durch die sektnippende Runde.

Ein letztes Mal ließ Lizzi ihren Blick über ihre Nachbarn gleiten, die in vornehmer Belanglosigkeit das Wetter lobten und nach den Beschwernissen der Reise fragten. Lizzi hatte sich entschieden, nicht darauf zu warten, dass man sie vor die Tür setzte. Sie ging zurück ins Haus, um zu tun, was getan werden musste.

27

Langsam neigte sich der Tag dem Ende entgegen. Bald würde die Sonne ein letztes Mal für Lizzi in der Residenz untergehen. Mit geschlossenen Augen stand sie auf dem Balkon, horchte auf das dumpfe Stampfen der großen Containerschiffe, lauschte dem Rauschen des Windes in den Bäumen.

Im Wohnzimmer hinter ihr standen zwei Koffer. Mehr brauchte sie nicht, wenn sie morgen früh die Residenz verlassen würde. Alles andere war unwichtig und konnte hierbleiben.

Von Jessica an der Rezeption hatte sie sich die Telefonnummer der Bahnhofsmission geben lassen.

Eine letzte Nacht in ihrem Bett wollte sich Lizzi aber noch gönnen.

Unten sah sie Frau Alberding-Wischenberg gestenreich über den Rasen staksen, während die Gruppe von Kruger International hinter ihr herlief. Sie marschierten auf den festlich beleuchteten Pavillon zu, wo gleich der offizielle Empfang für die Geldgeber stattfinden sollte. Alle Bewohner des Hauses waren dazu eingeladen. Lizzi selbstredend nicht. Doch auch Jens Jessen schien nicht auf der Gästeliste zu stehen. Er saß im Rollstuhl am Rand des Gartens unter dem stattlichen Ahorn. Neben ihm las seine Pflegerin aus einem Buch vor, wie sie es letztens auch schon getan hatte.

Lizzi dachte an Andreas Brief. Sie seufzte. Bevor sie die

Residenz verließ, wollte sie noch versuchen, mit Jessen zu reden. Auch wenn das Kind es nicht verdient hatte, war es doch ihre Tochter. Lizzi ging hinein, band ihr Kopftuch um, zog den Mantel über und schloss leise die Appartementtür hinter sich.

Die mächtigen Bäume warfen lange Schatten auf den frischgemähten Rasen. Festlich gekleidete Senioren strömten zu dem Pavillon, der am anderen Ende des Parks stand.

Lizzi blieb kurz vor einer akkurat geschnittenen Buchsbaumhecke hinter der Terrasse stehen, wo sie erst letzte Woche die blau-gelbe Blüte eines Stiefmütterchens entdeckt hatte. Mittendrin und sicherlich nicht gewollt, hatte das kleine Ding den Umständen getrotzt. Nun war das Blümchen fort. Wahrscheinlich hatte es nicht zum Haus gepasst und wegen der Geldgeber weichen müssen. Genau wie Lizzi.

Langsam ging sie zu dem Mann im Rollstuhl hinüber, an dessen Seite die Pflegerin noch immer vorlas. Der Wind trug ihre sanfte Stimme zu Lizzi. Jessen schien zu schlafen. Den Kopf leicht nach vorn geneigt, so dass der Hut ein wenig schief saß, zuckten nur ab und zu die Hände in seinem Schoß.

Als Lizzis Schatten auf die lesende Frau fiel, schreckte diese hoch. »Was wollen Sie hier?«, rief sie. Sie sprang auf, um sich schützend vor Jens Jessen zu stellen. Das Buch war ihr vom Schoß gerutscht. Lizzi sah noch, dass es die Geschichte der englischen Gärten von Hans von Trotha war.

»Ich möchte gern ein, zwei Worte mit Herrn Jessen sprechen. Es geht um die Bank … und meine Tochter.«

Erschreckt blickte die Frau Lizzi an. Dann begann sie zu

zetern. »Man hat uns absolute Diskretion zugesichert! Niemand sollte erfahren, dass Herr Jessen hier ist! Woher wissen Sie das?« Mit jedem Wort drängte sie Lizzi weiter von dem Mann im Rollstuhl fort, der sich zu regen begann. »Ich werde diesen Vorfall melden!«

Der Mann wurde unruhiger, eigenartige Laute kamen aus seinem Mund, was die Frau noch nervöser machte.

»Nun mal langsam mit den jungen Pferden«, versuchte Lizzi sie zu beruhigen.

»Was fällt Ihnen ein, Herrn Jessen in seinem Schlaf zu stören?«, keifte die Pflegerin mit sich überschlagender Stimme.

»Übertreiben Sie nicht ein wenig, meine Gute?«

»Gehen Sie! Gehen Sie weg!« Der Mann im Rollstuhl hob den Kopf. Er wimmerte flehentlich. Besorgt fuhr die Frau zu ihm herum. »Gleich, ich komme ja gleich.«

Lizzi sah, wie aus seinem Mundwinkel Speichel lief.

Die Frau ließ von Lizzi ab. Mit wenigen Schritten eilte sie zu Jessen zurück, um ihm wie einem Baby die Wange zu tätscheln. Leise redete sie auf ihn ein. Dann holte sie aus einer großen Tasche neben dem Rollstuhl eine Plastikflasche mit Trinkhalm. Mit einem Tuch wischte sie den Mund des Mannes trocken. Dann bekam Herr Jessen, der ehemalige Vorstandsvorsitzende der Hansebank, die Flasche.

Selbst für einen Laien war offensichtlich, dass der Mann nicht mehr in der Lage war, über Andreas Job zu reden. Leise verabschiedete sich Lizzi. Mit gesenktem Kopf ging sie zurück zum Haus. Er tat ihr leid. Ein solches Ende hatte niemand verdient, nicht mal ein Banker.

Kaum hatte sie die Mitte des Rasens erreicht, als plötzlich ein peitschender Knall sie zusammenzucken ließ. Ein Pfiff schoss dicht an ihrem Ohr vorbei. Dann ein weiterer

Schuss. Im selben Moment schrie jemand hinter ihr gellend auf. Lizzi fuhr herum.

Sie sah, wie sich die kleine Frau über den Körper von Jessen warf. Sein Kopf war nach hinten gefallen, die Sonnenbrille halb von seinem Gesicht gerutscht, der Mund stand weit offen. Hysterisch rüttelte die Frau an dem Toten, in dessen Stirn ein kleines Loch klaffte.

28

»Schluss jetzt, Frau Böttcher!« Der Mann ließ seine Faust auf den Tisch zwischen ihnen sausen.

Lizzi, die ihre Arme vor der Brust verschränkt hatte, zuckte mit keiner Wimper, hielt seinem Blick stand. »Nur wenn Sie aufhören, dämliche Fragen zu stellen«, fauchte sie zurück. Dann beugte sich Lizzi über den Tisch zu einem Aufnahmegerät hinunter und wiederholte klar und deutlich: »Keine dämlichen Fragen mehr.«

Hauptkommissar Lindemanns Gesichtsfarbe hatte schon seit einiger Zeit eine rötliche Färbung angenommen.

»Ich habe Jens Jessen nicht erschossen«, versicherte Lizzi wohl zum hundertsten Mal.

Lindemann rollte mit den Augen. »Wir haben Sie auch nicht verhaftet. Wir wollen nur wissen, was Sie gesehen haben.«

»Nix habe ich gesehen. Und jetzt lassen Sie mich gefälligst gehen.« Seit einer gefühlten Ewigkeit saß sie nun schon im Verhörraum. Einsilbig hatte sie alle Fragen beantwortet, die etwas mit dem Toten zu tun hatten. Jene, die sich jedoch um Willi und das Geld von damals drehten, ließen sie nur bockig verstummen. Daran war Pfeiffer schuld. Der hatte doch diesem Lindemann den Floh ins Ohr gesetzt, man müsse sich noch einmal um die Sache von damals kümmern.

Jetzt fing dieser Lindemann schon wieder an.

»Kannten Sie Jens Jessen?« – »Nein.« – »Was wollten Sie

von ihm?« – »Nichts.« – »Warum sind Sie zu ihm gegangen?« – »Geht Sie nix an.« – »Seit wann wussten Sie, dass der neue Mieter in der Residenz Herr Jessen war?« – »Weiß ich nicht mehr.« – »Hatte Ihr Versuch, mit Herrn Jessen zu reden, etwas mit den Banküberfällen Ihres verstorbenen Mannes …«

»Nein, Himmel noch mal!«

Lizzi mochte Polizisten noch weniger als Banker. Das lag daran, dass Pfeiffer und seine Leute damals ständig bei ihr zu Hause Sturm klingelten. Immer wieder hielten sie ihr einen Zettel von der Staatsanwaltschaft vor die Nase, weil sie eine Hausdurchsuchung machen wollten. Dann stellten diese Vandalen alles auf den Kopf, während Lizzi ihre Mühe hatte, das Kind zu beruhigen. Die Polizei war öfter in der kleinen Altonaer Wohnung als Willi. Mal hieß es, es gehe um Betrug, mal um Diebstahl, mal habe er sich geprügelt oder Sachen verkauft, die ihm nicht gehörten. Die Gründe, vorbeizukommen, waren zahlreich. Nein, Lizzi mochte keine Polizisten.

Kommissar Lindemann blickte auf seine Armbanduhr. »Warum machen Sie es uns denn so schwer, Frau Böttcher? Wir könnten alle längst Feierabend haben und nach Hause gehen. Also noch einmal: Warum sind Sie zu Herrn Jessen gegangen?«

Lizzi hörte dem Mann gar nicht mehr zu. Sie hatte plötzlich ein komisches Gefühl im Bauch. Etwas stimmte nicht mit Jessens Tod. Nicht zum ersten Mal fragte sie sich, ob es Zufall gewesen war, dass der Mann erschossen wurde, als sie gerade mit ihm hatte sprechen wollen. Aber da war noch etwas anderes.

Leider plapperte der Polizist vor ihr in einer Tour, so dass

Lizzi sich nicht konzentrieren konnte. Sie bekam einfach keinen Sinn in das Gewirr in ihrem Kopf.

»Was wollten Sie von ihm?«

Lizzis Hand sauste auf den Tisch nieder. »Nun hören Sie doch mal mit dem Reden auf, junger Mann!«, schnauzte sie Lindemann an. »Hier stimmt doch etwas ganz und gar nicht.«

Schon wollte Lindemann zurückschnauzen, doch er riss sich zusammen. »Was meinen Sie?«, fragte er mit gepresster Stimme.

»Ich habe irgendein Teilchen in dem Puzzle übersehen«, murmelte Lizzi mit geschlossenen Augen. »Dieses Stück ist aber unbedingt nötig, weil sonst das ganze Bild keinen Sinn ergibt.«

Lindemann atmete hörbar ein. »Würden Sie uns an Ihrem Wissen teilhaben lassen, Frau Böttcher?«

Lizzi öffnete die Augen. »Ich bin mir nicht sicher, ob Sie das nicht überfordert.«

Das reichte. Der Kommissar sprang auf und beugte sich über den Tisch. »Schluss jetzt! Seit Stunden befragen wir Sie und Ihre Rentnertruppe, und alles, was wir hören, ist Unsinn!« Er schlug einen Pappordner vor sich auf. Mit dem Finger wies er auf ein Phantombild. »Eine Frau Stöver hat den hier als Täter erkannt. Robin Hood!« Sein Finger schoss zur geschlossenen Tür hinüber. »Ich habe sieben verschiedene Täterbeschreibungen. Von Mann bis Frau, groß bis klein, schwarz bis weiß, alt bis jung – alles dabei! Einer meinte die Bundeskanzlerin gesehen zu haben!« Lindemann starrte Lizzi an. »Sie sind die Einzige, die noch alle Tassen im Schrank hat. Reden Sie endlich, oder ich behalte Sie über Nacht hier!«

Lizzi riss die Augen auf. »Das kommt gar nicht in Frage. Sie lassen mich gehen. Jetzt!« Sie würde diesem pöbelnden, bregenklöterigen Schupo nicht sagen, was ihr gerade wieder eingefallen war. Es waren die Hände!

»Wenn Sie mich nicht sofort rauslassen, bekomme ich einen Herzinfarkt. Auf der Stelle. Das ist überhaupt kein Problem für mich.« Sofort ging ihr Atem schneller. Lindemann schüttelte genervt den Kopf. Ihr Atem ging in ein Keuchen über, das immer heftiger wurde. Sie spürte schon, wie sich ihre Gesichtsfarbe veränderte. Das hatte sie bei einer ihrer Theateraufführungen machen müssen. Das Publikum war begeistert gewesen.

Eine Zeitlang sah Lindemann ihr fast amüsiert zu. Doch als Lizzis Gesichtsfarbe langsam in bläuliches Rot changierte, sprang er auf. Die Hände erhoben, rief er: »Okay, okay! Ich gebe auf. Hören Sie auf mit dem Quatsch, und sagen Sie mir, was wir Ihrer Meinung nach übersehen haben. Dann dürfen Sie gehen.«

Lizzi hörte auf zu keuchen, sammelte sich, bis das Schwindelgefühl nachließ, und atmete langsam aus. Misstrauisch blickte sie Lindemann an.

»Die Hände des Toten waren falsch«, sagte sie.

Lindemann verstand nicht.

Nun, sie hatte auch nichts anderes von ihm erwartet. »Sie waren zu schwielig«, erklärte sie ungeduldig. Der Polizist reagierte noch immer nicht. »Der Tote hatte die Hände eines Mannes, der es gewohnt ist, damit zu arbeiten. Banker arbeiten nicht, schon gar nicht mit den Händen. Der Mann war nicht Jens Jessen«, sagte sie genervt.

Lindemann seufzte. »Die Identität des Toten ist eindeutig: Jens Jessen.«

»Unsinn.«

»Die Obduktion lässt da keine Fragen offen. Krankenakte, Zahnbefund. Alles korrekt. Jens Jessen.«

»Dann wurde eben ein Fehler gemacht.« Sie fuhr hoch.

»Der Tote wurde von seiner Frau und der Pflegerin vor einer Stunde identifiziert. Die müssen wissen, wer da vor ihnen liegt.«

»Die lügen! Machen Sie so einen Test. Diesen Dingsda… diesen DNA-Test.«

Lindemann lächelte. »Wissen Sie, was so etwas kostet? Abgesehen davon, wurden die Aussagen gegengeprüft.«

»Und die Hände? Was ist mit den Händen?«

Lindemann rieb sich die müden Augen. »Okay, ich rufe in der Gerichtsmedizin an. Und bei Frau Jessen versuche ich es auch noch einmal.« Kopfschüttelnd verließ er den Raum.

Irgendwann brachte jemand Lizzi einen Kaffee aus der Kantine. Sie bedankte sich, rührte ihn aber nicht an. Er war aus einem Automaten.

Endlich kam Lindemann zurück. Er setzte sich wieder auf seinen Stuhl. »Die Gerichtsmediziner im Butenfeld halten mich ab heute für bescheuert«, murmelte er. »Aber sie haben sich die Hände noch einmal angesehen und bestätigt, dass diese etwas gröber sind, als man es von einem Büromenschen erwarten würde.«

»Sag ich doch.«

»Sie sagten aber auch, dass der Zustand nicht unbedingt etwas mit harter körperlicher Arbeit zu tun haben muss.«

»Ach und womit dann? Geldscheine zählen?«

»Ich habe Frau Jessen angerufen. Sie sagte mir, ihr Mann sei begeisterter Ruderer gewesen. Mitglied im Ruderclub Allemannia achtzehn-sechsundsechzig. Solange er konnte, trainierte er. Damit ist der etwas derbe Zustand der Hände erklärbar.«

Lizzi sackte in die Lehne ihres Stuhles zurück. »Quatsch«, murmelte sie, während sie die Arme vor der Brust verschränkte. »Die lügt.«

Lindemann holte tief Luft. »So, Frau Böttcher, ich bin Ihnen weiter entgegengekommen als üblich. Können wir jetzt bitte fortfahren? Was also wollten Sie von Jens Jessen?«

»Sie wollten mich gehenlassen.«

Plötzlich öffnete sich die Tür des Verhörraumes. Lindemann drehte sich um. Erstaunt sah er Pfeiffer an, der in der Tür stand. »Welcher Schwachkopf hat dich reingelassen?«

Pfeiffer und ein schnieker Mann im Anzug traten ein. »'n schönen Abend, Kollege. So spät noch im Dienst?«, flötete Pfeiffer gutgelaunt.

»Ewald, ich will wissen, was du hier machst.« Lindemann blickte zu dem Unbekannten. »Und wer ist das?«

»Rechtsanwalt Henning Siebelt«, stellte Pfeiffer den Mann vor. Der Anwalt legte seinen Aktenkoffer auf den Tisch. Dann reichte er Lindemann seine Visitenkarte. Mit geschäftsmäßigem Blick erklärte er, dass Frau Böttcher von ihrem Zeugnisverweigerungsrecht nach Paragraph 53 der Strafprozessordnung Gebrauch mache, wonach sie nicht aussagen müsse, sofern ihre Erkenntnisse in direktem Zusammenhang mit einem Fall stünden, für welchen Frau Böttcher in ihrer Funktion als Detektivin derzeit für seine Kanzlei ermittelnd tätig sei. Mit offenem Mund starrte Lizzi den jungen Rechtsanwalt an, den sie noch nie zuvor gesehen hatte, für den sie aber offenbar als Ermittlerin arbeitete. Lindemann glotzte wie ein Fisch.

Eine halbe Stunde später stand Lizzi vor der Tür des Präsidiums. Der Anwalt verabschiedete sich mit einem kurzen Blick auf seine Armbanduhr von ihr und Pfeiffer.

»Und denken Sie daran, Herr Pfeiffer: Sie schulden mir etwas«, meinte er lächelnd, als er auch schon die beleuchteten Stufen zum Parkplatz hinuntereilte.

»Darf ich fragen«, fuhr Lizzi den noch immer zufrieden grinsenden Pfeiffer neben sich an, »was das sollte? Seit wann habe ich eine Detektei? Und wieso arbeite ich für den da?« Sie wies mit dem Finger zu dem Anwalt hinüber, der gerade in einen dunklen BMW stieg.

Pfeiffer lachte. »Ob Sie wollen oder nicht, liebe Lizzi. Das war die einzige Möglichkeit, Sie da schnell herauszubekommen. Ich kenne Lindemann. Der ist ein Bullterrier. Wenn der sich erst einmal festgebissen hat, gibt es kein Entkommen mehr.«

»Pah. Den hatte ich im Griff«, murmelte Lizzi, doch es klang selbst in ihren Ohren nicht sehr überzeugend.

Pfeiffer führte sie zu seinem Wagen. »Der Anwalt, den Sie eben kennenlernen durften, ist mit dem Prozess gegen die HBH beschäftigt. Er steht auf Seiten der Verteidigung.«

»In einem Prozess, dem anscheinend der Hauptangeklagte abhandengekommen ist.«

Pfeiffer nickte. Er hielt ihr die Autotür auf. »Stimmt. Frau Jessen rief Rechtsanwalt Siebelt an und informierte ihn darüber, dass eine verrückte Alte im Präsidium sitzt und die Identität ihres Mannes anzweifelt.«

»Oh, die ist aber flott. Und ihr Anwalt auch«, entfuhr es Lizzi. »Und Sie? Wie kommen Sie ins Spiel, Herr Pfeiffer?«

Pfeiffer setzte sich hinter das Steuer, schaltete das Licht ein und startete den Motor. »Ich traf den Mann unten, als er gerade im Präsidium ankam, und bot mich an, ihn nach oben zu begleiten. Auf dem Weg unterhielten wir uns ein wenig. Eigentlich wollte er nur wissen, was das für eine durchgeknallte Frau ist, die behauptet, Jessen sei nicht Jessen.« Er lächelte Lizzi schelmisch an. »Ich habe einige Andeutungen gemacht. Und dann einen Deal angeboten.«

»Und welchen Deal haben Sie diesem smarten Jüngling denn in meinem Namen angeboten?«

Pfeiffer räusperte sich. »Nun ja, ich sagte ihm, dass Sie die Hintergrundinformationen liefern könnten, die Sie erst dazu gebracht hätten, Ihre Anschuldigungen zu äußern.«

»Ach, das kann ich?«

Wieder räusperte er sich. »Ich habe ihm angeboten, dass wir ihm diese Informationen als Erstem zeigen, sobald sie verifiziert sind.«

»Das tun wir?«

Unsicher blickte Pfeiffer Lizzi an. »Er hat Sie da rausgeholt, Lizzi.«

»Ich weiß. Ich war dabei.«

»Tja und dafür möchte er nur wissen, was Ihre Detektei herausgefunden hat. Das ist doch fair?« Er schien sich plötzlich nicht mehr ganz sicher zu sein, dass seine Idee gut war. »Egal, er bittet für diese kleine Gefälligkeit nur um Ihren Bericht.«

»Quatsch!« Sie schnallte sich an. »Ich habe keine Detektei. Und herausgefunden habe ich auch nichts, denn ich habe keinen Fall.«

»Doch, Lizzi, jetzt schon.«

29

Als sie kurz vor Mitternacht an der Residenz ankamen, bot sich Lizzi und Pfeiffer ein surreales Bild. Auf der Straße standen Übertragungswagen verschiedener Fernsehstationen, überall lungerten Zigaretten rauchende Reporter herum. Mit Adleraugen behielten sie die Einfahrt zum Grundstück der Residenz im Blick, wo der Uniformierte einer Hamburger Sicherheitsfirma stand, der am Morgen noch nicht da gewesen war. Er bewachte das hohe schmiedeeiserne Tor, das zum ersten Mal, seit Lizzi hier lebte, geschlossen war.

Mit offenem Mund schaute sich Lizzi den Rummel an. »Nicht zu fassen«, murmelte sie, als Pfeiffer den Granada vor die Schranke rollen ließ. Einige Journalisten eilten mit Kameras in der Hand herbei. Die Blitzlichter blendeten sie. Schnell hielt sie sich die Hand vor die Augen. Nachdem der Sicherheitsmann geprüft hatte, ob tatsächlich eine Elisabeth Böttcher auf der Bewohnerliste stand, öffnete ein zweiter Sicherheitsmann die Torflügel. Langsam rollte der Granada die Auffahrt zur Villa hoch. Dort bot sich ein ebenso ungewöhnliches Bild. Grelle Scheinwerfer durchzuckten den Wald, aus dem der Schuss gekommen sein musste. Weitere Scheinwerfer leuchteten die Bank unter dem Ahorn samt Umgebung aus, wo Beamte in weißen Overalls nach Spuren suchten. Sogar Hunde waren im Einsatz. Überall flackerten die Lichtkegel von Taschenlampen. Polizisten traten aus dem Haus oder gingen hinein. Die Fenster des Gebäudes waren allesamt hell erleuchtet, heute Nacht schlief keiner in der Residenz Hanseatica. Lizzi fragte sich, was der Umzugswagen vor dem Eingang wohl zu bedeuten hatte.

Doch als Pfeiffer sie durch das Foyer führte, verstand sie, warum der Wagen dort parkte. Der Sohn der tüdeligen Gerda, Oberstaatsanwalt Wenningstedt, redete nebst aufgeregter Gattin nervös auf die Mutter ein. »Mamilein, du ziehst jetzt erst einmal zu uns. Da hast du es gemütlich.« Doch Mamilein wollte nicht. Sie zerrte und zeterte, konnte sich jedoch dem festen Griff ihrer besorgten Kinder nicht entziehen, die sie links und rechts eingehakt hatten.

Schnell ging Lizzi den dreien entgegen. »Gerda, wollen Sie verreisen?«, fragte sie die kleine Frau lächelnd, deren weißes Haar wirr in das zarte Gesicht hing. Gerdas Chanelkostüm hing schief geknöpft an ihrem dünnen Körper, ihre Augen waren vor Angst geweitet. Sie warf dem Mann, der sie festhielt, einen verständnislosen Blick zu. »Den kenne ich gar nicht«, nuschelte sie Lizzi entgegen. Gerdas Sohn schluckte. Tränen traten in seine Augen. Da beugte sich Lizzi dicht an Gerdas Ohr und flüsterte ihr etwas zu.

Zweifelnd schaute die tüdelige Frau daraufhin den Fremden an ihrer Seite an, musterte ihn von oben bis unten. »Und wenn er mir nichts abgibt?«

Lizzi lächelte. »Doch, er hat es mir versprochen. Er wird dir so viele Zuckerwürfel geben, dass deine Tasche gar nicht mehr zugeht«, versicherte sie.

»Ja?« Ein kindliches Lächeln huschte über Gerdas Gesicht.

Lizzi nickte. »Er zeigt dir, wo du sie findest.«

Lizzi sah zu dem Sohn auf. »Sie liebt Zuckerwürfel. Verteilen Sie die Dinger überall in Ihrem Haus, dann wird Ihre

Mutter vorläufig der glücklichste Mensch der Welt sein.« Matt nickte der Sohn. »Und passen Sie gut auf Ihre Mutter auf!«

Pfeiffer und Lizzi schauten den dreien nach, wie sie das Foyer verließen.

Plötzlich kam Frau Alberding-Wischenberg aus ihrem Büro gestürzt. »Warten Sie!«, rief sie dem Oberstaatsanwalt hinterher, der seine Mutter gerade ins Auto setzte. »So warten Sie doch!«

Die Geschäftsführerin, deren am Nachmittag noch perfekt sitzende Frisur sich in ein strähniges Wirrwarr aufgelöst hatte, eilte hinaus. Da bemerkte Lizzi, dass im Foyer weitere Koffer standen. Mehrere Herrschaften der Residenz saßen in Hut und Mantel in der Sitzecke und warteten offensichtlich darauf, abgeholt zu werden. Frau Stöver fummelte an einem Knopf ihres Mantels herum, während Frau von Eversberg ohne Unterlass auf die Anwesenden einredete. Jeder hatte eben seine eigene Art, mit Angst umzugehen, überlegte Lizzi und ging zum Fahrstuhl.

»Und Sie?«, wollte Pfeiffer da wissen. »Wohin wollen Sie gehen?« Lizzi zuckte mit den Schultern. »Sie können bei mir …«, begann er.

»Kommt überhaupt nicht in Frage«, rief Lizzi. »Ich habe anderes vor. Außerdem bin ich eine anständige Frau.«

»Wohl gesprochen«, kam es von hinten. Mareike stand dort. Sie nahm Lizzi in den Arm und drückte sie fest an sich. »Das muss schrecklich gewesen sein. Wie konnten die Sie nur verhaften?«

Pfeiffer korrigierte. »Sie wurde nicht verhaftet. Sie wurde befragt.« Er überlegte kurz. »Zumindest hat man es versucht.«

Lizzi machte sich aus Mareikes Umarmung frei. »So schlimm war es nicht, Kindchen«, sagte sie. »Eigentlich ganz amüsant.« Sie lächelte Pfeiffer und Mareike aufmunternd an. »Und jetzt genehmige ich mir erst einmal ein Gläschen auf den Schreck.«

Verwundert sahen die beiden Lizzi nach, die festen Schrittes in den Fahrstuhl trat.

»Wat den een sin Uhl, is den annern sin Nachtigall«, grinste sie die beiden an.

Verwirrt blickte Mareike Pfeiffer an. »Was hat sie gesagt?«

»Des einen Eule ist des andern Nachtigall.«

»Ah, des einen Leid ist des andern Freud, verstehe.«

Lizzi strahlte. »So ist es, ihr Lieben. Ich habe nämlich eine Idee.« Dann schlossen sich die Fahrstuhltüren.

Es war kurz nach Mitternacht, als Lizzi wieder in das nachtleere Foyer trat. Die Koffer waren mittlerweile verschwunden, genauso wie die wartenden Alten. Stattdessen hatte jemand einen Putzeimer mitsamt Lappen auf dem Tresen der Rezeption vergessen. Draußen war es stockdunkel. Weder gleißende Scheinwerfer noch Taschenlampenkegel huschten länger durch die Nacht. Alles war still. Nur am Lichtschein unter der geschlossenen Tür von Frau Alberding-Wischenbergs Büro konnte Lizzi erkennen, dass noch jemand da war.

Sie ging zu der Tür. Wenn ihr Plan nicht funktionierte, müsste sie spätestens morgen das Haus verlassen. Sie hatte nichts zu verlieren. Lizzi holte tief Luft und öffnete, ohne anzuklopfen, die Bürotür.

Frau Alberding-Wischenberg hob den Kopf von den Akten auf ihrem Schreibtisch. »Was wollen Sie, Frau Böttcher?«, fragte die Leiterin der Residenz erschöpft. Dann widmete sie sich erneut ihren Papieren. »Sie können Ihr Appartement nicht kündigen. Es wurde bereits gekündigt. Von mir.«

Lizzi lächelte, als sie sich auf den Stuhl vor dem Schreibtisch setzte. Sie faltete die Hände in ihrem Schoß. »Ich biete Ihnen einen Deal an, Frau Alberding-Wischenberg. So nennt man das doch heutzutage, oder?«

Erstaunt blickte die Leiterin Lizzi an. Dann lachte sie auf. »Ich denke nicht, dass Sie in der Position sind, mir etwas anzubieten, Frau Böttcher.«

Lizzi schüttelte den Kopf. »Noch immer hochnäsig, meine Liebe.« Tadelnd hob sie den Zeigefinger. »Haben Sie denn aus dem schrecklichen Tag heute gar nichts gelernt?«

Die Frau sprang von ihrem Sessel auf. »Gelernt? Was soll man denn aus so etwas lernen?« Ihre manikürte Hand wies durch die Terrassentür hinaus in den nachtschwarzen Garten. »Die Herren von Kruger International haben das Gelände fluchtartig verlassen. Die Hälfte der Bewohner ist bereits ausgezogen. Der Rest geht nach dem Frühstück. Keine Handvoll bleibt hier. Ein Mord in unserem Garten! Wir sind pleite, Frau Böttcher. Ich kann das Haus keine drei Monate mehr halten. Wie konnte dieser Mann sich bei uns nur erschießen lassen?« Sie ließ sich auf ihren Sessel fallen, die Hände an die Schläfen gepresst. »Die Zeitungen. Das Fernsehen – sie nennen unser Haus Mordsresidenz.«

»Hm, nicht sehr phantasievoll, wenn Sie mich fragen.«

Frau Alberding-Wischenberg riss die Hände vom Gesicht. »Ich frage Sie aber nicht, Frau Böttcher!« Ihre Stimme überschlug sich.

Lizzi beugte sich vor. »Sollten Sie aber, meine Liebe.«

»Ach und warum?«

»Weil ich weiß, wie Sie Ihre Mieter zurückbekommen. Und genauso weiß ich, wie Sie diese Investoren zurückholen können. Und ich weiß, wie Sie den guten Ruf des Hauses wiederherstellen und am Ende sogar noch als Heldin dastehen werden.«

»Was erzählen Sie für einen Unsinn?« Ziellos begann Frau Alberding-Wischenberg in den Unterlagen auf ihrem Tisch herumzublättern.

Lizzi stand auf, stützte sich auf den Papierberg vor der Geschäftsführerin. Sie sah ihr fest in die Augen. »Sie als Leiterin des Hauses werden beweisen, wer den Mann getötet hat. Sie werden bestimmen, was in den Schlagzeilen steht. Und Sie werden nachweisen, dass der Tote nicht Jens Jessen ist.«

Frau Alberding-Wischenberg riss die Augen auf. »Was?« Man sah, wie es in ihrem Kopf ratterte. »Aber Frau Jessen … und die Polizei sagte doch auch … selbst die Presse hat …«

»Stellen Sie sich einmal vor, was die Presse sagt, wenn sich herausstellt, dass Sie«, Lizzi machte eine dramatische Pause, »dass Sie diejenige sind, die den entscheidenden Hinweis gibt, damit der Mörder gefunden werden kann und die wahren Hintergründe ans Licht kommen. Das gibt bestimmt viele gute Artikel für die Residenz.«

»Was reden Sie da für einen Quatsch?« Es schien, als überlege sie, ob die Alte vor ihr zu viel Schnaps getrunken haben könnte, was im Haus natürlich verboten war. Oder ob sie irgendwelche berauschenden Medikamente intus haben könnte, was wiederum nicht verboten war. »Was wissen Sie?«

Lizzi setzte sich wieder. »Zum jetzigen Zeitpunkt kann ich Ihnen nur verraten, dass hinter der Sache viel mehr steckt, als die offiziellen Stellen glauben.«

Mit offenem Mund starrte die Frau am Schreibtisch Lizzi an. Doch dann verzog sich ihr Gesicht zu einem unvorteilhaften Grinsen. »Sie bluffen. Richtig? Sie wollen nur länger in der Residenz bleiben. Sie wollen eine Galgenfrist. Sie versuchen, mich in einer schwachen Minute um den Finger zu wickeln. Habe ich recht?«

»Ich biete Ihnen einen Deal an, Frau Alberding-Wischenberg: Ich helfe Ihnen, die Sache mit Glanz und Gloria durchzustehen. Dafür geben Sie mir vier Wochen Zeit.«

»Warum sollte ich?«

»Weil Sie am Abgrund stehen. Sie hatten so sehr gehofft, sich mit der Residenz zu Renommee zu verhelfen. Sicherlich haben Sie hart arbeiten müssen, um so weit zu kommen. Und die Residenz Hanseatica sollte ein wichtiger Meilenstein auf Ihrem beruflichen Weg nach oben sein. Doch jetzt?« Lizzi schwieg, ließ ihre Worte wirken. »Sie haben nichts zu verlieren.« Und ich auch nicht, dachte sie bei sich.

Die Frau überlegte. Zu lange, wie Lizzi fürchtete, während sie versuchte, in Frau Alberding-Wischenbergs Gesichtszügen zu lesen. Mehr als eine vage Idee, was hier wirklich vor sich gegangen war, hatte sie nämlich nicht. Die Frau vor ihr hatte absolut recht, wenn sie vermutete, dass Lizzi bluffte. Aber da war dieses Gefühl in ihrem Bauch, dem sie vertrauen musste. Es war dieses Drücken in der Magengegend, das sie auch früher immer hatte, wenn die Dinge anders schienen, als sie in Wahrheit waren. Mit einem Ehemann, dessen vornehmlicher Wesenszug das Lügen war, hatte Lizzi viele Gelegenheiten gehabt, dieses Magendrücken zu deuten. Und sie wusste mit Sicherheit, dass an den Vorfällen in der Residenz etwas nicht stimmte. Sie wusste nur leider nicht, was es war.

Zähe Minuten vergingen, in denen die Geschäftsführerin schwieg. Dann plötzlich hob sie die Hand, als müsse sie ein Staubkörnchen in der Luft fortwedeln. »Tun Sie, was Sie nicht lassen können, Frau Böttcher. Ich gebe Ihnen fünf Tage. Wenn Sie bis dahin nichts in Händen haben, verlassen Sie die Residenz unverzüglich.«

»Fünf? Das ist zu wenig. Zwei Wochen.«

»Sieben Tage oder gar nichts. Wie Sie richtig bemerkten, habe ich nichts mehr zu verlieren.«

Lizzi überlegte. »In Ordnung, eine Woche also. Wenn ich aber bis Samstag um Mitternacht etwas Entscheidendes herausfinde, das die Residenz in einem guten Licht dastehen lässt, dann darf ich bleiben. Für immer.« Frau Alberding-Wischenberg nickte zögernd. »Mietfrei.«

»Mietfrei? Sind Sie von Sinnen?« Sie sprang auf, und ihr Schreibtischsessel rumste gegen die Wand hinter ihr.

»Gehen wir doch einmal die Alternativen durch«, lächelte Lizzi sie an. »Einerseits gäbe es bald keine Residenz mehr, weil hier keiner mehr wohnen will … Andererseits ein klitzekleines bescheidenes Zimmerchen als Gegenleistung für eine voll ausgelastete Residenz. Dazu ein wiederhergestellter guter Ruf.« Sie hob die Augenbrauen. »Wenn alles so läuft, wie ich es mir vorstelle, werden die Leute Schlange stehen, hier wohnen zu dürfen. Sie könnten sich dann endlich Ihre Mieter aussuchen, Frau Alberding-Wischenberg. Wie Sie es in Ihrem neuen Konzept doch so schön geplant haben.«

»Okay«, seufzte die Geschäftsführerin endlich. »Okay. Und jetzt raus hier!«

Lizzi erhob sich. »Eine gute Entscheidung. Vielleicht könnten Sie mir das noch ganz kurz schriftlich …?«

»Jetzt reicht's!«

30

»Dass das klar ist: Es gibt keine Detektei!« Lizzi sah Pfeiffer genervt an, der vor der Schrankwand mit den hohlen Brockhausbänden stand. Er brummte, was man als vorläufige Zustimmung auffassen konnte. Mareike, die auf dem Sessel am Tisch saß, klapperte auf der Tastatur ihres Laptops auf dem Schoß. Lizzi trat zu ihr. »Mareike?« Sie sah die schlanken Finger über die Tasten fliegen. »Mareike? Hast du gehört, was ich gesagt habe? Nur diese eine Sache. Keine Detektei, klar?«

»Mhm. Geht klar.« Mareike sah nicht auf, sondern klapperte weiter.

Lizzi nahm einen Schluck aus ihrem Kaffeebecher, unsicher, ob die beiden das Thema wirklich ad acta gelegt hatten oder nur so taten. »Ich weiß noch nicht«, begann sie seufzend, »wie wir das alles überhaupt anstellen sollen.«

Pfeiffer lächelte. »Ich denke, das ist mein Stichwort, liebe Lizzi.« Er holte tief Luft. »Ich habe heute Morgen mit einem alten Kollegen telefoniert. Er sagte mir, dass die Ermittlungen ganz oben im Präsidium beobachtet werden. Der Senator wird vom Polizeipräsidenten täglich über die Fortschritte im Fall Jessen informiert.«

Lizzi sah auf. »Ja und?«

Verwirrt blickte Pfeiffer sie an. »Nun, das zeigt doch, dass man den Mord ernst nimmt.«

Der kleine Drucker, den Mareike neben ihrem Sessel auf den Boden gestellt hatte, spuckte eine Seite aus.

»Heute Morgen waren die Zeitungen und das Radio voll von Jessens Tod«, sagte Mareike und griff nach dem Papier. »Sogar in den Nachrichten haben sie es gebracht. Ist doch klar, dass die Politik da mitmischen will.« Sie legte das Blatt neben sich.

Lizzi schüttelte den Kopf. »Das hilft uns aber kein Stück weiter. Was vermutet denn die Polizei, Herr Kommissar?«

»Der ist kein Kommissar mehr!«, kommentierte Mareike.

»Oh, stimmt.« Lizzi lächelte. »Die Macht der Gewohnheit, nehme ich an.« Ihr war nicht entgangen, dass Mareike stocksauer war, weil Ewald Pfeiffer bei der Besprechung dabei war. Ja, sie vermutete sogar ein gerüttelt Maß an Eifersucht bei der jungen Frau.

Mit scheelem Blick zu Mareike fuhr Pfeiffer fort. »Die Ermittlungen gehen in viele Richtungen, aber vor allem konzentriert man sich auf Jessen und die HBH.«

»Hm«, überlegte Lizzi. »Ich weiß nicht. Das scheint mir zu einfach. Gibt es denn eine konkrete Spur, die zur Bank führt?«

»Glauben Sie etwa noch immer, dass Jessen nicht Jessen ist? Ich bitte Sie, Lizzi, das ist doch Unsinn.« Pfeiffer wischte ein imaginäres Staubkörnchen von seinem Jackett. »Der Mann wurde eindeutig identifiziert.«

»Ich trau der Sache nicht. Aber es wäre natürlich möglich, dass ich mich irre«, gab sie nach. »Die Spur zur HBH muss die Polizei übernehmen, da kommen wir nur schwer ran. Wir sollten uns auf anderes konzentrieren, denke ich.«

Da hob Mareike den Kopf und lächelte. »Das sehe ich auch so. Es gibt nämlich noch ein paar interessante Auffälligkeiten.« Sie wies auf den Laptop auf ihrem Schoß. »Hab da etwas gefunden. Hier.« Sie nahm das Blatt Papier und wedelte es durch die Luft. Lizzi schaute es sich an, während Pfeiffer über ihre Schulter blickte. Eine elegante Frau in feiner Abendgarderobe lächelte einen älteren Herrn neben sich an. »Lara Mahlstedt und Jens Jessen«, erklärte Mareike. »Kurz vor der Hochzeit.«

»Und?«, fragte Lizzi, die die Frau im Foyer der Residenz gesehen hatte, als Jens Jessen mit seinem Hofstaat eingezogen war.

»Die hat keine Falte im Gesicht«, erklärte Mareike.

»Ja und?« Lizzi und Pfeiffer blickten sich an.

Dann dämmerte es Pfeiffer. »Ich denke, Frau Gödecke möchte damit andeuten, dass Frau Jessen für einen Mann in Jessens Alter ein wenig zu jung ist.«

Mareike nickte. »Sie war keine dreißig, als sie den alten Knacker geheiratet hat. Dass das eine Liebeshochzeit war, kann mir keiner erzählen. Hier ging's um«, sie rieb Daumen und Zeigefinger aneinander, »Geld, Knete, Penunze. Die war's. Die hat ihren Mann erschossen.« Zufrieden mit ihrer Erklärung, lehnte sie sich zurück in den Sessel.

Pfeiffer schüttelte den Kopf. »Das ist kein Beweis, Frau Gödecke, sondern nur eine Vermutung. Außerdem war Frau Jessen zum Tatzeitpunkt bei ihrem Friseur. Dafür gibt es Zeugen.«

Wütend sah Mareike ihn an. »Unsinn. Das sieht doch ein Blinder, dass die nur auf sein Geld scharf war. Vielleicht hat sie einen Geliebten. Das haben diese Frauen doch immer.«

Lizzi, die sich noch einen Kaffee nachschenkte, wollte wissen, ob Jessen denn überhaupt so reich gewesen war, dass sich ein Mord lohnen würde. »Wer erbt? Die junge Frau auf dem Bild oder vielleicht eine frühere Ehefrau? Wenn er mit der ersten Frau Jessen Kinder hat, bleibt für die jetzige nämlich nicht mehr ganz so viel übrig.«

Mareike murmelte, dass sie das prüfen würde.

»Was denken Sie, Herr Pfeiffer?«

Der Mann vor der Schrankwand schob die Hände in die Hosentaschen und begann im Zimmer auf und ab zu gehen. »So wie sich die Angelegenheit zurzeit darstellt, und meine Kollegen im Präsidium sehen das ebenso …«

»Angeber«, murmelte Mareike vor sich hin.

Er warf ihr einen scharfen Blick zu. »… müssen wir vorerst davon ausgehen, dass Jessens Tod in direktem Zusammenhang mit der HBH steht. Es gab in den vergangenen Monaten mehrere Drohungen gegen die Bank und ihren ehemaligen Vorstandsvorsitzenden. Vor allem seit kürzlich bekannt wurde, dass ein Großteil des Personals der HBH entlassen werden soll.« Er blieb stehen und musterte Lizzi. »Für mich ist klar, dass wir im Umfeld der Bank nach Hinweisen suchen müssen. Ich treffe mich in der Mittagspause mit einigen alten Kollegen zum Essen. Danach weiß ich hoffentlich mehr.«

Mareike gefiel Pfeiffers Idee offenbar gar nicht. »Quatsch, die Ehefrau war es. Da müssen wir suchen. Die Bank und den ganzen Kram macht schon die Polizei. Nein, wir müssen uns die Witwe vornehmen!«

Pfeiffer rollte wieder mit den Augen. »Liebe Frau Gödecke, warum sollte die Frau ihren Mann töten, der so oder so bald gestorben wäre?«

Mareike baute sich vor Pfeiffer auf. »Alzheimerpatienten leben nach der Diagnose durchschnittlich fünf bis zehn Jahre, manchmal auch länger. Vielleicht dauerte es ihr zu lange.«

»Woran sterben diese armen Menschen eigentlich?«, ging Lizzi dazwischen.

»Meistens sind sie in ihrer Konstitution so geschwächt, dass sie an einem Infekt sterben. Zum Beispiel an einer Lungenentzündung«, erklärte Mareike, die das Leiden durch ihren Beruf nur zu gut kannte. »Ich habe mir übrigens die Krankenakte von Herrn Jessen angeschaut.«

»Bist du irgendwo eingebrochen, Kindchen?«

»Das ist strafbar, Frau Gödecke«, kommentierte Pfeiffer.

Mareike schüttelte den Kopf. »Ich habe eine Kollegin gebeten, mir die Akte zu besorgen. Sie kann die Wischenberg auch nicht leiden, darum hat sie mir geholfen. Außerdem steht der Laden hier sowieso kurz vor der Schließung.«

»Hoffentlich nicht«, murmelte Lizzi, während Mareike aus einer Tüte neben dem Sessel eine Plastikmappe hervorfingerte. Sie legte die Mappe auf den Tisch. »Es sind aber nur Kopien. Die Originale liegen bei der Polizei.« Sie schob eine Locke aus ihrem Gesicht. »Also, bei Jessen wurde die Demenz vor knapp zwei Jahren von seinem Hausarzt diagnostiziert. Vor einem halben Jahr überwies man ihn zu einem Spezialisten.« Sie machte eine bedeutsame Pause. Als keiner der Anwesenden reagierte, fuhr sie genervt fort. »Zwei Jahre! Das ist nichts! Selbst wenn eine Demenz sich schnell entwickelt, ist der Kranke nach der Diagnose nicht binnen kurzem in einem Zustand, in dem Jessen war, als er hier ankam.«

Lizzi sah auf. »Was heißt das?«

Selbstgefällig lehnte Mareike sich zurück. »Nun, das kann meiner Meinung nach nur heißen, dass jemand bei dieser Krankheit«, sie schrieb mit den Fingern Anführungszeichen in die Luft, »nachgeholfen hat.«

»Was?«, rief Lizzi. »Geht das denn?«

Sogar Pfeiffer hörte jetzt aufmerksam zu.

»Na klar. Es gibt Medikamente, die als Nebenwirkung Symptome haben, die einen Patienten dement wirken lassen. Man muss sie nur regelmäßig verabreichen. Da wären Antidepressiva wie Imipramin. Oder Antihystaminika, die auch als Schlafmittel verwendet werden. Dann gibt es noch Doxylamin, welches ebensolche Nebenwirkungen aufweisen kann, die bei oberflächlicher Betrachtung auf eine Demenz hindeuten. Auch kann ein Neuroleptikum wie Haloperidol bei richtiger Dosierung etwas vortäuschen, das aussieht wie eine Demenz.«

»Aber so schlimme Nebenwirkungen, dass derjenige völlig ...« Lizzi dachte an den Mann im Rollstuhl. »Er konnte kein einziges Wort mehr sagen.«

»Mit der Zeit erhöht man die Dosis, legt noch ein paar andere Medikamente dazu, und schon hat man einen sabbernden Alten.«

»Aber merkt man das denn nicht bei einem Bluttest oder anderen Untersuchungen?«

Hämisch grinsend blickte Mareike zu Pfeiffer. »Ich nehme nicht an, dass die Polizei danach gesucht hat, richtig?«

»Natürlich hat man das«, verteidigte er sich, doch es klang nicht sehr sicher. »Wäre da etwas gewesen, hätte man es auch gefunden. Bei einem Mord gibt es immer eine Obduktion samt Bluttest. Der Mann wurde allerdings erschossen und nicht vergiftet. Das Loch im Kopf war die Todesursache.« Er beugte sich zu Mareike hinunter. »Alles andere ist nur Tüdelkram, meine Liebe.«

»Nennen Sie mich nicht ›meine Liebe‹, klar?«

Bevor Pfeiffer antworten konnte, legte Lizzi ihre Hand

auf seinen Arm. »Ob Sie wohl Ihre guten Kontakte nutzen könnten, Herr Kommissar, um herauszufinden, was alles in dem Blut des Toten war? Vielleicht hilft uns das weiter.«

Da klopfte es an der Tür. Während sich Pfeiffer und Mareike noch wütend anstierten, erhob sich Lizzi.

Als sie die Tür öffnete, stand jedoch niemand dort. Stattdessen lag ein Kuvert auf der Fußmatte. Es war eine Notiz von Regierungsrat Uhlendorf, ihrem Nachbarn, der sie umgehend zu sprechen wünschte. Lizzis Stirn legte sich in Falten.

»Hm«, meinte sie und ging zu den Streithähnen in ihrem Wohnzimmer zurück.

»Lizzi«, rief Mareike. »Erklären Sie dem Mann, dass es keinen Sinn hat, in der Bank nach dem Mörder zu suchen.«

»Und Sie, Fräuleinchen, glauben allen Ernstes, mit Ihrer Fernseherfahrung kommen wir besser in dem Fall voran?«, zischte Pfeiffer sie an. »Hobbyermittlerin.«

»Macho.«

Lizzi beachtete die beiden nicht, sondern betrachtete den Brief in ihrer Hand.

»Himmel, nun sagen Sie doch auch mal was«, rief Mareike genervt, da Lizzi noch immer nichts zur Diskussion beigetragen hatte.

Ohne aufzublicken, nickte sie und murmelte: »Ja, ja, so machen wir das.«

»Was?«, wollten die beiden Zankäpfel unisono wissen.

»Mareike findet heraus, ob Jessen mit Hilfe von Medikamenten krankgemacht wurde, und Herr Pfeiffer fragt seine Kollegen aus.«

»Und was denken Sie?«, wollte der ehemalige Kripomann wissen.

Lizzi sah auf. »Gar nichts.« Aus der peinlichen Situation im Präsidium hatte sie gelernt. Sie würde kein weiteres Mal aufgrund eines Bauchgefühls einen Verdacht äußern.

»Vielleicht war es auch nur eine besondere Art der Sterbehilfe«, mutmaßte Mareike vor sich hin, während sie ihre Sachen einräumte. »Der Jüngste war er ja nicht mehr und krank obendrein.« Sie bemerkte die entsetzten Blicke von Lizzi und Pfeiffer. »Herrje, das war doch nur so eine Idee. Brainstormen nennte man das«, murmelte sie und widmete sich schnell wieder ihrem Laptop, dessen Kabel sie abstöpselte.

Pfeiffer schüttelte den Kopf. »Die Hansebank-Spur könnte auch noch in eine ganz andere Richtung führen.«

»In welche?«, wollte Lizzi wissen.

»Man muss bedenken, dass Jessens jahrelanger Betrug nicht einfach so und nebenbei begangen worden sein kann. Höchstwahrscheinlich hatte er Komplizen. So eine Sache zieht man nicht über Jahre hinweg allein durch. Vielleicht haben die anderen kalte Füße bekommen. Und weil er vor Gericht nicht aussagen sollte, haben sie ihn ausgeschaltet. Schließlich konnten sie nicht sicher sein, dass er wirklich so krank war, wie man hinter vorgehaltener Hand gemunkelt hat.« Diese Erklärung gefiel ihm. »Ich werde mit Lindemann darüber sprechen.«

»Tun Sie das, Herr Pfeiffer.« Lizzi stand auf, um ihr Appartement zu verlassen.

»Lizzi?«, rief Mareike ihr in den Flur nach. Als diese sich nicht umdrehte, sprang Mareike auf, wobei ihr der Laptop, den sie gerade in eine Tasche bugsieren wollte, fast vom Schoß gerutscht wäre. Schnell drückte sie die Sachen Pfeiffer in die Hand. »Hier. Machen Sie sich mal nützlich.« Dann folgte sie Lizzi. Vor der Tür des Nachbarn holte Mareike sie ein, die gerade klingelte. »Was wollen Sie denn bei dem?«

Lizzi zeigte Mareike den Brief. »Er will mich sprechen.«

»Warum? Was will der Giftzwerg von Ihnen? Will er sich mal wieder beschweren?«

Lizzi schüttelte den Kopf. »Nein, ich denke nicht. Wir sehen uns später.«

In diesem Moment öffnete sich Uhlendorfs Appartementtür. Wortlos bat er seine Nachbarin mit einer Handbewegung herein, während er Mareike die Tür vor der Nase zuschlug.

31

Das Appartement des Herrn Regierungsrats a. D. war gelebte Ordnung. Jedes Ding hatte seinen Platz. Niemals würde sich ein Staubkörnchen trauen, bei Uhlendorf heimisch zu werden. Die Teppichfransen lagen akkurat gebürstet auf dem Parkett, der Zeitungsstapel auf dem Beistelltisch neben dem Ohrensessel umfasste – sicher nach Datum sortiert und auf die gute alte englische Art gebügelt – die letzten Ausgaben der *Frankfurter Allgemeinen Zeitung* sowie der *ZEIT*. Lizzi war sicher, dass Uhlendorf die Kreuzworträtsel in beiden Ausgaben stets fehlerlos und mit Kugelschreiber löste.

Im mittleren Regal eines Vitrinenschranks bemerkte Lizzi ein leeres, mit dunkelblauem Samt ausgeschlagenes Kästchen. Preußens Gloria schien noch nicht den Weg zurück zu ihrem Besitzer gefunden zu haben. Sie wandte sich einigen gerahmten Fotografien an den Wänden zu. Und stockte. Eine davon zeigte einen Mann, den sie vor wenigen Minuten auf einem Stück Papier gesehen hatte. Den Mann, der gestern vor ihren Augen erschossen worden war – Jens Jessen. Auf dem Foto an der Wand musste Jessen rund zwanzig, fünfundzwanzig Jahre jünger sein. Er hielt eine offene Schachtel vor sich, in der eine protzige Medaille auf dunklem Samt lag. Neben ihm stand ein offiziell wirkender Herr, den Lizzi aus früherer Zeit kannte.

»Das war in den Achtzigern«, erklärte Uhlendorf, der

Lizzis Blick folgte. »Der Bürgermeister hat Jens Jessen damals die Stolten-Medaille verliehen.«

Lizzi schaute genauer hin. Ja, den sympathischen Bürgermeister Klose mit dem dünnen Haar hatte sie gleich erkannt. »Der rauchte immer Pfeife«, murmelte sie. »Und wer ist der dritte Mann auf dem Bild? Sie?«

Uhlendorf nickte. »Jessen bekam die Medaille auf meine ausdrückliche Empfehlung verliehen.« Er räusperte sich. »Ich arbeitete damals in der Senatskanzlei, danach in der Baubehörde. Als Mann der zweiten Reihe hatte ich einigen Einfluss in der Stadt.«

Lizzi fragte sich, warum Uhlendorf in seiner Heimatstadt so zurückgezogen lebte, wenn er einmal wichtig gewesen war. Er musste doch noch Freunde von damals haben oder wenigstens eine Familie. Besuch bekam ihr Nachbar jedoch nie, soweit sie wusste. Sie schaute sich das Foto genauer an. Jessen wirkte dynamisch. Er strotzte geradezu vor Selbstsicherheit. Ein gänzlich anderer Mann als jener unter dem Ahornbaum.

»Können Sie sich vorstellen, liebe Frau Böttcher, wie ich mich fühlte, als ich hörte, dass der Kerl gelogen und betrogen hat? Die Bürgermeister-Stolten-Medaille wird Menschen verliehen, die sich in besonderem Maße für Hamburg eingesetzt haben. Und dann stellt sich heraus, dass er ein hinterlistiger Hund ist … war.« Uhlendorf nahm das Foto von der Wand. Mit einem Ausdruck größter Verachtung ließ er es samt dem Rahmen in einer Schublade verschwinden.

Lizzi betrachtete unterdessen die anderen Fotos an der Wand. Ein Bild von ihrem Nachbarn als jungem Mann, der mit einer glücklich strahlenden Schönheit an seiner Seite unter einer großen Weide stand. Zwischen ihnen ein in den Stamm des Baumes graviertes Herz. Dann ein Hochzeitsfoto und einige Urlaubsbilder von Uhlendorf als Segler. Lizzi konnte sich ihren ständig nörgelnden Nachbarn nur schwer als Lieder singenden Skipper vorstellen.

Doch andererseits lernt man nie aus, wenn es um das Leben geht, überlegte sie.

»Warum wollten Sie mich eigentlich sprechen, Herr Uhlendorf?« Sie wandte sich ihrem Nachbarn zu.

»Ich möchte mich bei Ihnen offiziell entschuldigen, Frau Böttcher.« Lizzi hob eine Augenbraue. »Ich habe Ihnen mit meinen Beschwerden bei der Geschäftsleitung das Leben nicht leichtgemacht. Und jetzt das mit dem Geld … Es tut mir bis zu einem gewissen Grad leid.«

Die Buschtrommel im Haus funktionierte offenbar einwandfrei. »Sie brauchen sich keine Gedanken zu machen, Herr Regierungsrat. Noch hat man mich nicht vor die Tür gesetzt.«

Er ging zu einer antiken Anrichte, öffnete die unterste Schublade und holte einen Umschlag heraus, den er Lizzi reichte. »Bitte nehmen Sie das, Frau Böttcher.«

Mit zusammengekniffenen Augen musterte Lizzi den Umschlag. »Ich brauche keine Almosen.«

»Almosen? Nein, das sind Zeitungsartikel über Jessen. Ich hörte, Sie werden … also … Sie kümmern sich um den Tod von Jens Jessen. Ermitteln kann man das wohl kaum nennen.« Kurz verzog sich sein Gesicht zu einer Art Lächeln. »Wie gesagt, ich kannte den Mann aus früheren Zeiten. Und aus meiner aktiven Zeit habe ich noch ein kleines Archiv. Ich habe die Sachen herausgesucht, die Jessen betreffen.« Zögernd nahm Lizzi den Umschlag in die Hand.

»Sehen Sie, ich hielt den Mann für integer. Eine große Persönlichkeit der Stadt, von der die Welt noch viel hören würde, glaubte ich. Ich ahnte nicht, dass es auf diese Weise sein würde.«

Lizzi nickte. »Wie lange hatten Sie Jessen nicht mehr gesehen?« Sie klang schon wie die Beamten, die sie damals verhört hatten.

»Seit über fünfzehn Jahren. Das war, bevor ich aus beruflichen Gründen fortzog. Als Jens Jessen in unsere Residenz kam, habe ich ihn nicht gleich erkannt. Ich habe von seiner Identität erst aus der Zeitung erfahren.« Uhlendorf ließ sich auf seinen Sessel sinken. »Demenz ist ein hartes Schicksal. Vielleicht war es für ihn besser so.«

»Erschossen werden finden Sie eine gute Sache? Na, Sie haben Humor.«

Uhlendorf antwortete nicht. »Frau Böttcher, würden Sie mich informieren, wenn Sie etwas Wichtiges herausfinden? Sie können natürlich auf meine Diskretion zählen. Wenn Sie möchten, bin ich Ihnen gern bei den Untersuchungen behilflich.«

»Wo sollte ich denn Ihrer Meinung nach beginnen, Herr Uhlendorf?«

»Nun, das ist eindeutig. Bei der jungen Ehefrau natürlich. Sie ist die Tochter eines Sylter Bauunternehmers. Ihr Vater ging vor einigen Jahren pleite. Jessen und sein Konto kamen ihrer Familie damals gerade recht, vermute ich.«

Aha, sogar der Nachbar vermutete eine mordlustige Ehefrau. Irgendwie tat die Witwe ihr ein wenig leid.

Als Lizzi gerade Uhlendorfs Appartement verlassen hatte, folgte er ihr noch einmal auf den Gang. »Hat jemand eigentlich Frau Jessen informiert?«

Lizzi blickte auf. »Wen?«
»Na, die erste Frau von Jens Jessen. Sie lebt im Ausland.«
»Ach.«

32

Die Villa der Jessens lag an der Alster, genauer gesagt, am Feenteich, nicht weit entfernt vom russischen Konsulat. Wie alle Häuser auf der Wasserseite hatte auch die Jessenvilla einen direkten exklusiven Zugang zum Fluss. Dass die Alster ein Fluss war und kein See, wussten zumeist nur die echten Hamburger wie Lizzi. Man hatte den kleinen Fluss vor fast achthundert Jahren zu einem großen Mühlenteich aufgestaut. Doch statt Mühlen standen hier heute luxuriöse Stadtvillen, umgeben von adrettem Grün. Und während unzählige Schwäne die Ufer entlangschwammen, schipperten die weißen Alsterschiffe Tausende von Touristen hin und her, die neidvolle Blicke auf diesen hanseatischen Reichtum warfen.

Unschlüssig stand Lizzi nun auf der Straße und schaute zu einer ganz bestimmten weißen Jugendstilvilla hinüber, in deren Vorgarten ein üppiger Rhododendron mit cremefarbenen Blüten wuchs. Nahe dem Haus hingen die Dolden eines Blauregens von einem stützenden Holzgestell herunter. Lilafarbene Lupinen und rosafarbene Pfingstrosen wuchsen auf beiden Seiten des Weges, der zum Haus führte. Lizzi glaubte, den Geruch von Flieder in ihrer Nase zu haben.

Sie hatte sich von Mareike herfahren lassen, um mit dem Personal der Jessens ein wenig zu plaudern. Sicherlich hatte eine Putzfrau oder eine Nachbarin an diesem Montagmorgen ein paar Minuten Zeit für sie. Und so trat sie auf die granitgepflasterte Auffahrt.

Bevor sie die Haustür – mit der obligaten Kamera darüber – erreicht hatte, drehte sich Lizzi noch einmal zur Straße um. Sie winkte Mareike, die in ihrem alten Fiat saß und ihr zunickte, um nun zum Hausarzt der Jessens zu fahren. Auf dem Rückweg sollte sie Lizzi hier wieder auflesen. So der Plan.

Lizzi bemerkte eine Frau auf dem Nachbargrundstück, die offenbar Blumen schnitt. In der einen Hand hielt sie eine Rosenschere und in der anderen einen Strauß Flieder. Neugierig blickte die Frau zu ihr herüber.

Lizzi lächelte ihr zu. Doch als sie gerade zu ihr gehen wollte, um sie in ein Gespräch zu verwickeln, wandte sich die Frau mit verkniffenem Mund ab und verschwand im Haus.

»Tja, gute Erziehung ist auch nicht jedem gegeben«, sagte Lizzi zu sich.

In der Garage der Jessens stand ein BMW. Der Platz daneben war leer. Hatten solche Leute nicht immer zwei Autos? Mindestens. Vielleicht war Frau Jessen unterwegs, um die Beerdigung ihres Mannes zu organisieren. Mareike hätte jetzt vermutet, die Witwe sei wohl eher zur Maniküre oder in eine Boutique gefahren, um dort den Kummer über den Verlust des Ehemannes gebührend zu verarbeiten. Doch so einfach gestrickt waren Menschen im wahren Leben nicht. Das wusste Lizzi.

Sie klingelte an der wuchtigen Eingangstür.

Nachdem sie eine angemessene Zeit gewartet hatte, ging sie um das Haus herum. Womöglich würde es ihr gelingen, von hinten einen kurzen Blick durch eines der Fenster zu werfen. Sie wollte wissen, wie sich die Jessens eingerichtet hatten. Ihrer Meinung nach sagten Möbel viel über die Bewohner aus. Außerdem war sie überzeugt, dass zu dieser Villa ein Gärtner gehörte, denn die Blütenpracht im Vorgarten war sicher nicht von allein zustande gekommen. Vielleicht hatte sie Glück und konnte einen Plausch mit dem Hüter der Blüten halten.

Sie entdeckte einen gepflasterten Weg, der rechts am Haus vorbeiführte. Vorsichtig sah sich Lizzi um. Sollte jemand sie fragen, was sie hier wolle, würde sie einfach sagen, sie suche Frau Jessen, um zu kondolieren. Sie ging an einer Seitentür vorbei und erreichte den hinteren Teil des Gartens. Große Bäume zu beiden Seiten boten einen guten Sichtschutz zu den Nachbargrundstücken. Eine breite Terrasse mit Sonnenschirm und dazu passendem Sitzmobiliar erinnerte Lizzi an einen englischen Film, der erst kürzlich im Fernsehen lief.

Sie ließ ihren Blick über die weite Rasenfläche schweifen, die zum Feenteich leicht abfiel. Das Grün wurde immer wieder von Beeten unterbrochen, in deren Mitte filigrane Skulpturen standen. Erst auf den zweiten Blick erkannte sie diese als Sonnenuhren. Das größte der Beete hatte man mitten auf dem Rasen angelegt. Es war rundherum mit Rosen bepflanzt, die im Sommer bestimmt einen wunderbaren Kontrast zu der modern anmutenden Uhr in der Mitte ergaben. Die Uhr bestand aus nur einem einzelnen Stab, der wie ein mahnender Finger schräg gen Himmel wies und dessen Schatten auf einem marmornen weißen Sockel die Zeit anzeigte. Nicht weit entfernt stand am Ufer des Feenteiches eine knorrige Weide, die ihre langen Äste über das Wasser hängen ließ. Dort, hinter zwei Rhododendren, fand

Lizzi ein Gewächshaus, das von der Villa kaum auszumachen war. Ein Spaten, eine Harke und andere Geräte lehnten an der Wand. Sie hörte Stimmen.

»Hallo?«

Durch das Glas sah sie Pflanztische, auf denen Tontöpfe standen, bereit zum Bepflanzen. Hohe Engelstrompeten und hell rosafarbene Kamelien warteten in Kübeln darauf, in die warme Sonne gestellt zu werden. Sie trat ein. Da bemerkte sie einen Mann im grünen Gärtneranzug, der am anderen Ende des Gewächshauses auf einem Holzstuhl saß. Mit geschlossenen Augen lauschte er einer Sondersendung im Radio, das auf einem klapprigen Tisch stand. Soeben berichtete der Moderator vom Mord an dem ehemaligen Vorsitzenden der Hansebank und spekulierte über die Hintergründe. Lizzi versuchte, das Alter des Gärtners zu schätzen. Doch ein üppiger Vollbart und eine altmodische Hornbrille machten es ihr schwer. Vielleicht Ende fünfzig oder Anfang sechzig, überlegte sie.

Da fuhr der Mann hoch.

»Verzeihen Sie. Ich wollte Sie nicht erschrecken. Mein Name ist Elisabeth Böttcher.«

Der Gärtner musterte sie von oben bis unten. »Ah ja, Frau Böttcher. Ich kenne Sie aus der Zeitung.«

Ihr erstaunter Blick schien ihn zu amüsieren. Er nahm eine Zeitung, die neben dem Radio lag, und reichte sie ihr. »Sehen Sie selbst. Seite drei.«

Lizzi schlug den *Hamburger Morgenkurier* auf. Tatsächlich. Dort war ein Bild von ihr, wie sie in einem Auto saß, die Handtasche auf ihrem Schoß umklammerte und erschreckt in die Kamera blinzelte.

»Nicht sehr vorteilhaft«, murmelte sie.

Schnell überflog sie die Zeilen. Der Schreiberling fragte, ob Lizzi wohl zu den Tatverdächtigen gehöre, denn schließlich habe man sie auffallend lange in Polizeigewahrsam behalten. »Alles Dummköpfe«, kommentierte sie den Artikel.

»So ist die Presse nun einmal. Die Zeitung liegt auf jedem Frühstückstisch in der Stadt. Ich denke, man könnte sagen, dass Sie berühmt sind, Frau Böttcher.« Lange blickte er sie an. »Und? Haben Sie meinen Arbeitgeber …?«

»Sind Sie verrückt?«

»Warum wollten Sie Herrn Jessen denn kurz vor seinem Tod sprechen? Entschuldigen Sie die Bemerkung, aber Sie sehen nicht aus wie die Leute, mit denen Herr Jessen normalerweise verkehrte.«

Sie zupfte an ihrem Kopftuch und strich mit einer knappen Bewegung den beigefarbenen Mantel glatt. »Danke für das Kompliment, Herr …?«

»Kaminski, Georg Kaminski. Ich bin der Gärtner.«

»Seit wann?«

»Sie sind aber neugierig. Waren Sie früher bei der Polizei? Oder sind Sie in Wahrheit Journalistin? Dann müsste ich Sie sofort vor die Tür setzen. Anweisung von Frau Jessen.«

Lizzi schüttelte den Kopf. »Es lässt mir einfach keine Ruhe, dass Herr Jessen direkt neben mir umgebracht wurde. Alpträume. Sie verstehen?«

Kaminski nickte. »Sie sind also gekommen, um mich auszufragen.« Er musterte sie, als überlege er. »Meine Frau und ich arbeiten seit fast dreißig Jahren für Herrn Jessen. Wir leben in einer kleinen Wohnung oben unterm Dach. Sie ist die Hausdame, ich bin der Gärtner. Wir verdanken Herrn Jessen viel, darum ist meine Frau auch mit in diese Residenz gezogen. Sie hatte ihn schon die letzten Monate gepflegt. Und nein, ich werde weder etwas über die Ehe der Jessens sagen noch darüber spekulieren.«

»Warum kümmerte sich Frau Jessen eigentlich nicht selbst um ihren Mann?«

»Nicht jeder ist für so eine Aufgabe geschaffen, nehme ich an.« Kaminski drehte sich zu dem Tisch. »Möchten Sie einen Kaffee?«

Überrascht nahm Lizzi das Angebot an.

Der Gärtner machte sich daran, die Kaffeemaschine in Gang zu setzen. »Nehmen Sie irgendwo draußen Platz, Frau Böttcher. Milch?«

»Nein, danke, schwarz.«

Vor dem Glashaus setzte sich Lizzi auf eine Gartenbank nahe der Trauerweide, in die jemand vor vielen Jahren ein Herz geritzt hatte. Sie hörte den Gärtner mit Geschirr klappern, während sie zwei Schwäne beobachtete, die sich an den hängenden Ästen der großen Weide zu schaffen machten und die Zweige auf Halslänge kürzten. Einige Ruderboote dümpelten im Wasser des Feenteiches in der Sonne. Lizzi schaute zu der Brücke, die den Feenteich von der Alster trennte, da kam der Gärtner mit zwei Bechern in den Händen zurück. Er reichte ihr einen, während er Lizzis Blick zu zwei Ruderbooten hinüber folgte.

»Presse, nehme ich an.« Sie korrigierte sich. »Nein, nur das rechte der beiden Boote. Dort blitzte eben etwas auf. Ich gehe davon aus, dass es die Linse eines Objektivs war.«

Der Mann zuckte zusammen. »Paparazzi? Dann lassen Sie uns lieber reingehen.« Entschuldigend erklärte er, dass diese Zeitungsleute schon den ganzen Tag versuchten, ihn zu einem Interview zu bewegen. Einige hätten ihm sogar Geld geboten, damit er sie ins Haus ließe.

»Verstehe.« Sie gingen zurück ins Gewächshaus, wo sich Lizzi vorsichtig auf einen wackeligen Holzstuhl am Tisch setzte. Sie nahm einen kleinen Schluck aus ihrem Becher. »Herr Jessen machte auf mich einen sehr kranken Eindruck. Seit wann ging es ihm denn so schlecht?«

»Seit fast einem Jahr. Es wurde so schlimm, dass es nicht mehr zu verheimlichen war. Der Arzt sagte, es sei Alzheimer-Demenz.«

»So etwas entwickelt sich aber eigentlich nicht so schnell.«

»Bei Herrn Jessen schon.«

»Was wird jetzt aus Ihnen und Ihrer Frau?«

Er schien zu überlegen. »Ich weiß es nicht. Frau Jessen wird wohl das Land verlassen. Südfrankreich, glaube ich. Vielleicht gehe ich mit.«

»Etwa an die Côte d'Azur? Oh, schön! Da wollte ich auch immer schon hin. Es heißt, die üppigsten Gärten Europas könnte man dort sehen.« Sie seufzte. »Das milde Klima, das alles so wunderbar zum Blühen bringt. Ach, das muss für Sie als Gärtner ein Paradies sein.« Kaminski lächelte. »Und Ihre Frau? Kommt sie denn nicht mit?« Lizzi war aufgefallen, dass der Gärtner nur von sich und Frau Jessen gesprochen hatte, nicht jedoch von seiner eigenen Frau.

Doch bevor er antworten konnte, bemerkte sie draußen eine Bewegung. Eine elegant gekleidete Frau stürmte in das Gewächshaus. Die Hände in die schmalen Hüften gestemmt, baute sich Frau Jessen vor Lizzi auf.

»Was tun Sie hier?« Ihr Atem ging schnell, als sei sie gelaufen. Hinter ihr traten zwei Männer ein. Erschrocken blickte der Gärtner die Fremden an. »Sie können gehen, Herr Kaminski«, zischte Frau Jessen ihm zu. »Die Herren von der Polizei werden sich um diese Person kümmern.«

Eilig drängte sich der Gärtner zwischen Kommissar Lindemann und dessen Kollegen hindurch.

»Was machen Sie hier, Frau Böttcher?«

»Tja, was soll ich da sagen, Herr Kommissar?« Langsam stellte Lizzi den Becher Kaffee auf den Tisch. Unter Lindemanns offener Jacke konnte sie ein Holster samt Pistole erkennen.

»Was wollten Sie von meinem Mann? Was hat er Ihnen gesagt?« Frau Jessen trug ein enganliegendes Versacekostüm in Schwarz, dessen einziger Knopf ein eingefasster glänzender Stein war. Lizzi fragte sich, ob der wohl echt sei.

»Erst einmal, mein Beileid, Frau Jessen.« Sie musterte die Witwe streng. »Warum wollen Sie denn wissen, was Ihr Mann zu mir gesagt hat?«

Lara Jessen stockte. »Nun, Sie waren doch die Letzte, die mit ihm gesprochen hat«, erklärte sie. »Hat er mich erwähnt?«

Aus schmalen Augen beobachtete Lizzi sie. Wusste die Frau denn nicht, dass der Mann unfähig war, auch nur ein Wort zu sprechen? »Wie geht es eigentlich Frau Kaminski?«, wollte Lizzi stattdessen wissen. »Ich hatte ganz vergessen, Ihren Gärtner danach zu fragen. Sie muss unter Schock stehen. Ist sie noch im Krankenhaus?«

Doch Lara Jessen blieb die Antwort schuldig.

»Bringen Sie diese Person sofort von meinem Grundstück«, befahl sie stattdessen den beiden Beamten.

Links und rechts je einen Polizisten an ihrer Seite, wurde Lizzi über den Rasen geführt, vorbei an dem Rosenbeet mit der Sonnenuhr. Frau Jessen folgte ihnen. »Ist Frau Kaminski verletzt?«, rief Lizzi noch über die Schulter zurück. »Wo ist sie überhaupt?«

»Woher soll ich das wissen?«, zischte Lara Jessen.

Zufrieden bemerkte Lizzi, wie sich die Beamten einen kurzen Blick zuwarfen.

Draußen auf der Straße baute sich Lindemann vor Lizzi auf. »Was sollte das, Frau Böttcher?«

Sie lächelte zu ihm hoch. Er war mindestens zwei Köpfe größer als sie, was ihr bei der Vernehmung im Präsidium gar nicht aufgefallen war. »Gegenfrage: Welchen Nutzen hat Frau Jessen vom Tod ihres Mannes?«

Lindemann rollte mit den Augen. »Frau Böttcher, das geht Sie nichts an.«

»Noch eine Frage: Warum tötet jemand einen Todgeweihten?«

Der Kollege stimmte Lizzi zu. »Das fragen wir uns auch.«

»Harry!«, brachte Lindemann ihn zum Schweigen.

Sie ließ nicht locker. »Da hatte jemand keine Zeit mehr zu verlieren. Der Mörder konnte nicht darauf warten, dass Jessen eines natürlichen Todes starb. Richtig?«

Die Männer schwiegen verbissen. »Was um alles in der Welt trieb den Mörder an, es jetzt zu tun? Gerade jetzt und nicht später?« Sie musterte die beiden Beamten, in deren Gesichtern keine Regung zu sehen war. »Der Prozess? Oder gab es andere Gründe? Warum die Eile?« Während sie das sagte, meinte sie, Pfeiffer zu hören, der sicher war, dass hinter dem Mord jemand aus der Bank steckte. Vielleicht ein Mittäter des Betruges oder ein Geschädigter. »Wie viele Privatleute und Firmen sind von Jessen betrogen worden?«

Die Männer sagten nichts.

»Weniger als hundert?« Keine Regung. »Mehr als hundert?« Lindemanns linkes Auge zuckte. Lizzi grinste ihn an.

»Na, da haben Sie eine Menge zu tun, meine Herren.« Wütend schaute Lindemann zu ihr herunter. »Und als brave Bürgerin dieser Stadt will ich Sie von der Arbeit nicht abhalten.« Mit diesen Worten eilte sie die schattige Straße entlang, Richtung Innenstadt. Konnte die Polizei ihr eigentlich verbieten, auf eigene Faust zu ermitteln? Sie musste wirklich vorsichtiger sein.

33

Es war fast Mittag, und die Luft im Wartezimmer des Hausarztes von Jens Jessen war unglaublich stickig. Mareike öffnete ihren Mantel. Sie blickte zum geschlossenen Fenster hinüber, das direkt auf die vierspurige Sievekingsallee führte. Bei dem Autolärm da draußen war es kein Wunder, dass niemand freiwillig das Fenster öffnete. Andererseits befürchtete Mareike, ohnmächtig zu werden, wenn sie nicht gleich frische Luft bekam. Mit einer Frauenzeitschrift wedelte sie sich Luft zu. Sie hatte heute Morgen vergessen zu frühstücken. In der Hoffnung, dass die Praxis so früh eigentlich leer sein müsse, hatte sie sich abgehetzt – doch vergeblich: Jeder Stuhl im Wartezimmer war besetzt. Und darum saß sie hier seit fast zwei Stunden, geduldig wartend, dass der Arzt eine Minute für sie übrig haben würde.

Mareike erhob sich von dem harten Plastikstuhl und ging zum Fenster, wo sie sich über einen alten Mann beugte, der eigenartig roch. Eine Mischung aus Urin und Schnaps drang in ihre Nase. »Darf ich …?« Ohne eine Antwort abzuwarten, stellte sie das Fenster hinter seinem Rücken auf Kipp. Sofort rollte eine Welle dröhnenden Autolärms in das Wartezimmer. Genervt hoben einige Patienten die Köpfe von ihren Smartphones oder Illustrierten. Mareike nahm wieder Platz. Ihr gegenüber saß ein dicker Mann, der den *Hamburger Morgenkurier* las. Die Schlagzeilen berichteten vom Mord an Jens Jessen. Unten in der Ecke war ein Foto von Elisabeth Böttcher. Mareike spürte einen Anflug von Stolz auf Lizzi, selbst wenn diese eine solche Aufmerksamkeit in der Presse bestimmt nicht mögen würde.

Die Tür des Wartezimmers öffnete sich. »Herr Kiesewetter, bitte.« Schnaufend erhob sich der Mann am Fenster und schlurfte hinaus. Doch statt die Tür hinter ihm zu schließen, schaute die Sprechstundenhilfe zu Mareike herüber. »Klisteria?«

Mareike sah auf. Nur wenige besaßen die Frechheit, sie nach einem medizinischen Gerät zur Darmreinigung zu nennen. »Fräulein Bum-Bum«, rief Mareike den nicht weniger charmanten Namen ihrer ehemaligen Lieblingsfeindin Dani, die während der Ausbildung für ihre intensiven Kontakte zu den Ärzten berüchtigt war.

»Seit wann wartest du schon, Mareike? Ich habe dich auf der Liste nicht gesehen. Geheiratet?«

Mareike grinste. »Seit neun Uhr, und: nein, nicht mehr verheiratet.«

Die beiden gingen in die Teeküche hinter dem Empfangstresen der Praxis und tauschten eilig ihre Neuigkeiten aus.

Acht Jahre Pflegerin, davon vier Jahre in der Residenz Hanseatica, geschieden, derzeit Single, ein Kind, ein alter Wagen, der den nächsten TÜV nicht überleben würde. »Und du?«

Zwei Kinder, eine Scheidung, neuer Freund, BMW, Heirat geplant.

Mareike grinste die attraktive Blondine an. »Doktor Hennings?«

Dani lächelte siegessicher. »Und, Mareike, was fehlt dir?«

»Ich bin nicht krank. Ich brauche nur Informationen über einen eurer Patienten.«

Die Sprechstundenhilfe mit höheren Ambitionen lachte auf. »Das kannst du vergessen! Da ist Malte ganz penibel.« Sie wischte über die Arbeitsfläche, obwohl diese makellos sauber war. »Worum geht es denn?«

Mareike überlegte, ob sie die Wahrheit sagen sollte. Würde ein Mord ihre Lieblingsfeindin von damals nicht zu sehr ängstigen? Ihr Alpträume bereiten? »Einer eurer Patienten wurde erschossen. Exekution. Direkt in den Kopf. Gestern.«

Dani riss ihre dezent geschminkten Augen auf. »Nein! Wer denn?« Mareike bemerkte enttäuscht, dass Dani alles andere als ein furchtsamer Typ war.

»Jens Jessen.«

»Der aus den Nachrichten? Dieser Bankmann?« Mareike nickte. »Bist du etwa jetzt bei der Polizei?«

Mareike konnte nicht anders. Sie musste es einmal aussprechen. Nur einmal. »Ich bin die Assistentin einer bekannten Privatdetektivin.« Oh, wie das klang. Es fühlte sich gut an. Okay, »bekannt« war etwas voreilig. Aber wer wusste schon, was morgen kam?

»Detektivin? Scher*locke* Holmes?« Dani grinste frech. Jetzt wusste Mareike wieder, warum sie diese dämliche Kuh schon damals nicht leiden konnte. Die gönnte keinem Menschen etwas Gutes, musste alles miesmachen. Mareike drückte den Rücken durch. »Jens Jessen war euer Patient, bevor er zu Doktor Boyens, dem Neurologen in Harvestehude, überwiesen wurde. Das ist sechs Monate her.«

Dani Bum-Bum überlegte. »Kann mich gar nicht an den Mann erinnern. Ich meine, schau dir unsere Patienten an. Die meisten sind von hier. Also eher der einfache Menschenschlag, wenn ich es mal so sagen darf. Aber das wird sich schon bald ändern. Malte plant nämlich, eine piekfeine Praxis in Eppendorf zu eröffnen.« Sie strahlte. »Im Herbst geht es los. Wir suchen schon die Räumlichkeiten. Den Laden hier verkauft er dann …«

Mareike musste Dani zurück zum Thema bringen. »Du kanntest Herrn Jessen also nicht persönlich?«

Bum-Bum schüttelte den Kopf. »Ich bin nicht jeden Tag hier. Aber der Computer kennt deinen Herrn Jessen bestimmt.«

Sie gingen nach vorn zum Tresen, wo Danis Kollegin gerade mit einem Patienten beschäftigt war. Dani schob die Frau zur Seite. »Moment, muss mal eben was nachsehen.«

Die Kollegin warf erst Dani und dann Mareike einen scharfen Blick zu. Doch was konnte sie gegen die neue Freundin des Chefs schon sagen?

Einige Klicks später, während deren Mareike sich wünschte, für den bitterbösen Blick der anderen Sprechstundenhilfe unsichtbar zu werden, erklärte Dani, dass Jessen hier über zehn Jahre Patient gewesen sei, schon beim Vorgänger von Doktor Hennings. Die Diagnose Alzheimer-Demenz sei bereits vor längerer Zeit gestellt worden. Vor sechs Monaten wurde der Mann dann als Privatpatient zum Neurologen Boyens nach Harvestehude überwiesen. Mareike wollte noch wissen, ob Frau Jessen bei den Besuchen ihres Mannes dabei war.

»Nun ja, das nehme ich doch an.«

»Du kannst dich nicht erinnern?«

Dani Bum-Bum prüfte den Sitz ihres weißen Kittels, der im Brustbereich ein wenig spannte. »Weißt du, wie viele Patienten wir hier haben?«, zickte sie.

»Tja, wir werden alle nicht jünger, meine Liebe«, säuselte Mareike. Kumpelhaft legte sie ihre Hand auf die Schulter der künftigen Frau Doktor. »Vielleicht ist es aber auch nur Alzheimer.«

34

Die Kantine im Polizeipräsidium war wie fast alle Kantinen dieser Welt: langweilig. Tischreihen mit unbequemen bunten Designerstühlen standen parallel zur Fensterfront. Ein Ort der Effizienz und des schnellen Hinunterschlingens, nicht des Sichwohlfühlens. Nein, in die Kantinen seiner vielen Berufsjahre wünschte sich Pfeiffer nicht zurück. Obwohl das Essen immer in Ordnung gewesen war.

Jetzt stand Pfeiffer mit einem Tablett in der Hand hinter der Ausgabe. Auf dem Teller vor ihm schwamm eine Scheibe Schweinebraten in brauner Soße, umrahmt von Gemüse und Knödeln. Eigentlich hatte er keinen Hunger, doch man bewegte sich unauffälliger in einer Kantine, wenn man etwas zu essen vor sich hatte. Außerdem hatte er vorhin Staatsanwalt Detjen ins Präsidium gehen sehen. Da war er ihm einfach gefolgt. Es hatte Pfeiffer nur den überfälligen Plausch mit Heiner am Empfang gekostet, und schon durfte er rein. Der dicke Heiner war nicht nachtragend.

Suchend schweifte nun Pfeiffers Blick über die halbleeren Tischreihen. Er entdeckte den Juristen am äußeren Ende einer Reihe.

Pfeiffer ging zu ihm. »Darf ich mich setzen?«

Detjen blickte kurz auf. »Hm«, meinte er kauend, wobei er mit der Gabel zu dem freien Stuhl gegenüber wies. Vor Detjen stand ein großer Salatteller. Auffallend waren die vielen Putenschnitzelstreifen, Croutons und der gebratene

Speck darauf. Das Grün befand sich eindeutig in der Minderheit.

»Pfeiffer«, stellte Pfeiffer sich vor, wobei er die Berufsbezeichnung bewusst vermied. Sorgsam faltete er seine Papierserviette auf, um sie dann auf dem Schoß auszubreiten. Er griff zum Besteck. »Ich hörte, Sie sind der zuständige Staatsanwalt für die Sache mit der HBH?«

Der Mann nickte, während er die gerösteten Brotstückchen vom Salat pickte. »Ja. Aber das kann man auch täglich in der Presse lesen.«

»Ich nehme an, seit Ihr Angeklagter es vorgezogen hat, sich umbringen zu lassen, haben Sie kein wirkliches Ass mehr im Ärmel, oder?« Pfeiffer begann den Schweinebraten in gleich große Stückchen zu schneiden. Er bemerkte den sehnsüchtigen Blick des Staatsanwaltes zu den Knödeln auf seinem Teller. »Diäten sind eine schreckliche Sache«, murmelte Pfeiffer in mitleidigem Ton. Dann schob er eine volle Gabel in den Mund und schloss genüsslich die Augen.

Detjen klopfte auf seinen üppigen Bauch, der es ihm kaum ermöglichte, dichter an den Tisch zu rücken. Er lächelte süßsäuerlich. »Es gibt Herausforderungen, denen sich ein Mann stellen muss. Früher konnten wir uns noch bei der Mammutjagd oder auf den Schlachtfeldern im Teutoburger Wald beweisen. Heute sind es Fitnesskurse und Waagen. Beschämend, wenn Sie mich fragen. – Was interessiert Sie denn so an dem Fall der HBH?« Mit seinen kleinen Schweinsäuglein beobachtete Detjen Pfeiffer aufmerksam.

»Nun, meine Kollegen hörten von Drohungen gegen Jessen und seinen Arbeitgeber, die HBH. Worum ging es bei der Betrugsgeschichte eigentlich genau?«

Seufzend schob Detjen das Grün auf seinem Teller zur

Seite. »Um ein unübersichtliches Konglomerat aus Firmenverflechtungen, über den ganzen Globus verteilt. Das ist unser Fazit nach zwei Jahren Ermittlungen. Das Ding mit Jessen lief seit mindestens vier Jahren, und zwar im großen Stil. Jetzt ist er tot, und wir fangen von vorne an. Mit etwas Glück finden wir Komplizen, um einen von denen weichzuklopfen. Doch das wird schwer sein.«

Pfeiffer kaute seinen trockenen Schweinebraten. »Das klingt gut organisiert.«

»Ja, zu gut, wenn Sie mich fragen.« Der Mann biss von einer Scheibe trockenem Weißbrot ab. Den Rest legte er zurück. »Wir haben den Eindruck, dass Jessen nicht mehr als ein Krümel von einem größeren Kuchen war. Die Spuren führen nach Moskau und Lateinamerika. Nur konnten wir es bislang nicht beweisen.« Mit einem Schluck Cola light spülte er sein karges Mahl hinunter. »Mit der Anklage gegen ihn wollten wir die Leute hinterm Vorhang ein wenig verunsichern. Vielleicht einige von denen sogar nervös machen.«

»Das scheint Ihnen gelungen zu sein.«

Der Staatsanwalt nickte verdrossen. »Leider.« Dann schob er den Teller mit dem restlichen Grünkram weit von sich. »Wir boten Jessen einen Deal an, wenn er uns sagt, wer hinter alldem steckt. Er schien sich damals darauf einzulassen, doch dann kam seine verdammte Demenz, und alles, was er uns vorher gesagt hatte, war auf einen Schlag wertlos. Und alles, was er noch hätte sagen können, ebenso.«

»Die Demenz war also für Jessen ein Glücksfall.«

»Wenn Sie so wollen. Aber kann man so etwas wirklich Glück nennen?« Er schüttelte den Kopf.

Pfeiffer dachte an die letzten Monate seiner Frau. Das

war kein Leben gewesen. Der Körper unter der Decke hatte nichts mehr mit der lebenslustigen Frau zu tun, die er einst so geliebt hatte. Er hatte jeden Moment an ihrem Bett gehasst und sich dafür unendlich geschämt.

Detjen lehnte sich auf seinem Stuhl zurück. Wehmütig blickte er auf Pfeiffers Schweinebraten. »Schmeckt's?«

Pfeiffer hob nur vielsagend die Augenbrauen.

35

»Noch ein Stückchen Butterkuchen?« Lizzi wartete nicht, bis Pfeiffer geantwortet hatte, sondern legte ihm ein dick mit Zuckerguss überzogenes Stück auf den Teller.

»Ich kann nicht mehr, Lizzi«, stöhnte Pfeiffer.

»Außerdem«, ergänzte Mareike, »sind wir zum Arbeiten hier, Lizzi, und nicht zum Mästen.« Schützend hielt sie ihre Hände über den Kuchenteller, als Lizzi auch bei ihr nachlegen wollte.

»Mit leerem Magen kann der Kopf nicht denken, Kindchen.« Dann goss Lizzi Kaffee aus der Porzellankanne mit dem hübschen Blumendekor nach. Es war Sonntagnachmittag, und sie war entschlossen, Traditionen auch unter schwierigen Umständen zu pflegen. »Na, dann wollen wir mal. Herr Kommissar, Sie zuerst.«

Pfeiffer stand auf. Er versuchte den mittleren Knopf seines Jacketts zu schließen, gab dann aber auf. Er faltete die Hände auf dem Rücken und begann durch das Wohnzimmer im dritten Stock der Residenz Hanseatica zu schreiten. Die Blicke der Frauen folgten ihm. »Also: Jens Jessen hatte sehr viel mehr auf dem Kerbholz, als wir zunächst dachten.«

»Wer ist wir?«, wollte Mareike lauernd wissen.

Pfeiffer sah sie an. »Natürlich meine Kollegen und ich.«

»Ich dachte, Sie sind in Rente, Herr Kommissar a. D.«

»Pensioniert nennt man das, Frau Gödecke. Ich bin pensioniert.«

»Wie Sie ganz richtig sagen, pensioniert. Und damit sind es Ihre *Exkollegen.*«

Pfeiffer warf ihr einen bösen Blick zu. »Darf ich fortfahren?«

»Aber natürlich, Herr Kollege«, flötete Mareike. Sie räkelte sich auf dem Sessel.

»Nun gut.« Er nahm seinen Weg wieder auf. »Die Mordkommission geht davon aus, dass Jessen neben Urkundenfälschung und Betrug auch noch der Bestechung und sogar der Nötigung in zwei Fällen angeklagt worden wäre. Und …« Er machte eine theatralische Pause. »Heute Mittag hat man zwei Mitarbeiter der Bank zum Verhör abgeholt. Ihre Wohnungen wurden durchsucht, die Arbeitsplätze auch. Sie stehen unter Verdacht …«

Mareike gähnte. »Das ist nichts Neues. Das haben sie vorhin im Radio gebracht. Sören Klappke und Michael Hadenberg. Abteilungsleiter. Kleine Lichter.«

»Kommt einer von denen als Mörder in Frage?«, wollte Lizzi wissen.

»Wir prüfen ihre Alibis.«

Mareike setzte sich aufrecht hin. »Logischerweise haben die Alibis. Was denn sonst?«

»Was meinen Sie damit, Frau Gödecke?«

Mareike hob die Augenbraue. »Ein ordentlicher Mörder hat ein Alibi zu haben. Daran erkennt man ihn nämlich.«

Pfeiffer seufzte. »Frau Gödecke, es gibt einen Unterschied zwischen dem Fernsehen und dem wahren Leben.«

»Pah.«

»Was ist mit Fußspuren?«, wollte Lizzi wissen. »Da waren doch so viele Polizisten im Wald. Haben die nichts gefunden?«

Pfeiffer schüttelte den Kopf. »Mehr Spuren, als man sich wünschen kann. Es braucht Ewigkeiten, bis alles ausgewertet ist.«

»Womit wurde der Mann eigentlich getötet?«

»Mit einem Jagdgewehr, sagt die Kriminaltechnik. Kaliber 308, Teilmantelgeschoss. Das ist ein Geschoss, um im Körper größtmöglichen Schaden anzurichten. Falls man nicht richtig trifft. Darum hatte Jessen vorn auch das Loch in der Stirn, und hinten war alles …«

»Igitt!« Mareike verzog angewidert das Gesicht. »Das ist ja eklig.«

»Jagdgewehr?«, wiederholte Lizzi unbeeindruckt. Sie nahm einen Schluck Kaffee. »Wie groß sind solche Gewehre eigentlich? Ich meine, so etwas muss man doch verstecken. Niemand wird mit einem Gewehr über der Schulter durch einen Hamburger Wald laufen. Ist so etwas schwer?«

Pfeiffer überlegte. »Es gibt Gewehre mit einem Lauf ab fünfzig Zentimetern Länge. Mit so einem Stutzenlauf könnte ein Jagdgewehr einfach in einem Wagen oder in einer großen Sporttasche versteckt werden, nehme ich an. Das Gewicht müsste bei etwa vier Kilo liegen.«

»Aha. Und kann man mit so einem Ding auch ordentlich zielen? Wenn der Mörder auf der anderen Seite des Parks war, muss er doch ein Zielfernrohr gehabt haben oder wie das heißt.«

Pfeiffer nickte. »Ja, sonst hätte man diesen Schuss nicht sicher platzieren können.«

Lizzi nippte an ihrem Kaffee. »Ich nehme an, man benötigt für solch ein Gewehr einen Waffenschein?«

»Stimmt.«

Mareike beugte sich vor. »Wetten, dass Ihre beiden Banker keinen haben? Und zur Jagd gehen sie auch nicht, richtig?« Pfeiffer schwieg. »Ha!« Mareike klatschte in die Hände. »Wusste ich es doch. Damit sind Ihre beiden Mordverdächtigen aus dem Schneider. Abgesehen davon: Ein echter Auftragsmörder schießt nicht mit Freizeit- und Spielzeuggewehren.«

»Kommen wir doch zu Ihren Erkenntnissen, Frau Gödecke«, schlug Pfeiffer vor. »Lassen Sie uns hören, ob Ihre Arbeit so viel hilfreicher war als meine.« Gezwungen lächelte er sie an.

Lizzi unterbrach die beiden. »Ich habe von meinem Nachbarn einen Stapel alter Artikel bekommen.«

»War das der Grund, warum er Sie sprechen wollte?«, fragte Mareike neugierig.

»Er bietet uns seine Hilfe an.«

»Die wollen Sie doch wohl nicht annehmen!«

Lizzi lächelte. »Ich denke, wir schaffen es auch so.«

»Und?«, wollte Pfeiffer wissen. »Was steht in den Artikeln?«

Lizzi holte den dicken Umschlag aus einer Schublade, wo sie ihn nach der Durchsicht deponiert hatte. »Bis vor acht Jahren war er immer wieder im Wirtschaftsteil der Zeitungen zu finden. Danach fast nur noch in den Klatschmagazinen.«

Pfeiffer sah Lizzi an. »Und was passierte vor acht Jahren?«

»Scheidung.«

»Scheidung? Davon habe ich nichts gewusst.« Pfeiffer wirkte irritiert, ja fast schon verwirrt.

Mareike griente. Sie tippte auf ihren Computer. »Stimmt, habe ich auch gelesen. Das war eine ganz schmutzige Angelegenheit damals gewesen. Und teuer war sie auch. Jens Jessen zahlte seiner ersten Frau mehrere Millionen Euro.

Sie lebt heute mit den Kindern in Australien«, ergänzte Mareike. »Man pflegt seit Jahren keinen Kontakt miteinander. Und so richtig unglücklich über Jessens Tod scheint Frau Jessen Nummer eins nicht zu sein. Das zumindest hat mir ein Journalist vom *Hamburger Morgenkurier* verraten. Sie hat wieder geheiratet.«

Lizzi blickte zwischen den Artikeln und dem Computer hin und her. »Das stand alles in dem grauen Kasten?«

Mareike nickte.

»Hm. Na gut.« Sie räusperte sich. »Dann hätte ich mir die Mühe mit der Durchsicht ja sparen können. Ist einer von der Familie in der letzten Zeit nach Deutschland gekommen?«

»Ich werde es prüfen lassen«, sagte Pfeiffer. »Ergaben die Zeitungsausschnitte noch etwas?«

Lizzi grummelte. »Nein. Nur Klatsch und Tratsch über Jessens zweite Ehe.«

»Aber ich habe etwas gefunden«, mischte Mareike sich ein.

»Wieder so eine Räuberidee, Frau Gödecke?«

Mareike warf ihm einen bösen Blick zu. »Jessen heiratete seine Lara bereits drei Monate, nachdem sie sich kennengelernt hatten.«

»Ja und?«, wollte Pfeiffer wissen. »Das macht man doch so bei den Reichen.«

»Möglich, aber kurz darauf hieß es, er habe Alzheimer-Demenz.«

»Und was ziehen Sie daraus für Schlüsse, Frau Gödecke?«

Mareike sah Pfeiffer triumphierend an. »Dass ich recht hatte, Herr Kollege. Sie hat ihn wegen der Knete geheiratet. Aber als sie dann erfuhr, dass er krank war, fühlte sie sich betrogen. Die war bestimmt stinksauer, dass sie jetzt einen

Schwerkranken an der Backe hatte, den sie womöglich noch pflegen sollte. Vor allem wenn man bedenkt, wie lange so ein Krankenschicksal dauern kann. Als reiche Witwe lebt es sich besser, hat sie sich bestimmt gedacht.«

»Die zweite Frau Jessen soll ihren Mann aus Wut erschossen haben, weil er nicht schnell genug starb?« Pfeiffer lachte. »Erst ist der Mörder der Geliebte, jetzt die wütende Ehefrau. Was kommt als Nächstes, Frau Gödecke? Der Bürgermeister?«

Mareike schnaufte verächtlich. »Es geht hier um Geld, sag ich da nur.«

»Es ist nicht strafbar, jemanden zu heiraten, der reich ist, Kindchen«, mischte sich Lizzi ein. Sie nahm einen der Artikel aus dem Umschlag und schaute das Bild darauf an.

Mareike reckte den Hals und nickte. »Das war vor zwei Jahren bei der Eröffnung des neuen HBH-Towers.«

Auf dem Foto sah man einen lachenden Jessen, der gerade einem Politiker die Hand schüttelt. Strahlend weiße Zähne, gutsitzender Anzug, manikürte Hände. Alles perfekt. Im Hintergrund leuchtet das kupfergrüne Dach des Hamburger Michels. »Er wirkt gar nicht krank«, überlegte Lizzi laut und las noch einmal das Datum. »Dabei war das doch genau zu dem Zeitpunkt, als die Krankheit bei ihm bereits diagnostiziert worden war.«

»Das muss auch nicht sein«, meinte Pfeiffer. »Demente können lange verheimlichen, was in ihrem Kopf los ist.« Lizzi sah ihn fragend an. »Meine Frau hatte Alzheimer«, erklärte er leise. »Es hat fast neun Jahre gedauert.«

Betroffen blickte Lizzi zu Boden. Sie hatte nie darüber nachgedacht, dass der Mann ein Privatleben haben könnte, geschweige denn eine Ehefrau.

Mareike fuhr unbeeindruckt fort. »Und zu seiner Krankenakte kann ich noch sagen, dass sein Hausarzt in Horn ihm ziemlich heftige Medikamente verschrieb. Ich habe es auf dem Bildschirm in der Praxis gesehen. Jessen muss vor einem halben Jahr sehr schlecht drauf gewesen sein.«

»Waren Medikamente dabei, die die Demenz hätten vortäuschen können?«, wollte Lizzi wissen.

Mareike schüttelte den Kopf.

Pfeiffer, der vor den ordentlich aufgereihten Brockhausbänden stand, drehte sich zu ihr um. »Das hatte ich doch bereits gesagt. Der Tote hatte nichts Verdächtiges im Blut.« Er schaute zu Lizzi. »Wir sollten uns auf die Bank konzentrieren, nicht auf die Krankenakte von Jessen.«

»Das sehe ich anders«, mischte Mareike sich ein. »Ich finde, dass die Ermittlungen bei der Bank reine Zeitverschwendung sind, Herr Pfeiffer. Das machen Ihre Exkollegen sicherlich auch ganz ordentlich ohne Sie. Sie sollten lieber mir zur Hand gehen. Recherchieren und so.« Frech blickte sie Pfeiffer an.

Der warf ihr einen wütenden Blick zu. »Verstehe. Sie möchten die Spur mit dem geheimnisvollen Geliebten weiterverfolgen, richtig?«

»Richtig.«

Doch Pfeiffer schüttelte den Kopf. »Dann sage ich Ihnen Folgendes, Sie Anfängerin: Es gibt keinerlei Hinweise auf einen Geliebten. Weder haben die Nachbarn jemanden gesehen, noch gibt es irgendwelche verdächtigen Kontobewegungen bei Jessen oder nächtliche Besuche im Haus. Das war das Erste, was wir ausschließen konnten.« Beleidigt ging er in den Flur, wo er grummelnd seinen Mantel anzog.

Lizzi warf Mareike einen tadelnden Blick zu.

Pfeiffer setzte gerade den Hut auf, als Lizzi zu ihm kam.

Sie wollte ihn schon seit einigen Tagen etwas Wichtiges fragen. Und jetzt schien ihr der Moment geeignet. »Wissen eigentlich Ihre Kollegen, dass Sie …«

»… ich für Sie arbeite?«, vollendete er ihren Satz. Er lächelte bitter. »Nein. Sie glauben, ich sei nur ein alter Narr.«

»Na«, kam es aus dem Wohnzimmer, »so falsch liegen die damit ja nicht.«

Pfeiffer seufzte. Dann legte er seine Hand auf Lizzis Arm. Lange schaute er sie an. Ein wenig zu lange, wie sie fand.

»Wegen damals, mit dem Geld …«, begann er, doch sie unterbrach ihn.

»Entschuldigung angenommen«, sagte sie leise.

Er nickte und ging.

Lizzi schloss die Tür hinter ihm.

Als sie zurück ins Wohnzimmer kam, schaute Mareike grinsend zu ihr rüber. »Rote Wangen, erhöhter Puls. Fühlen wir uns nicht wohl?«

»Unsinn! Was du immer denkst. Lass uns lieber darüber reden, wie es weitergehen soll.« Sie begann den Tisch abzuräumen.

»Ich habe den Eindruck, dass unser Herr Kommissar mich nicht mag«, überlegte Mareike.

»Wundert dich das?«

Mareike knabberte an ihrem Fingernagel. »Er wollte Sie verhaften. Schon allein deshalb mag ich ihn nicht.«

Lizzi lächelte leise vor sich hin und ging in die Küche. »Man muss vergeben können, Kindchen.«

Mareike folgte ihr in die Pantry, wo Lizzi gerade mit dem Abwasch begann. Sie ließ heißes Wasser ins Becken laufen und gab einen Spritzer Spülmittel hinzu. »Er macht auf mich einen äußerst vernünftigen Eindruck.«

Mareike schaute sie von der Seite an. »Läuft da was?«

»Ich bitte dich, Kindchen! In meinem Alter.« Sie tauchte ihre Hände tief in den Schaum. »Weißt du, Mareike, da ist noch etwas, was ich mit dir besprechen muss. Ich tue es bestimmt nicht gern, aber …«

Mareike, die gerade das karierte Geschirrhandtuch vom Haken genommen hatte, hielt inne. »Wollen Sie mich rauswerfen? Wegen dieses blöden Pfeiffer? Seine Arbeit ist nicht ein Stück besser als meine«, rief sie. »Und überhaupt, das geht gar nicht. Ich bin ja nicht einmal eingestellt. Und einen Vertrag …«

»Nein, nein!« Erschreckt hob Lizzi die eingeschäumten Hände. »Du machst das alles ganz toll, Kindchen. Richtig professionell. Mit Ausdrucken und Befragungen und so was. Nein, ich meine etwas ganz anderes.« Lizzis Blick wurde ernst, während sie fortfuhr abzuwaschen. »Ich befürchte, ich muss etwas tun, was ich nicht tun möchte.« Lange blickte sie auf den Schaum an ihren Handgelenken. »Weißt du, ich habe noch nie etwas Unrechtes getan … bis auf die Sache mit dem Geld«, schränkte sie eilig ein. »Aber etwas richtig Illegales, niemals. Bestimmt.«

»Sie machen mir Angst.«

Lizzi sah auf. »Wir müssen einen Einbruch begehen, Kindchen«, flüsterte sie.

Mareike legte den halbtrockenen Teller auf die Arbeitsplatte. »Warum denn das?«

»Weil ich mich in der Jessenvilla umsehen will.«

Mareikes Gesicht hellte sich auf. »Ah, verstehe. Meine Theorie vom Geliebten. Sektgläser auf dem Nachtschrank,

Flugtickets für zwei nach Hawaii, Klamotten eines Fremden auf dem Schlafzimmerfußboden. Oder wenigstens verdächtige Medikamentenschachteln im Müll. So etwas in der Art, richtig?«

Lizzi lachte. Sie glaubte nicht daran, dass die Polizei derartige Dinge übersehen hätte. »Das Problem mit diesem Einbruch ist, dass unser Herr Kommissar nichts davon erfahren darf.«

»Ja und?« Mareike schien der Gedanke, dass Pfeiffer nicht dabei sein würde, zu gefallen. »Die Aufregung könnte er so oder so nicht aushalten. Wir sagen es ihm einfach nicht.«

Langsam wusch Lizzi weiter ab. »Das zweite Problem ist, dass weder du noch ich wissen, wie man in ein Haus einbricht.«

»Oh, stimmt«, murmelte Mareike, während sie die Teller abtrocknete. »Aber vielleicht gibt es eine Lösung für unser Problem.«

»Ja, Kindchen, die gibt es.« Ernst blickte Lizzi sie an. »Und genau das ist es, was mich so wütend macht. Es gibt nur diese eine Lösung.«

36

Sie saß vor dem Mann auf einem Stuhl. Als er sich dicht zu ihr herunterbeugte, verdunkelte sein Schatten den sonnigen Nachmittag draußen vor dem Fenster. »Wir haben eine Abmachung«, zischte er. Sie wandte ihr Gesicht von ihm ab. »Und Sie werden sich daran halten.«

Er richtete sich auf und ging zum Fenster hinüber. Mit dem Rücken zu ihr erklärte er noch einmal, welche Vorteile sie durch diese Situation hatte. »Nichts auf der Welt kann Ihnen Ihren Mann zurückbringen«, schloss er.

Schweigend knetete sie das Taschentuch in ihrer Hand.

»Sie haben richtig gehandelt«, meinte er dann ein wenig versöhnlicher. Er kam zurück zu ihr und legte seine Hand schwer auf ihre Schulter. »Ihr Mann dankt es Ihnen, glauben Sie mir.«

Eine Träne lief ihr über die Wange. »Ich kann nicht mehr«, schluchzte sie. »Es ist zu viel für mich.« Schniefend wischte sie ihr Gesicht trocken. »Ich werde bestimmt alles verraten.«

Die Finger des Mannes krallten sich in ihre Schulter und ließen sie vor Schmerz aufschreien.

»Sie werden niemandem irgendetwas sagen! Hören Sie? Niemandem! Vergessen Sie nicht, dass Sie von seinem Tod mehr als alle anderen profitieren. Freiheit oder Gefängnis – Sie können wählen.« Er starrte ihr ins Gesicht. »Nur noch zwei, drei Monate, dann ist alles vorbei.«

»Versprechen Sie mir das?«, flüsterte sie kaum hörbar.

Er lachte auf. »Aber natürlich! Warum sollte noch mehr passieren? Für Sie beginnt ein neues Leben. Genießen Sie es, solange Sie noch können.«

Das Gesicht der Frau wurde bleich.

37

Tief hing der graue Himmel über dem Ohlsdorfer Friedhof. Zehn, vielleicht zwanzig schwarzgekleidete Gäste gingen hinter dem Bestattungsangestellten aus der Kapelle her, der feierlich eine schwarze Urne vor sich hertrug. Ein wenig abseits entdeckte Lizzi zwei Beamte in Zivil, die aufmerksam die Beisetzung von Jens Jessen beobachteten. Polizisten konnte sie auf hundert Meter Entfernung riechen.

Die Witwe folgte, in elegantem Schwarz mit Schleier am Hut, den Urnenträgern. An ihrer Seite schritt auf wackligen Beinen eine schmale, blasse Frau.

»Wer ist das?« Mareike lugte hinter dem Baum hervor, der ihr und Lizzi als Versteck diente.

»Die Frau des Gärtners«, flüsterte Lizzi, die ebenfalls ganz in Schwarz gekleidet war. Eine Farbe, die sie in den letzten Jahren immer häufiger tragen musste, denn um sie herum starben Freunde, Nachbarn und Bekannte allmählich weg. Ab einem gewissen Alter war die Farbe Schwarz im Kleiderschrank bedauerlicherweise ein Muss. »Sie stand direkt neben ihm, als er letzte Woche erschossen wurde. Man brachte sie mit einem Schock ins Krankenhaus.«

»Die Ärmste«, murmelte Mareike.

Lizzi beobachtete das Geschehen genau. Den Gärtner der Jessens konnte sie in der Trauergemeinde nicht ausmachen, wohl aber einige Personen, deren Gesichter sie aus der Zeitung kannte. Da waren ein ehemaliger Senator und ein Exfußballtrainer vom HSV, eine Filmschauspielerin, die Lizzi erst kürzlich in einer Vorabendserie gesehen hatte, und, ziemlich weit hinten, die Nachbarin der Jessens, die Lizzi noch von ihrem ersten Besuch in der Villa kannte.

Die Trauernden machten sich auf zum nahen Ruhewald, wo man die Urne des Verstorbenen unter einem Baum beisetzen würde.

Eigentlich war das eine nette Art, die sterblichen Überreste eines Menschen der Natur zurückzugeben, fand Lizzi. Wäre da nur nicht die auffallende Eile gewesen, mit der Frau Jessen ihren Mann hatte einäschern lassen. Beim Gedanken daran grummelte es heftig in ihrem Bauch.

Plötzlich setzte starker Regen ein. Dicke Tropfen platschten auf den asphaltierten Weg. Eilig spannten die Trauergäste ihre mitgebrachten Regenschirme auf und verschwanden unter deren unangemessenem Bunt. Nur der Herr Exsenator hatte einen schwarzen Schirm dabei.

»Schirm, Mareike«, sagte Lizzi kurz, während sie Frau Jessen nicht aus den Augen ließ, die soeben unter dem Regenschirm eines Trauergastes Schutz suchte.

»Oh«, hörte Lizzi Mareike neben sich stöhnen.

Schuldbewusst blickte Mareike zu Boden.

»Och, nö«, meinte Lizzi, die extra für die Beisetzung ihre Haare hatte hübsch machen lassen, was man unter dem Kopftuch jedoch nur ahnen konnte.

Mareike klappte ihren Mantelkragen hoch. »Tut mir leid. Wir gehen am besten schnell zum Auto zurück.«

Schnell zum Auto zurückgehen bedeutete in diesem Fall, mindestens fünfzehn Minuten durch den klatschenden Regen über Europas größten Friedhof zu laufen, denn vorsorglich hatten sie Mareikes Wagen ein wenig weiter weg geparkt.

Lizzi seufzte. »Wir bleiben«, grummelte sie. Sie drehte sich wieder um, doch der Trauerzug war verschwunden. »Mist.«

So schnell es ging, eilte Lizzi an der Kapelle vorbei, hinter der die Gäste verschwunden sein mussten. Dabei hoffte sie, dass die beiden Beamten sie nicht bemerkten. Mareike folgte ihr zögernd.

»Nun komm schon, Kindchen!«

Mareike sputete sich, und sie bogen in einen schmalen Sandweg. »Was denken Sie«, wollte Mareike wissen, die eilig neben ihr herging, »ist der Liebhaber der Jessen auch hier?« Sie hüpfte über eine Pfütze, der Lizzi leider nicht mehr ausweichen konnte.

»Stopp!« Sie griff nach Mareikes Arm. Sie hatten den Rand des Ruhewaldes erreicht und waren keine zehn Meter von der Trauergruppe entfernt. Schnell huschten die beiden Frauen nach links, wo sie sich hinter hohen Rhododendren verbargen. Lizzi wollte unbedingt vermeiden, von Frau Jessen entdeckt zu werden. Nach dem Vorfall in der Villa würde die Witwe sicher Zeter und Mordio schreien, wenn sie die neugierige Alte hier entdeckte.

Sie wischte sich das Regenwasser aus dem Gesicht. Deutlich konnte sie die sonore Stimme eines Mannes hören, der hastig ein paar nette Worte über den Toten sagte. Jemand schluchzte auf. Vielleicht Frau Jessen. Kurz blieben alle mit gesenktem Kopf und gefalteten Händen stehen, während die Urne in die nasse Erde gelassen wurde. Dann schüttelten die Gäste der Hinterbliebenen die Hand, um eilig zu ihren Wagen zurückzukommen. Noch immer klatschte der Regen auf die beiden Frauen hinter dem Rhododendron herab.

»Können wir jetzt gehen?«, fragte Mareike, nachdem der letzte Trauergast fort war.

Lizzi, der die nassen Haarsträhnen schon im Gesicht hingen, schüttelte den Kopf. Ohne ein Wort trat sie aus dem Gebüsch. Mit wenigen Schritten war sie bei den Kränzen und Blumen, die die Gäste am Rande des Weges abgelegt hatten. Aufmerksam studierte sie die triefnassen Schleifen der Trauergebinde. Nur ein Blumenbouquet, ganz aus Rosen gebunden, fiel ihr auf. Die weiße Schleife schmückte ein schöner Spruch: *Bäume sind Gedichte, die die Erde in den Himmel schreibt.*

Mareike blickte über Lizzis Schulter. »Das ist aber hübsch«, murmelte sie. »Goethe?«

»Nein«, sagte Lizzi. »Das ist ein Zitat von Khalil Gibran, einem libanesischen Dichter.«

»Wow, woher wissen Sie denn das?« Mareike sah sie anerkennend an.

»Das war mal eine Frage bei Günther Jauch«, murmelte Lizzi und spürte, wie das Grummeln in ihrem Bauch stärker wurde.

38

Als sich die gläserne Eingangstür des Krankenhauses lautlos öffnete, hatten sich die schweren Wolken über der Stadt verzogen. Warmes Sonnenlicht fiel auf den an Krücken humpelnden Mann. Er blinzelte in den Himmel. Auf seiner Nase klebte ein Pflaster, und das blaue Auge changierte nun langsam in sattes Braun. Die blondierte Endvierzigerin an seiner Seite stützte ihn mit der einen Hand, während sie mit der anderen eine prall gefüllte Reisetasche schleppte. »Mein Wagen ist auf dem Parkplatz«, gurrte sie. »Ich durfte nicht dichter an den Eingang fahren. Schaffst du es bis dahin?«

Da kamen zwei Frauen mit festen Schritten auf sie zu. Unsanft schob die jüngere der beiden die Frau mit der Tasche zur Seite. »Besser, Sie gehen nach Hause, meine Gute«, meinte sie.

Die Ältere wandte sich an den Mann. »Und wir unterhalten uns, Mistkerl.« Erschreckt blickte der Mann von einer zur anderen. Er holte Luft, wollte gerade empört etwas sagen, als die Ältere ihm das Wort abschnitt.

»Nix aber«, zischte Lizzi ihm ins Ohr. »Du wirst deine Schulden bei mir abarbeiten, Kleiner. Wenn nicht, versaue ich dir jede einzelne Tour bei den Weibern, solange du lebst. Glaube mir, ich werde der Totengräber all deiner Dates sein.« Fest kniff sie ihn in den Arm.

»Aua!«

Entrüstet blickte Martin Müllers neuste Eroberung zwischen Lizzi und Mareike hin und her. »Was fällt Ihnen ein?«, keuchte sie. Doch ihr Versuch, Mareike zur Seite zu schieben und ihren Liebsten vor den beiden Furien zu schützen, misslang. »Daniel, nun sag doch was!«

Mit einer kurzen Handbewegung zog Mareike ein kleines schwarzes Lederetui aus ihrer Jeanstasche. Dicht vor der Nase der Frau ließ sie es aufklappen, so dass diese nur das Wappen der Stadt sehen konnte, nicht aber das Logo der Hamburger öffentlichen Büchereien, auf das Mareike vorsorglich den Daumen gelegt hatte. »Glauben Sie uns. Wir tun Ihnen hier gerade einen Gefallen. Der Mann hat mehr Frauen um ihr Geld gebracht, als Sie sich vorstellen können.« Dann nahm sie der Frau die Reisetasche aus der Hand.

»Daniel! Was will die Polizei von dir?«

Lizzi und Mareike führten Martin Müller ab.

»Fahr schon vor, Hilde«, rief er ihr über die Schulter zu. »Das ist alles nur ein Missverständnis. Ich melde mich nachher bei dir.«

Mareike schüttelte den Kopf. »Seit wann heißen wir den Daniel?«

Der Mann zwischen Lizzi und Mareike lächelte schelmisch. »Ich kann einfach nicht anders. Sie sind alle so nett zu mir.«

Wenig gefühlvoll bugsierten die beiden den humpelnden Mann auf die Rückbank des klapprigen Fiats.

»Hey! Vorsicht. Ich hatte einen Unfall!«

»Wissen wir. Und wenn du nicht brav bist, war es nicht der letzte. Und jetzt stell dich nicht so an«, zischte Mareike.

»Wo fahren wir denn hin?«

»In die Hölle, Kleiner«, sagte Lizzi, während sie sich anschnallte. »In die Hölle.«

39

Misstrauisch beäugte Lizzi den Dietrich in ihrer Hand. »Macht man das heute nicht irgendwie anders?«

Gerade legte Mareike ein Paar dunkle Handschuhe in einen schwarzen Stoffbeutel. »Das müssen wir jetzt durchziehen, Lizzi. Die Zeit drängt. Und wir haben noch immer nichts in der Hand. Außerdem war es Ihr Vorschlag, der Villa einen Besuch abzustatten.« Sie blickte zum Sofa im dritten Stock der Residenz, auf dem Martin Mistkerl Müller mit hinter dem Kopf verschränkten Armen vor sich hin döste. »Sonst hätten wir den da nicht vom Krankenhaus abholen müssen«, zischte sie.

»Entführen nennt man das. Ich wurde von zwei wild gewordenen Weibern auf offener Straße entführt«, murmelte er, ohne die Augen zu öffnen.

»Quatsch«, sagte Mareike. »Entführen bedeutet, dass uns jemand Geld für dich gibt, du Null. Für dich würde niemand auch nur einen Cent ausgeben.«

»Da wäre ich mir nicht so sicher«, grinste er.

Noch immer blickte Lizzi nachdenklich auf den Dietrich. »Ich habe irgendwie das Gefühl, dass wir ein wichtiges Detail übersehen haben, Kindchen. Mit dem Tod von Jens Jessen stimmt etwas nicht.«

Mareike legte zwei Taschenlampen in den Beutel. »Genau das ist der Grund, warum wir uns um die Mörderin kümmern.«

»Wir haben keine Beweise gegen die Frau, das weißt du.«

»Ich weiß. Darum gehen wir ja auch in die Villa«, murmelte Mareike und legte noch ein paar Ersatzbatterien für die Taschenlampen dazu.

Lizzi setzte sich in den Sessel am Fenster und ließ den Dietrich auf ihren Schoß gleiten. »Ich denke, wir wissen zu wenig über den Menschen Jens Jessen. Wir sehen ihn als betrügerischen Bankmann, der eine sehr viel jüngere Frau geheiratet hat. Ein Mann, der für seine Verdienste für die Stadt Hamburg einen Orden vom Bürgermeister bekam, der eine Villa an der Alster hat … Ich weiß nicht, Kindchen. Da fehlt noch etwas. Warum hatte er so schwielige Hände?«

»Er war Ruderer. Das haben wir doch schon geklärt.« Seufzend ging Mareike zur Schrankwand. Sie nahm einen Ordner mit der Aufschrift *001-J* heraus und begann zu blättern. »Wo war es noch? Ah, hier!« Sie las. »Also, Jessen war im Vereinsvorstand von Allemannia achtzehn-sechsundsechzig, einem Ruderclub an der Alster. In seiner Jugend war er sogar deutscher Vizemeister im Vierer ohne. Das war …«, sie ließ ihren Finger über die Seite gleiten, »neunzehnhundertfünfundsechzig.« Zufrieden mit sich, klappte Mareike den Ordner wieder zu, um ihn an seinen Platz zurückzustellen. »Was auch immer ein Vierer ohne sein mag.«

»Vierer ohne Steuermann«, sagten Lizzi und der Mann auf dem Sofa gleichzeitig.

»Ach.« Mareike blickte von Lizzi zum Mistkerl und wieder zurück. »Wie auch immer. Ich finde, wir sollten Jessen vergessen und uns auf die Frau konzentrieren. Sie hat ein Motiv: Geld.«

»Aber keine Gelegenheit«, warf Lizzi ein.

»Wer sagt uns, dass sie nicht doch auf dem Gelände war?«

»Ihr Friseur.«

Da klopfte es an der Tür. Lizzi und Mareike fuhren herum.

Keiner sagte einen Ton. Es klopfte erneut. »Frau Böttcher! Öffnen Sie die Tür.«

»Die Wischenberg!«, entfuhr es Mareike.

»Ich weiß, dass Sie da sind, Frau Böttcher«, kam es dumpf zu ihnen. »Öffnen Sie die Tür.«

Martin setzte sich auf. »Kommt etwa noch eine mit?«

Die Frauen antworteten nicht.

»Gehen Sie hin, Lizzi«, flüsterte Mareike. »Sonst schöpft die Wischenberg Verdacht.«

Lizzi schluckte. Zögernd ging sie zur Tür, die sie einen Spaltbreit öffnete. »Ja, bitte?«

»Haben Sie Gerda gesehen?«

Lizzi brauchte einen Moment, um zu verstehen. »Gerda Wenningstedt? Aber die ist doch bei ihrem Sohn, dem Herrn Oberstaatsanwalt.« Sie dachte an die tüdelige Gerda, die in der Nacht des Mordes nicht hatte mitgehen wollen.

Die Geschäftsführerin wirkte nervös. »Nein, dort ist sie nicht mehr. Der Sohn sagte, seine Mutter sei mal wieder weggelaufen.«

»Wohin?«

»Er glaubt, sie versuche, in die Residenz zu kommen.«

Lizzi hob die Augenbrauen. »Hierher? Nun, ich habe sie nicht gesehen. Tut mir leid.« Gerade wollte sie die Tür schließen, als Frau Alberding-Wischenberg sie wieder aufdrückte. Lizzi stockte. Hastig sah sich die Geschäftsführerin um, als befürchte sie, jemand könne sie beobachten. Das jedoch war kaum möglich, denn in der Residenz wohnten nur noch Regierungsrat Uhlendorf und Lizzi. »Sind Sie weitergekommen?«, wollte Frau Alberding-Wischenberg flüsternd wissen.

»Tja, wie man es nimmt«, wich sie aus.

»Was bedeutet das? Sind Sie oder sind Sie nicht?« Der Ton wurde schärfer. Lizzi wusste nicht, was sie sagen sollte. Frau Alberding-Wischenberg, deren Frisur heute alles andere als perfekt saß, musterte sie streng.

»Wir untersuchen verschiedene Spuren«, meinte Lizzi schnell, wobei sie irgendeinen »Tatort«-Kommissar aus dem Fernsehen zitierte.

»Versuchen Sie nicht, mich reinzulegen!« Drohend hielt die Geschäftsführerin ihren Zeigefinger vor Lizzis Gesicht.

Dabei bemerkte Lizzi ein eigenartiges Zucken um die Mundwinkel der Frau.

»Wir haben gleich einen ... ähm ... Termin im Fall Jessen. Mehr kann ich Ihnen nicht sagen.« Wie auch, überlegte sie, denn bisher hatten sie nichts in Händen. Schnell schloss sie die Tür.

»Lampenfieber?«, fragte Martin, als Lizzi ins Wohnzimmer zurückkam.

»Quatsch!«, sagte Mareike und schloss die Tasche auf dem Boden.

Martin grinste breit, als er sich aufsetzte. »Warum kannst du mich denn nur nicht leiden, Mareikelein?« Er schaute die junge Frau mit seinen rehbraunen Augen an. »Ich habe dir doch gar nichts getan.«

Da trat Mareike dicht zu ihm heran. »Du hast meiner Freundin ihr ganzes Geld geklaut, elendiger Dieb. Ihre Feinde sind auch meine Feinde. Capito?«

Milde lächelnd hielt Martin ihrem Blick stand. »Aber ihr

wollt doch selber gerade in eine feine Villa an der Alster einbrechen. Ich denke, ihr seid genauso Diebe wie ich.«

»Pah!« Mareike warf die Tasche über ihre Schulter, wobei sie Martin schmerzhaft am Arm erwischte. »Das ist etwas anderes.«

»Finde ich nicht«, grummelte er und rieb sich den Arm.

40

Den Wagen hatten sie zwei Straßen weiter geparkt. Von Pfeiffer wussten sie, dass Frau Jessen gleich nach der Beisetzung in Begleitung ihrer Haushälterin in Richtung Sylt abgereist war. Damit blieb nur noch der Gärtner, der sie überraschen konnte. Mareike, die das Gelände erkundet hatte, meinte, er sitze im Gewächshaus und höre Radio. »Aber mehr als eine halbe Stunde gebe ich uns nicht«, ergänzte sie flüsternd.

Lizzi fragte sich, ob der Mann auch irgendwann mal arbeitet.

Also liefen die drei zur Seitentür der Villa: ein humpelnder Mann auf Krücken, eine rundliche Alte mit Kopftuch und in schwarzer Trauerkleidung – etwas Geeigneteres für den Einbruch hatte Lizzi nicht im Schrank gefunden – und eine junge Frau in dunklen Trainingsklamotten, unter deren Strickmütze wilde rote Locken hervorlugten.

Gerade legte sich die Dämmerung über die Stadt, die blaue Stunde, wie sie die Dichter nannten. Martin hatte ihnen erklärt, dass sei die beste Zeit, um in ein Haus einzusteigen, da Nachbarn Unbekannte im Garten eigenartigerweise erst nach Einbruch der Dunkelheit verdächtig fänden.

Jetzt standen die drei an der Seitentür der Jessenvilla. Die Büsche hinter ihnen schützten sie vor neugierigen nachbarlichen Blicken. Martin fummelte mit dem Schraubenzieher am Schloss herum, während Lizzi und Mareike ihm aufmerksam zusahen.

Da hob er plötzlich den Kopf. »Okay, Schluss mit lustig«, sagte er und richtete sich grinsend auf. »Ihr meint das doch nicht ernst, oder?« Erstaunt sahen Lizzi und Mareike sich an. »Hey, kommt, Mädchen. Ihr doch nicht!« Er blickte von einer zur anderen. »Ihr wollt mich doch nur verarschen, richtig? Das Ganze hier«, er wies mit den Händen um sich herum, »das ist doch ein Witz, oder? Ein dämliche Mutprobe oder so was?«

»Weitermachen!«, zischte Lizzi ihn an.

Martin wurde ernst. »Frau Böttcher! Das können Sie nicht machen. Das ist strafbar.«

Mareike pikste ihm den Dietrich in die Seite. »Wissen wir. Los jetzt.«

»Au!« Martin ließ den Schraubenzieher fallen. Das Geräusch des wuchtigen Werkzeugs, das Stufe um Stufe hinunterknallte, um vor Mareikes Füßen liegen zu bleiben, hatte bestimmt die halbe Stadt gehört. Zumindest der Gärtner musste aufgeschreckt worden sein. Lizzi fuhr herum, blickte den Weg zum hinteren Garten hinab. Wartete. Niemand kam.

Schnell hob Mareike das Werkzeug auf und wollte es Martin reichen, aber der wehrte ab. »Ich mache doch nicht mit zwei Anfängern einen Bruch. Ich bin nicht lebensmüde.« Er nahm eine seiner Krücken, die er an die Hauswand gelehnt hatte, und wollte schon die Stufe hinuntersteigen. Mareike kickte die Krücke mit dem Fuß fort, Martin kam ins Stolpern, konnte sich gerade noch an ihrem Arm festhalten. »Hey!«, rief er.

»Als du Lizzi ihr Geld geklaut hast, warst du lebensmüde,

Kleiner«, zischte Mareike ihn an und schüttelte seine Hand ab. »Du wusstest es nur noch nicht. Und jetzt mach die verdammte Tür auf!« Sie bohrte ihm den Schraubenzieher in die Rippen.

»Nicht so dolle, Kindchen.«

»Kann nichts dafür. Der macht mich wild!«

»Mädels«, versuchte es Martin erneut. »Wenn ihr Glück habt, bekommt ihr nur ein oder zwei Jahre, vielleicht auch Bewährung. Mich aber wird man für lange Zeit hinter Gitter bringen. Überlegt es euch noch mal.« Er blickte von einer zur anderen. Keine der Frauen verzog eine Miene. Resigniert schüttelte er den Kopf. »Und das alles für einen Bruch, von dem ich nix habe.« Er machte sich wieder an der Tür zu schaffen. »Ihr spinnt total! Wisst ihr das eigentlich?«

In wenigen Sekunden hatte er das Schloss auf. Schnell schlüpften die Frauen ins Haus. Schon waren sie an der Waschmaschine, dem Trockner und den Regalen vorbei und eilten durch eine weiße Tür in die Eingangshalle der Villa.

»Stopp!«, rief er ihnen nach. Erschrocken blieben die beiden stehen. »Hier könnten Bewegungsmelder sein.«

»Aber die Alarmanlage ist doch nicht eingeschaltet, hast du gesagt.« Mareike blickte sich hektisch um.

»Trotzdem könnten hier Bewegungsmelder sein. Abgesehen davon könnte ein stiller Alarm ausgelöst werden, sobald jemand das Haus ohne den Schlüssel betritt.« Er sah sie streng an. »So wie wir gerade.« Die Frauen sahen sich an. »Anfänger«, murmelte er. »Sucht nach kleinen weißen Kästen mit einem Milchglasfenster. Die Dinger können oben oder auf Beinhöhe angebracht sein. Wenn ihr einen seht, bleibt stehen und sagt Bescheid.«

Vorsichtig um sich schauend, gingen die drei weiter, entdeckten aber nichts Verdächtiges in der Art.

»Worum geht es bei dem Bruch eigentlich?«, wollte Martin flüsternd von Lizzi wissen. »Geld und Klunker scheinen es nicht zu sein.«

Warnend blickte Mareike Lizzi an. »Sag nichts! Der haut uns nur in die Pfanne«, zischte sie.

Doch Lizzi sah das anders. »Er steckt in der Sache mit drin, Kindchen. Er ist sozusagen der Grund, warum wir hier sind.« Verächtlich schnaufte Mareike. Gerade wollte Lizzi Martin erklären, worum es ihnen ging, als Mareike sie unterbrach: »Wir suchen Beweise, dass Frau Jessen ihren Mann umgebracht hat.«

Martins Augen wurden groß. »*Die* Jessen von *dem* Jessen?«

Grimmig nickte Mareike. »Genau.«

»Okay, und was vermutet ihr?«

»Ein klassischer Fall. Sie hat einen Geliebten.«

Martin grinste. »In Ordnung, damit kenne ich mich aus. Schlafzimmer.« Vorsichtig betrat er die Treppe. »Dicht hinter mir bleiben, meine Damen.« Er nahm Mareikes Hand, die sich überrascht die Treppe hinaufziehen ließ.

Lizzi mochte keine Treppen, also schlich sie in den Salon. Jede Faser ihres Körpers war in Alarmbereitschaft. Die Haare auf ihren Armen schienen elektrisiert zu sein. Sie horchte auf eine Polizeisirene in der Ferne, auf einen Schlüssel in der Haustür. Ihr Herz klopfte so laut, dass sie befürchtete, der Gärtner könne es bis in sein Gewächshaus hören.

Leise öffnete sie eine hohe weißlackierte Doppeltür und lugte vorsichtig in den Raum. Alles darin war gläsern und modern, gewienert und teuer. Zwei niedrige weiße Sofas standen über Eck, getrennt durch einen avantgardistisch geschwungenen Glastisch, der sie entfernt an die Nierentische der Fünfziger erinnerte. Ein schwarzer Schaukelstuhl aus Leder mit Metallkufen mit einem extrem stylishen Fußhocker in gleicher Farbe davor befand sich am Fenster. Unsicher trat sie ein. Alles war so perfekt aufgeräumt, als wäre dies hier kein Wohnzimmer, sondern die Ausstellungsfläche eines luxuriösen Möbelhauses.

Durch das gardinenlose Panoramafenster sah Lizzi den Garten mit dem Rosenbeet in der Mitte. Dahinter stand die hohe Weide, deren lange Äste im letzten Licht des Tages über dem Wasser baumelten. Kurz glaubte Lizzi, den Gärtner zwischen den Büschen hervortreten zu sehen. Ihr Herz setzte einen Schlag lang aus. Doch da war nichts. Sie schlich zu einer weiteren Tür hinüber. Die prächtigen Flügel hatten geschliffene Bleiglasfenster, deren altmodische Schönheit in Kontrast zu den hypermodernen Möbeln stand. Lizzi schob die Türflügel zur Seite und betrat ein imposantes Arbeitszimmer. In seiner Mitte thronte ein riesiger Schreibtisch. Natürlich in Schwarz. Drei Papierstapel lagen auf der polierten Fläche nebst einer Schale für Füllfederhalter, einem in Silber gerahmten Bild und einer Tischuhr mit Marmorsockel.

Langsam ging sie um den Tisch herum. Ihr Blick streifte das Foto. Es zeigte Lara Jessen an einem weißen Strand, die einen breitkrempigen Hut trug und in die Kamera lachte. Sie wirkte sehr verliebt. Das würde Mareike nicht gefallen.

Lizzis Aufmerksamkeit richtete sich auf die drei Papierstapel. Vorsichtig berührte sie den ersten. Sie setzte sich in den weichen Chefsessel und begann die Seiten durchzublättern. Es waren Rechnungen über Reparaturen im Haus, für die Bepflanzung des Vorgartens, die Lackierung der Seitentür eines C-Klasse-Mercedes, wahrscheinlich des Wagens von Frau Jessen, sowie einige Kreditkartenabrechnungen. Nichts Besonderes, bis auf ein unscheinbares Blatt. Da fiel ein Schatten auf die blanke Tischplatte vor ihr.

Sie fuhr hoch. »O Gott!«

»Was machen Sie hier?«, wollte Martin wissen. »Sie sollten mit uns oben sein. Ich habe doch …«

»Tun Sie das nie wieder!«, fauchte Lizzi ihn an. Sie griff an ihre Brust. Dort pochte es plötzlich ganz entsetzlich und stach schmerzhaft in ihre Lunge. »Nie wieder!«

Mareike kam herein. Mit einem kleinen Aufschrei schubste sie den irritiert dreinblickenden Martin zur Seite. »Was hat du gemacht, du Idiot?« Sie rannte zu Lizzi, die mit geschlossenen Augen schief auf dem Stuhl hing. Mareike griff nach Lizzis Arm, um den Puls zu fühlen.

Da öffnete diese die Augen, wehrte Mareikes Hilfe mit wedelnder Hand ab und zeigte auf den dritten Stapel. »Habe was gefunden«, keuchte sie. »Zettel oben. Kannst du Französisch, Kindchen?«

Mareike griff nach dem Papier. Verständnislos schaute sie drauf. Da nahm Martin ihr die Seite aus der Hand. Er las, während Lizzi sich bemühte, ruhig zu atmen.

»Das ist eine *acte notarié,* eine notarielle Urkunde …« Er blätterte auf die nächste Seite. »Es geht um ein Haus in Südfrankreich. Eine Schenkung.«

»Ja und?«, knurrte Mareike. »So etwas haben Reiche doch, oder? Wieso kannst du überhaupt Französisch?«

Martin antwortete nicht, sondern las weiter.

Auch Lizzi hätte die Antwort interessiert. Nun, sie würde es beizeiten herausfinden müssen. »Wer hat das Haus an wen verschenkt?«, flüsterte sie. Ihr Atem ging nun ein wenig ruhiger. Mit einem tiefen Seufzer vertrieb sie den letzten Schrecken aus ihrem Körper.

»Zweite Seite oben, dort steht der Begünstigte.« Martin reichte Mareike das Papier.

Sie griff die Seite. »Nee! Das gibt es nicht.« Dann hielt sie die Urkunde noch dichter an ihre Nase. »Der Gärtner. Ich werd nicht mehr.« Mareike sah Lizzi fragend an. »Ich dachte, der Gärtner ist so ein alter Knacker wie ihr Mann es war?«

»Stimmt, der Jüngste ist er nicht mehr. Etwas jünger als ich, würde ich sagen.«

»Wow, es scheint, als habe die liebe Frau Jessen einen ausgeprägten Opakomplex.« Mareike schüttelte den Kopf. Dabei pfiff sie den alten Schlager, dem zufolge der Gärtner immer der Mörder war. »Wir haben sie! Und ihren Lover gleich dazu!«, frohlockte sie. »Ich hatte recht. Der Gärtner ist ihr Geliebter. Darum hat die Polizei auch keine nächtlichen Besucher finden können oder Rechnungen von geheimnisvollen Hotelübernachtungen. Der Mann wohnte im Haus, während seine eigene Frau den armen Jessen pflegte.« Angewidert schüttelte sie plötzlich den Kopf. »Nee, das ist ja total krank.«

Lizzi erhob sich ächzend. »Hast du dein Telefon dabei, Kindchen?«

Mareike grinste und griff in ihre Tasche. »Klar.«

Erschrocken blickte Martin Mareike an. »Keine Angst, wir holen nicht die Polizei. Obwohl es sich lohnen würde«, säuselte Mareike zu ihm hinüber, während sie mit ihrer Handykamera die Seiten der Reihe nach fotografierte.

»Habt ihr beide denn oben etwas gefunden?«, wollte Lizzi wissen.

Martin schüttelte den Kopf. »Keine Flugtickets, keine fremden Männerklamotten, keine Indizien einer heimlichen Leidenschaft. Nichts.«

Mareike ließ ihr Handy in die Tasche gleiten. »Ich habe sicherheitshalber auch noch Ausschau nach Procyclidin, Fluspirilen und Amitriptylin gehalten.«

»Nach was?«, fragte Martin.

»Das wären mögliche Medikamente, um eine Demenz vortäuschen zu können.«

»Und?«, wollte Lizzi wissen.

»Nichts. Es gibt nur Aspirin im Haus, und das nicht einmal in auffallender Menge.«

»Ich habe nichts anderes erwartet.« Lizzi erhob sich. »Leg die Zettel auf den Stapel zurück. Ihr beiden geht noch einmal nach oben und sucht etwas, was garantiert Jens Jessen gehörte. Es muss aber mindestens zwei Jahre oder sogar noch älter sein.« Die beiden jungen Leute sahen sich fragend an. »Ich weiß, ihr denkt, ich sei jetzt völlig übergeschnappt, aber sucht einfach. Vielleicht findet ihr altmodische, verwaschene Pullis oder eine Kiste mit Erinnerungsstücken aus seiner Jugend. Es ist mir egal, was. Es muss nur eindeutig zu Jens Jessen gehören.«

Mareikes Gesicht verdüsterte sich.

»Ich habe noch immer dieses Grummeln im Bauch. Und ich bin mir sicher, dass unser Denkfehler ganz am Anfang liegt. Ich brauche eine DNA-Probe von Jens Jessen. Und wenn sie nicht Jessen gehört, sondern dem Gärtner, hast du gewonnen, Kindchen.«

»Genau! Dann ist nämlich klar, dass der Gärtner nicht

nur ein Witwentröster ist, sondern schon seit Jahren im Haushalt privat verkehrte.« Mareike kicherte verlegen. »'tschuldigung.«

Lizzi schüttelte missbilligend den Kopf. »Und dann verschwinden wir hier schnellstmöglich.«

41

Lange sah sich Pfeiffer die ausgebreiteten Bilder auf Lizzis Wohnzimmertisch an. Immer wieder schüttelte er den Kopf. »Das wird kein Gericht der Welt anerkennen«, murmelte er. »Was habt ihr da bloß gemacht?«

Mareike, die sich vor lauter Müdigkeit kaum auf dem Stuhl halten konnte, sprang auf. »›Was habt ihr gemacht! Was habt ihr gemacht!‹«, äffte sie ihn nach. »Wir haben Beweise gefunden, Herr Pfeiffer.« Sie tippte mit dem Finger auf eines der Bilder. »Der Gärtner, dieser …«

»Kaminski«, half Lizzi aus, die zu dem Streit, der sich gerade in ihrem Wohnzimmer anbahnte, kein weiteres Wort zu sagen gedachte.

»Genau, dieser Kaminski hat ein Haus in Südfrankreich geschenkt bekommen. Von seinem Arbeitgeber Jens Jessen. Ein Haus für vier Millionen Euro bekommt man aber nicht, nur weil man ein Talent fürs Unkrautjäten hat.«

»Was wollen Sie damit sagen, Frau Gödecke?«

Mareike atmete tief durch, als ärgere sie die Begriffsstutzigkeit ihres Gegenübers. »Jessen war zu dem Zeitpunkt bereits dement. Der hätte das Schreiben kaum unterzeichnen können. Dieses Dokument hier«, sie tippte noch einmal auf die Bilder, »beweist, dass Kaminski und Frau Jessen unter einer Decke stecken. Die haben das Haus schon mal zur Seite geschafft, als Liebesnest, nehme ich an.«

»Und warum haben die beiden ihn dann getötet? Das ist

doch ein viel zu großes Risiko. Sie hätten doch nur abwarten müssen. Abgesehen davon war Jessen bereits in dem Seniorenheim. Sie hatten freie Bahn.«

Mareike ließ sich in einen der Sessel am Fenster fallen. »Das reichte ihnen nicht. Sie wollten alles. Sofort. Ein klassischer Fall von Gier. Vielleicht aber war es auch nur die Ungeduld der Liebe.«

Martin, der mal wieder auf dem Sofa lag, prustete los. »Das muss ich mir merken.«

»Halt die Klappe!«, zischte Mareike ihn an, worauf er grinsend schwieg.

Lizzi sah Pfeiffer fragend an. »Wird das reichen, um die Polizei auf eine neue Spur zu lenken? Weg von der Bank?«

»Zwei Mörder. Das ist nicht schlecht für den ersten Fall, finde ich.« Mareike schien sehr zufrieden.

»Zwei?«

»Der Gärtner und die Witwe. Er hat abgedrückt, während sie, die Auftraggeberin, beim Friseur war.«

»Das macht keine zwei Mörder, Frau Gödecke. Und vor Gericht schon gar nicht.« Langsam schüttelte Pfeiffer den Kopf. »Die Kollegen werden wissen wollen, wie ich an die Fotos gekommen bin.«

»Informanten?«, schlug Mareike munter vor.

Pfeiffer rollte mit den Augen. »Oh, bitte.« Er seufzte. »Selbst wenn wir die Frau und ihren Gärtner befragen, werden die doch nur sagen, Jens Jessen habe dem Mann das Haus aus Dankbarkeit geschenkt.«

Mareike sprang auf. »Und was ist, wenn es weitere Schenkungen gab? Zu der Zeit war Jessen schon völlig weggetreten. Das sieht doch nach Betrug aus. Da muss man die Unterschrift prüfen lassen!«

Pfeiffer wandte sich an Lizzi. »Ich weiß, wie dringend Sie ein Ergebnis in dem Fall brauchen, Lizzi. Wie viel Zeit haben Sie noch?«

Sie spürte einen Kloß im Hals und sah Pfeiffer hilflos an, der begann die Fotos zusammenzuschieben.

»Ich werde gleich morgen früh bei Lindemann im Büro stehen. Vielleicht lässt er sich drauf ein. Momentan ist er allerdings ganz begeistert von seiner Idee, Jessens Mord habe mit dem Betrug in der Bank zu tun. Der Fall könnte ihm eine Beförderung einbringen. Lindemann wäre dann wieder Erster Kriminalhauptkommissar und säße im Chefsessel. Zumindest scheint er es zu hoffen.« Er steckte die Fotos in die Innenseite seines Jacketts. »Ach, das hätte ich fast vergessen.« Pfeiffer blickte Lizzi an. »Jessens erste Frau in Australien hat in den letzten acht Jahren kein Visum für Deutschland beantragt. Ich denke, diese Spur bringt nichts.«

»Danke, Ewald. Das hatte ich mir schon gedacht.«

In diesem Moment klingelte das Handy in Pfeiffers Jackentasche. Er holte es heraus und meldete sich.

»Herr Siebelt? Guten Tag.« Er schaute zu Lizzi, wobei er mit den Lippen das Wort *Rechtsanwalt* formte.

Lizzi erinnerte sich an den smarten Jüngling, der sie mit dem Trick aus dem Polizeipräsidium geholt hatte. Sie war dem Mann noch einen Bericht schuldig. »Oje«, murmelte sie, denn sie wusste nun wirklich nicht, was sie ihm sagen sollte.

»Sie möchten wissen, ob Frau Böttcher schon etwas Verwertbares herausgefunden hat?« Pfeiffer warf ihr einen fragenden Blick zu.

Lizzi zuckte mit den Achseln. Dann griff sie nach dem kleinen Ding in Pfeiffers Hand. »Geben Sie mal her.« Sie hielt es an ihr Ohr. »Guten Tag, Herr Rechtsanwalt. Ich kann Ihnen nicht so viel sagen, wie ich gern würde, nur dass wir eine interessante Spur verfolgen. Dazu ist es nötig, dass wir mit Frau Kaminski sprechen. Könnten Sie sie bitten, mit uns Kontakt aufzunehmen? … Danke. Die Nummer von Herrn Pfeiffer haben Sie ja.« Dann legte sie auf.

»War das eine gute Idee?«, wollte Mareike wissen. »Ich meine, dass Sie ihm sagen, wir hätten etwas in der Hand. Immerhin ist er der Anwalt unserer Hauptverdächtigen.«

»Andererseits muss man bedenken, dass Lizzi ihm etwas schuldet«, gab Pfeiffer zu bedenken.

»Falsch. Ich habe dem Mann gar nichts versprochen. Wenn überhaupt, schulden Sie ihm etwas.« Sie wandte sich an Mareike. »Richtig, Kindchen, dieser Siebelt ist der Anwalt unserer Verdächtigen. Aber deine Annahme, wir hätten nichts in der Hand, ist falsch, denn wir haben eine Spur. Doch wie unser werter Kriminalkommissar …«

»A. D.«, warf Mareike flink ein und grinste Pfeiffer an.

»Wie Herr Pfeiffer also bereits sagte, wird man mit unseren Fotos aus der Villa vor keinem Gericht punkten können. Ich dachte mir, dass dieser Anwalt uns ein zweites Mal helfen könnte. Nur dieses Mal merkt er es nicht.«

Pfeiffer zog seinen Mantel an und setzte den Hut auf. »Das heißt also, Sie haben einen Köder ausgeworfen und wollen sehen, was passiert?«

Lizzi lächelte und schwieg.

Pfeiffer ging auf den Flur. »Na, wenn das man gutgeht«, murmelte er vor sich hin.

Lizzi folgte ihm zur Haustür. »Noch etwas, bevor Sie gehen, lieber Ewald.« Sie reichte ihm einen durchsichtigen Gefrierbeutel. »Meinen Sie, Ihre Kollegen könnten das mal untersuchen?«

»Was ist das? Und worauf sollen sie es untersuchen?«

Lizzi blickte auf die Tüte in ihrer Hand. »Es sind Haare.«

»Das sehe ich.«

Sie räusperte sich. »Ich möchte wissen, ob das die Haare von Herrn Jessen sind oder die von Herrn Kaminski.«

»Wo haben Sie sie gefunden?«

»In einer Haarbürste in einem Reisekoffer.«

»In der Villa?«

Sie nickte.

Pfeiffer schüttelte den Kopf. »Dann geht es nicht, nein.«

»Warum nicht? Sie sagten doch, Sie hätten noch immer gute Kontakte zur Polizei.«

»Ja … also, ich meine, nein, weil wir eine Gegenprobe brauchen.«

»Hat die Polizei denn keine vom toten Jessen?«

Er räusperte sich. »Ich denke, bei der Untersuchung der Leiche wird man Proben genommen haben. Aber ich habe keine. Doch unabhängig davon: Wenn diese Haare nicht mit denen der Leiche übereinstimmen, sondern mit denen des Gärtners, dann beweist das doch nur, dass der Mann sich mit Jessens Haarbürste die Haare frisiert. Mehr nicht.«

»Aber wie soll dieser Kaminski an den Koffer gekommen sein? Es war auf alle Fälle nicht seiner, denn auf dem Schild stand Jessens Name. Der Koffer wurde zum letzten Mal vor zwei Jahren auf einer Reise nach Moskau benutzt. Das stand wenigstens auf dem Papierband, das sie beim Einchecken immer um den Griff kleben.«

»Moskau? Staatsanwalt Detjen meinte kürzlich zu mir, dass Jessen ein kleiner Krümel in einem internationalen Betrugskuchen gewesen sei. Moskau? Interessant.«

Zögernd griff Pfeiffer nach der Tüte. »Ich weiß nicht

recht, was Sie damit beweisen wollen, aber ich werde versuchen, einen DNA-Vergleich zu bekommen.« Er öffnete die Appartementtür. »Und erzählen Sie um Gottes willen niemandem, dass Sie etwas aus der Villa mitgenommen haben. Selbst wenn es nur Haare sind.«

Als alle fort waren, saß Lizzi auf ihrem Balkon und schaute in die Dunkelheit hinaus, die in dieser Stadt nie wirklich dunkel war. Das Brummen der Autos auf der Elbchaussee klang bis zu ihrem Balkon und lullte sie ein. In der Luft hing noch der Geruch der Sonne des Tages. Morgen würde ein schöner Tag werden, jedenfalls was das Wetter anging. Für Lizzi jedoch würde sich in wenigen Stunden ihre Zukunft entscheiden. Auch das zweite Ultimatum würde ablaufen, und sie müsste der Geschäftsleitung einen Mörder bieten. Diese Nacht würde Elisabeth Böttcher nicht schlafen können. Sie ahnte, dass ihre Versprechungen Frau Alberding-Wischenberg gegenüber etwas voreilig gewesen waren.

42

Sie trafen sich weit nach Mitternacht in einem Burgerladen an einer vierspurigen Hauptstraße in Lurup. Nicht dass Lizzi dieser Art Restaurant irgendetwas abgewinnen konnte, aber der Taxifahrer hatte gesagt, man bekäme hier noch um ein Uhr nachts etwas zu essen. Und sie hatte Hunger. Außerdem gab es hier sicher keine Lauscher an der Wand. Lizzi dachte an ihren Nachbarn, der sie am Nachmittag auf dem Weg ins Foyer im Fahrstuhl in ein Gespräch verwickelt hatte. Uhlendorf wollte wissen, wie sie mit den Ermittlungen vorankäme und ob sein Archiv hilfreich gewesen wäre. Nicht sehr, hätte Lizzi sagen können, doch sie wollte freundlich sein, und so wies sie darauf hin, dass es andere Spuren gäbe.

»Sie glauben also nicht, dass die junge Witwe ihn getötet haben könnte?«

Lizzi lächelte und schwieg.

Uhlendorf schien enttäuscht zu sein. Er bot sogar an, eine umfassende charakterliche Einschätzung des Verstorbenen zu erstellen, schließlich habe er ihn ja gekannt. Und außerdem wisse er über alle politischen Machenschaften des Mannes Bescheid. Lizzi verzichtete. »Ich muss mir meinen eigenen Eindruck von Jens Jessen verschaffen«, sagte sie und ließ ihn im Foyer stehen.

Vielleicht ist mein Nachbar auf seine Weise der bessere Detektiv von uns beiden, überlegte Lizzi. Ihm schien die

Herausforderung, einen Mörder zu finden, sehr viel mehr Spaß zu machen als ihr.

»Huhu!«, rief Lizzi jetzt Mareike zu, die gerade schlaftrunken durch die Glastür in den Burgerladen trat. Da außer Lizzi und dem gelangweilt dreinblickenden Mitarbeiter keiner hier war, hätte Mareike sie sicherlich auch so gefunden.

»Was soll das? Was tun Sie hier? Wissen Sie eigentlich, wie spät es ist?« Mareike musterte Lizzi. »Warum sind Sie nicht zu Hause im Bett und schlafen wie jeder anständige Mensch auch?«

»Mir geht es gut, Kindchen. Danke der Nachfrage. Und das mit dem Schlaf machen wir Alten noch zur Genüge, wenn der da oben uns ruft.« Sie zeigte zur Decke des Burgerladens.

Mareike ließ sich auf den quietschroten Kunstlederbezug der Bank fallen. »So etwas dürfen Sie nicht sagen, Lizzi. Sie sterben noch lange nicht.«

»Wer weiß.« Sie lächelte. »Der Kaffee hier ist recht gut. Soll ich dir einen bestellen, Kindchen? Man muss aber dort drüben hingehen. Es gibt keine Tischbedienung.«

»Ich weiß.« Sie blickte sich in dem leeren Laden um, während sie ihre Schläfen massierte. »Hätte es nicht Zeit bis morgen früh gehabt?«

»Wir haben einen Fehler gemacht, Mareike.«

Mareike gähnte herzhaft. »Welchen?« Doch bevor Lizzi antworten konnte, erhob sie sich, um sich einen Kaffee zu holen.

Lizzi bemerkte, dass Mareike unter ihrem Mantel eine gestreifte Pyjamajacke trug.

Als Mareike den ersten Schluck aus dem Pappbecher getrunken hatte, kam der junge schlaksige Mann hinter der Theke vor und schlurfte zu ihnen an den Tisch. »Wir machen gleich zu«, nuschelte er und latschte davon. Kopfschüttelnd sah Mareike ihm nach. »Wo waren wir? Ach ja. Wir haben einen Fehler gemacht.«

Lizzi nickte. »Wir haben zwar die Villa untersucht, aber nicht die Wohnung des Gärtners. Die Kaminskis wohnen oben unterm Dach.«

»Was hätten wir dort denn suchen sollen?« Mareike schnaufte verächtlich. »Alles, was wir brauchten, haben wir unten gefunden: die Sache mit dem Haus in Frankreich, die Bürste mit den Haaren.«

»Ich glaube, dass du recht hattest, Mareike«, sagte Lizzi.

»Womit?«

»Dass Jessen ein Haus für vier Millionen verschenkt, ist mehr als unwahrscheinlich.«

»Sag ich doch.«

»Dennoch glaube ich nicht, dass der Gärtner und die Witwe ein Liebespaar sind.«

»Das ergibt jetzt aber keinen Sinn. Entweder hat der Alte seinem Gärtner das Haus geschenkt, was keiner von uns wirklich glaubt, oder die Witwe und ihr Gärtner haben die Sache mit dem Haus durch Betrug erreicht. Durch eine gefälschte Unterschrift und so. Ob die deswegen ein Pärchen sind, ist eigentlich weniger wichtig.«

»Unser lieber Herr Pfeiffer rief mich vorhin an. Die Unterschrift unter der Schenkungsurkunde ist echt.«

»Mist.« Mareike verzog das Gesicht. »Ich kriege da keine Logik rein, Lizzi.« Sie stellte den Pappbecher auf den Tisch und hielt ihren Kopf, als würde er schmerzen.

»Was wäre, wenn wir die ganze Zeit ein Phantom jagen?«

»Wie bitte?«

Wieder trat der junge Mann mit den müden Augen an ihren Tisch. Jetzt trug er keine Uniform mehr, sondern eine Lederjacke, an der die linke Seitentasche eingerissen war. »Wir schließen jetzt«, murmelte er. Dann blickte er auffordernd zu Tür.

Eine Minute später gingen die beiden Frauen über den schlechtbeleuchteten Parkplatz zu Mareikes altem Fiat. Lizzi wartete, dass Mareike die Autotür von innen öffnete. »Ich bin mir sicher, dass der Tote nicht Jens Jessen war«, sagte sie, als sie einstieg.

Mareike rollte mit den Augen. »O Lizzi! Das hatten wir doch schon.«

»Red ja nicht mit mir, als sei ich eine senile Alte!«, fuhr Lizzi sie an. »Morgen fahre ich hin. Und dann wird mir Herr Kaminski die Frage beantworten müssen, wo der wahre Jessen ist. Denn du hast recht: Der Gärtner steckt in der Sache mit drin. Das sagt mir mein Bauch.«

»Wie bitte? Sie wollen da hin? Sind Sie jetzt total verrückt?«

43

Lizzi wurde in ihrem eigenen Appartement gefangen gehalten. Und das gefiel ihr absolut nicht!

Mareike schien wild entschlossen, sie daran zu hindern, den Gärtner aufzusuchen. »Nur über meine Leiche!«, hatte Mareike erklärt und entschieden, Lizzi stünde kurz vor einem Nervenzusammenbruch, was hinsichtlich ihrer derzeitigen Situation nur zu verständlich sei.

»Wenn Sie da jetzt hingehen und Ihre verrückten Beschuldigungen loslassen«, Mareike fuchtelte mit ihrem Finger vor Lizzis Gesicht herum wie eine Gouvernante, »dann wird man Sie auf Ihre geistige Gesundheit hin untersuchen. Wollen Sie das?« Lizzi schwieg. »Meist fängt es mit Überspanntheit an«, fuhr Mareike fort. »Dann kommen irrationales Verhalten und Sturheit, gepaart mit ersten Wahnvorstellungen. Alles Anzeichen einer Demenz.« Als die alte Frau sich auch weiterhin uneinsichtig zeigte, holte Mareike den Stuhl vom Balkon und stellte ihn vor die Appartementtür. Mit vor der Brust verschränkten Armen saß sie den Rest der Nacht dort, um die Insassin an der Flucht zu hindern. Lizzi wiederum saß angezogen auf ihrem Bett und maulte, während Mareike tapfer mit ihrer Müdigkeit kämpfte.

Kurz vor sieben Uhr traf Pfeiffer ein, Mareikes Ablösung. Er hatte Lizzi ein Käsebrötchen vom Bäcker mitgebracht, das er mitsamt einem Becher frischen Kaffees auf ihr Nachtschränkchen stellte. »Frühstück.«

Mürrisch griff Lizzi nach dem Brötchen. Der Hunger war eindeutig größer als ihre Wut. Zwischen zwei Bissen versuchte sie ihrem phantasielosen Gegenüber die Sache zu erklären. Doch irgendwann gab sie auf.

»Das Offensichtliche ist nicht immer das Richtige«, schloss sie ihre Bemühungen ab. Immerhin stimmte er ihr wenigstens darin zu. Ja, er könne sich grundsätzlich vorstellen, meinte er, dass die Polizei vielleicht, ein wenig zu sehr von der HBH-Spur begeistert war und womöglich eventuelle Alternativen ein klitzekleines bisschen aus dem Blick verloren haben könnte.

»Hat Lindemann die Haarprobe untersuchen lassen?«, wollte Lizzi wissen, während sie den Kaffee austrank.

Pfeiffer schüttelte den Kopf. »Er weigert sich.«

Da sprang Lizzis Radiowecker an. Der Nachrichtenjingle klimperte durch das kleine Schlafzimmer und ließ Pfeiffer zusammenfahren. Sie ließ ihre Hand auf den kleinen Kasten fallen. »Dachte ich es mir doch«, grummelte sie in die plötzliche Stille hinein und erhob sich.

Pfeiffer folgte ihr auf den Flur. »Ich könnte ein privates Institut auf eigene Kosten beauftragen, Lizzi, aber das geht nur mit einer Gegenprobe von dem Toten. Und die habe ich nicht. Außerdem würde es zu lange dauern.«

»Ausreden, Pfeiffer. Nichts als Ausreden!« Sie nahm ihren Mantel vom Bügel.

»Vergessen Sie es, Frau Böttcher«, warnte er sie.

Lizzi ignorierte ihn. Wenn der Tote nicht Jessen war, dann stellte sich die Frage, wer er sonst war. Irgendwo musste jemand vermisst werden. Es musste Leute geben, die von dem Tausch wussten. Man konnte keinen Menschen austauschen ohne Hilfe von Komplizen.

»Sie werden sich lächerlich machen, Lizzi!«

Im Kopf legte sie bereits eine erste Liste von Mittätern an: Da wären Frau Kaminski und Frau Jessen, die einen falschen Toten identifiziert hatten. Doch warum hatten sie es getan? Hatte man sie gezwungen? Oder ging es nur um Geld? Dann waren da noch der Arzt und der Gärtner. Auch sie mussten gemerkt haben, wann der echte gegen den falschen Jessen ausgetauscht worden war. Warum schwiegen sie? Auch hier: Geld?

Pfeiffer stellte sich vor die Haustür. »Mareike hat recht. Sie sind starrsinnig und leiden an Wahnvorstellungen.«

Lizzi knotete das Kopftuch unter ihrem Kinn zusammen.

»Sie gehen da nicht hin, Frau Böttcher!« Pfeiffers Stimme dröhnte.

»Kommen Sie mit, Herr Kommissar?«

»Ich? Niemals! Überhaupt: Wo ist der richtige Jessen, wenn der falsche tot ist?«

Lizzi versuchte den Mann vor ihrer Tür zur Seite zu schieben. »Entweder hat sich der richtige Jessen ins Ausland abgesetzt, oder er liegt irgendwo in seinem Garten verbuddelt. Fragen wir doch einfach den Gärtner.«

»Nein, das tun wir nicht.« Pfeiffer bugsierte sie zurück ins Wohnzimmer. »Wir werden jetzt den Kollegen Lindemann anrufen und ihm von Ihrer abstrusen Idee berichten. Der wird mich zwar für plemplem halten, aber ich …« Er schluckte. »Es ist nur … Ich mache mir Sorgen um Sie«, flüsterte er. Erstaunt blickte Lizzi den Kommissar an. »Bitte«, er legte seine Hand auf ihren Arm. »Mir zuliebe. Gehen Sie da nicht hin.«

Lizzis Kehle zog sich zu. Sie spürte das Blut in ihr Gesicht schießen. Ihre Hände wurden schweißnass. Sie schluckte, als sie seinem Blick auswich und zu Boden sah. Der Wunsch zu flüchten war kaum noch auszuhalten.

»In Ordnung«, flüsterte sie. »Ich werde nicht zu dem Gärtner gehen.«

»Nicht?« Pfeiffer schien erleichtert. »Versprochen?«

Sie hob seufzend den Kopf. »Sag ich doch: Ich gehe nicht hin.« Sie betrachtete ihre Hände. »Vielleicht stimmt es ja, und ich bin tatsächlich ein wenig stur.«

»Sie gehen nicht …?«

»Himmel, ich habe es doch eben gesagt!« Sie stockte. »'tschuldigung. Sie meinen es nur gut mit mir, Ewald.« Er nickte. »In Ordnung, dann fahren Sie jetzt zu Lindemann und erklären ihm alles.« Langsam zog sie ihren Mantel aus, während Pfeiffer sie zweifelnd anblickte. Sie versuchte ein Lächeln.

Schließlich nahm er seinen Mantel vom Haken. »Sobald ich mit ihm geredet habe, komme ich zurück.« Er stockte. »Kann ich Ihnen trauen, Elisabeth Böttcher?«

Lizzi lachte. »Ich an Ihrer Stelle würde es nicht tun. Bedenken Sie, dass ich die Witwe eines gefürchteten Bankräubers bin.« Pfeiffers Lächeln fiel etwas schmal aus.

Augenzwinkernd bugsierte sie ihn auf den Flur hinaus. »Ich werde nicht hingehen, Ewald. Versprochen.«

Einigermaßen beruhigt ließ sich Pfeiffer zum Fahrstuhl schieben. »Wir sehen uns nachher«, säuselte sie ihm nach und winkte sogar, als sich die Fahrstuhltüren schlossen.

Gleich darauf eilte Lizzi in ihr Appartement zurück, um ihren Mantel wieder anzuziehen. »Gehen werde ich nicht, Herr Kommissar. Aber fahren.«

44

Unendlich langsam wanderte ihr Blick an dem schwarzen Kostüm der Frau hoch, die neben ihr stand. Die Frau, mit der sie so lange unter einem Dach gelebt hatte, hielt ihr Handgelenk, während sie auf die Armbanduhr schaute und leise mitzählte.

Gemeinsam horchten sie, wie das Herz immer langsamer wurde, das Blut kaum hörbar durch die Adern pumpte.

Zu spät hatte sie bemerkt, dass die Frau ihre Handschuhe nicht ausgezogen hatte, dass der Tee in der Thermoskanne zu bitter gewesen war. Jetzt spürte sie ihre Beine nicht mehr. Hatte kein Gefühl in den Händen. Das Gesicht war eigentümlich taub. Sie wollte um Hilfe schreien, aber aus ihrem Mund kam nur ein Röcheln.

Die Frau lächelte zu ihr herunter. »Es wird nicht mehr lange dauern.« Dann ließ sie das Handgelenk los. Kraftlos fiel der Arm auf den Tisch, wobei er die offene Thermoskanne umriss.

Sie spürte nicht, wie der heiße Tee ihre Haut verbrühte. Stumm blickte sie dem immer größer werdenden Fleck auf dem Tischtuch nach, während es in ihr schrie, sie sich wand, weglaufen wollte. Die Erkenntnis, sterben zu müssen, und das Entsetzen darüber, sich nicht wehren zu können, wichen allmählich einer schrecklichen Dumpfheit. Aus den Augenwinkeln sah sie die Frau in Schwarz alles herrichten. Für den angeblichen Selbstmord.

Die Frau arrangierte den gefälschten Abschiedsbrief auf dem teefleckigen Tisch, ließ ein letztes Mal den Blick durch das Zimmer in der Pension schweifen. Sie hatten nie die Stadt verlassen, auch wenn alle glaubten, sie seien nach Sylt gefahren. Es war ein tödlicher Fehler gewesen, der Frau in Schwarz zu vertrauen, dachte sie noch.

Dann kam die Frau zu ihr, kniete sich vor sie hin und tätschelte ihre taube Wange. »Sie müssen das verstehen, meine Liebe. Diese Detektivin wollte Sie befragen. Das konnten wir doch nicht zulassen.« Sie lächelte mitleidig. »Sie sind zu einem Risiko geworden, Frau Kaminski.«

45

Tatsächlich fand Lizzi den Gärtner hinter dem Gewächshaus, auf der Bank sitzend. Er blickte über den Feenteich. Ohne ein Wort zu sagen, setzte sich Lizzi neben ihn.

»Sie haben mich erschreckt, Frau Böttcher«, sagte der Mann ganz und gar nicht überrascht. »Sie wissen doch, dass Frau Jessen verboten hat …«

Lizzi setzte sich neben den Mann. »Wie heißt Ihr Hausarzt, Herr Kaminski?«

Er drehte sich zu ihr um. »Was meinen Sie?«

Sie schwieg.

Da stand Kaminski auf. »Bitte verlassen Sie das Grundstück.« Als Lizzi keine Anstalten machte, sich zu erheben, griff er nach ihrem Oberarm. »Sofort.«

Sie riss sich los. »Nein, erst sagen Sie mir, warum Herr Jessen Ihnen vor sechs Monaten ein Haus für vier Millionen Euro geschenkt hat. In Südfrankreich.«

Überrascht zog der Mann seine Hand fort. »Woher wissen Sie das?«

Wütend hielt sie seinem Blick stand.

Unruhig begann Kaminski umherzugehen. »Davon wusste ich nichts. Aber ich nehme an, Herr Jessen schätzte meine Arbeit.« Er trat unter dem schützenden Dach der Weidenzweige hervor auf die sonnenbeschienene Rasenfläche, die zwischen dem Ufer und der Villa lag, die Hände tief in den weiten Taschen seiner Cordhose vergraben.

Lizzi folgte ihm. »Sie sollten vielleicht wissen, dass die Polizei mittlerweile Kenntnis von dem Haus in Südfrankreich hat, Herr Kaminski.« Ihr Blick schweifte über den Rasen, in dessen Mitte das große Rosenbeet mit der Sonnenuhr lag. »Und nun sagen Sie mir endlich, wo Herr Jessen ist.«

Der Mann in der grünen Gärtneruniform blieb stehen. Abrupt drehte er sich um. Mit kleinen Augen starrte er sie an. »Was reden Sie da? Wo sollte mein Chef denn sein, wenn nicht auf dem Friedhof?«

»Oh, da gibt es viele Möglichkeiten.« Lizzi hielt jetzt Abstand. Beim Anblick des zornigen Mannes war ihr bewusst geworden, wie dumm es gewesen war, hierherzukommen. Vielleicht hätte sie auf Mareike und Pfeiffer hören sollen. Immer wieder machte sie dieselben Fehler. Ärgerlich, höchst ärgerlich.

»Entweder Ihr Arbeitgeber lebt noch, dann sonnt er sich wahrscheinlich auf einer hübschen Insel im Pazifik«, sie machte eine Pause, »oder der Mann ist tot. Vielleicht liegt er unter den Rosen dort drüben oder unter der Weide dahinten. Das wird die Polizei bestimmt schnell herausfinden. Der Mann auf dem Friedhof ist jedoch ganz sicher nicht Jens Jessen.«

Der Mann lächelte sie böse an. Langsam ging er zu dem Rosenbeet hinüber, das auf halbem Weg zum Haus lag und in dem die elegante Sonnenuhr aus geschmiedetem Eisen thronte. Der Polarstab warf einen dünnen Schatten auf den marmornen Sockel der Uhr. Es war halb vier.

»Ich nehme an, Sie können diesen Unsinn beweisen, Frau Böttcher?« Kaminski betrachtete die Stundenziffern.

Lizzi folgte ihm, wobei sie darauf achtete, dass das Beet stets zwischen ihr und dem Gärtner lag. »Ich muss es nicht beweisen. Ich muss nur die Polizei davon überzeugen, dass sie etwas übersehen hat. Jessen lebt, richtig?«

Der Gärtner zupfte ein mit Flecken übersätes Blatt von einer Rose und ließ es zu Boden fallen. »Mehltau«, murmelte er.

Das war der Moment, in dem Lizzi am liebsten um Hilfe geschrien hätte. Sie schluckte trocken. Er schien zu spüren, dass er einen Fehler gemacht hatte.

»Ein richtiger Gärtner hätte ein von Mehltau befallenes Blatt niemals auf den Boden geworfen«, flüsterte sie. »Mehltau ist äußerst ansteckend. Außerdem sieht das da«, sie wies auf einige befallene Blätter, »nicht wie Mehltau aus. Es ist Rosenrost. Die braunen Flecken, wissen Sie.« Langsam nickte der Mann, während er mit seinem Schuh das Blatt tiefer in den Rasen trat.

Plötzlich ergab für Lizzi alles einen Sinn. »Außerdem sind mir gerade Ihre Hände aufgefallen … Herr Jessen.«

Der Mann schaute seine Hände an, als sähe er sie zum ersten Mal. »Bei unserem ersten Treffen trugen Sie Handschuhe. Vielleicht wäre ich sonst schon früher darauf gekommen.« Er lächelte sie schief an. »Mir fiel der besorgte Blick von Frau Jessen auf, als die Beamten mich damals des Geländes verwiesen. Ich dachte, diese Sorge galt ihrem Geliebten, doch in Wahrheit galt sie ihrem Ehemann.« Sie lachte. »Im Übrigen habe ich Sie niemals arbeiten sehen, Herr Jessen.« Er kam ein paar Schritte näher, doch Lizzi hielt Abstand. »Eigentlich ist es eine ausgezeichnete Idee, sich just dort zu verstecken, wo niemand suchen würde. Selbst wenn jemand herausgefunden hätte, dass der Tote nicht Jens Jessen ist, hätte man Sie im Ausland vermutet. Mit Sicherheit aber nicht in Ihrem eigenen Haus.«

Langsam schritt der falsche Gärtner um das runde Beet. Lizzi ließ ihn nicht aus den Augen. Sie spürte, wie die Angst in ihr hochkroch. Niemand ahnte, was sie gerade herausgefunden hatte. Sie versuchte Abstand zu dem Mann zu halten. Jessen war vielleicht nicht mehr der Jüngste, doch er war mit Sicherheit stärker als sie. So umkreisten sie das Beet mit lauernden Schritten.

»Wie kommen Sie nur auf solch absurde Ideen, Frau Böttcher?«

»Oh, da gibt es verschiedene Gründe. Zum Beispiel die so plötzlich auftretende Demenz. Erst dachten wir, jemand hätte beim echten Jens Jessen mit Medikamenten nachgeholfen. Doch dann kam mir der Gedanke, dass der Mann im Rollstuhl wirklich krank gewesen sein könnte. Weder kann man eine solche Krankheit vortäuschen, weil man einen Prozess vermeiden will, noch kann eine echte Demenz einen Menschen in so rasanter Schnelle überwältigen. Wir brauchten eine ganze Zeit, bis die Ungereimtheiten einen Sinn ergaben.«

»Wir?« Jessen blieb stehen. Starr blickte er auf den dünnen Schatten der Sonnenuhr und hörte Lizzi aufmerksam zu. »Wer ist wir?«

»Ich habe Mitarbeiter.« Ihre Stimme zitterte leicht.

»Mitarbeiter?« Jessen sah hoch. Er schien sich über die kleine Frau auf der anderen Seite des Beetes zu amüsieren.

Sie schluckte. »Ja, ich habe eine Detektei.« Sie hoffte inständig, er möge ihr glauben, dass sie nicht allein handelte. Lizzi schwor sich insgeheim, nächstes Mal auf Pfeiffer und Mareike zu hören.

»Erzählen Sie weiter.«

»Der Hausarzt von Herrn Jessen sollte ein einfacher Kassenarzt aus Hamburg-Horn sein? Einem Arbeiterviertel? Nein, ein Jens Jessen würde sich nicht mit dem gemeinen Volk in ein Wartezimmer setzen. Der Vorsitzende der HBH war natürlich Privatpatient, aber bestimmt nicht bei Doktor Hennings in Horn. Stimmen Sie mir zu?«

Jessen schwieg.

»Was wird der nette Doktor Hennings der Polizei erzählen, wenn sie ihn fragt, warum er Patientenunterlagen gefälscht und ausgetauscht hat? Wird er sofort zugeben, dass er aus einem kranken Gärtner Kaminski einen Jens Jessen gemacht hat? Denn dass der Tote in der Residenz Ihr Gärtner Kaminski war, wollen Sie doch wohl nicht bestreiten. Das erklärt auch, warum Frau Kaminski mit dem Mann bei uns einzog und nicht Ihre Frau, Herr Jessen.«

Der lachte. »Und die Polizei? Hat man nicht geprüft, ob der Tote Jens Jessen ist?«

»Die DNA des Toten wurde mit Dingen verglichen, von denen die Polizei nur dachte, dass sie Jens Jessen gehörten. In Wahrheit waren es Haare, Zahnbefunde und Krankenakten von Jessens Gärtner. Dem echten Gärtner, der Patient bei Doktor Hennings war.« Lizzi hatte sich in Rage geredet. »Die Polizei wird Doktor Hennings sicherlich nach seinem plötzlichen Reichtum befragen. Woher hat er auf einmal das nötige Geld, um eine neue Praxis im vornehmen Teil der Stadt zu eröffnen? Wird man in seinen Unterlagen Hinweise auf einen höheren Zahlungseingang vor etwa sechs Monaten finden? Wird der freundliche Herr Doktor den Beamten erzählen, dass er als Gegenleistung die Patientenunterlagen fälschte?«

»Unsinn«, zischte Jessen wenig überzeugend. »Sie sind verrückt.«

Lizzi lächelte. »Spätestens als ich den Spruch auf dem Trauerkranz las, war ich mir sicher, dass dort der falsche Jessen begraben liegt. *Bäume sind Gedichte, die die Erde in den Himmel schreibt.* Ein Mann wie Jessen würde so etwas nicht als sein Vermächtnis hinterlassen. Ein Mann wie Sie, Herr Jessen, würde es prunkvoll lieben. Ein hübsches Mausoleum vielleicht.«

Jessen grinste. »Wie schade, dass der Tote bereits eingeäschert wurde, nicht wahr? So haben Sie nichts anderes als Vermutungen zu bieten, Frau Böttcher.«

»Ja, dass die Urnenbeisetzung so schnell stattfand, fiel mir natürlich auch auf.«

Die Sonne kam hinter einigen Wolken hervor und blendete Lizzi. Kurze Zeit konnte sie den Mann auf der anderen Seite des Beetes nicht genau sehen. Schnell hob sie die Hand über ihre Augen. Der Mann hatte das Beet fast schon umrundet. Sie flüchtete auf die andere Seite.

Er lachte. »Sie haben Angst vor einem harmlosen Gärtner?«

Lizzi keuchte. »Ich nehme an, Herr Jessen, die schon recht weit fortgeschrittene Demenz von Herrn Kaminski kam Ihnen zupass, als Sie erfuhren, dass man Sie vor Gericht stellen würde«, sprach sie unbeirrt weiter, wobei sie einen Blick zum Haus warf in der Hoffnung, jemand möge den schmalen Weg herunterkommen. »Sie brauchten einen Stellvertreter. Sie selbst hätten niemals eine so schwere Krankheit vortäuschen können, die Ihnen einen Prozess oder gar das Gefängnis erspart hätte.«

Jessen hob die Hände, als wolle er zum Allmächtigen beten. »Insiderhandel – Himmel, das tun doch alle! Eine rechtliche Grauzone, würde ich sagen.«

»Aber Betrug, Nötigung und Urkundenfälschung. Das ist schon etwas Handfesteres.« Jessen schwieg. »Weil Sie wussten, dass man einen Dementen nicht ins Gefängnis stecken würde, wurde Herr Kaminski kurzerhand zu Jens Jessen. Krank, wie er war, konnte er sich dagegen nicht wehren.«

»Und seine Frau?«, wollte Jessen wissen. »Was ist mit ihr?«

Lizzi blieb stehen. »Bitte, Herr Jessen, beleidigen Sie nicht meine Intelligenz. Natürlich haben Sie ihr versprochen, dass ihr Mann die beste Pflege erhält, die man für Geld kaufen kann. Vielleicht haben Sie ihr sogar noch eine ansehnliche Zusatzrente für die Zeit danach versprochen. Jeder Mensch ist käuflich.«

Plötzlich hörte Lizzi einen feinen Uhrenschlag in ihrer Nähe. Jessen griff in die Innenseite seiner Arbeitsjacke und zog eine schwere silberne Taschenuhr mit geriffeltem Rand an einer Kette hervor. Diese hatte keinen Klappdeckel wie Preußens Gloria von Herrn Uhlendorf, sondern ein stark gewölbtes Glas. Jessen drückte auf die Krone der Uhr, und der Schlag verstummte. Er bemerkte Lizzis Blick. »Hübsch, nicht wahr? Es ist eine Pariser Spindeluhr mit Viertelrepetition von Ferdinand Berthoud. Siebzehnhundertneunzig. Erst kürzlich bot mir jemand das Doppelte des Marktpreises.« Er ließ die Uhr wieder in seine Tasche gleiten.

Lizzi wurde sich bewusst, dass sie noch immer kein richtiges Geständnis von ihm hatte. Und sie war sich im Klaren darüber, dass Jessen recht hatte. All das waren keine Beweise. Doch das war ihr jetzt erst einmal egal. Sie wollte von ihm den Rest der Geschichte hören.

Der dünne Schatten des Polarstabes der Sonnenuhr fiel auf eine der römischen Ziffern, die man in den Marmor geschlagen hatte. Dann schob sich eine Wolke vor die Sonne, jetzt wies nur noch der schmale Stab mit seiner pfeilartigen Spitze mahnend zu dem Mann hoch. Jessen beobachtete Lizzi genau.

»Wissen Sie, was mich wundert, Herr Jessen? Dass keiner Ihrer Nachbarn etwas gemerkt hat.« Prüfend schaute sie den Mann im grünen Gärtneranzug an. Hinter ihm lag die stolze weiße Villa, in der er wie ein Geist seinen eigenen Gärtner mimte.

Jessen lächelte. »Ein Bart und ein paar Kilo mehr, eine dicke Brille und ein Hut, all das verändert einen Menschen sehr. Ich trage viel zu große Schuhe, wodurch sich mein Gang verändert. Außerdem hatten die Nachbarn meinen Gärtner seit Monaten nicht gesehen. Er war schon länger krank und kaum noch draußen. Geschweige denn, dass jemals einer von ihnen mit Kaminski gesprochen hätte. Man redet hier nicht mit dem Personal der anderen. Und zu guter Letzt wohnen hier an der Alster kaum noch Privatmenschen. Mittlerweile gibt es fast nur noch Notarbüros, Investmentgesellschaften und Arztpraxen.« Er knipste mit dem Finger ein weiteres Blatt von einem der dornigen Stiele ab. »Rosenrost. Was macht man eigentlich dagegen?«, murmelte er. Dann schaute er Lizzi an. »Sie werden es nicht glauben, Frau Böttcher, aber ich habe mich in den letzten Monaten in dieses Gärtnerleben recht gut eingelebt. So ein Garten beruhigt ungemein. Er hilft einem, die Dinge klarzusehen.«

»Das ist schön, Herr Jessen, dann können Sie mir bestimmt sagen, wer den armen Herrn Kaminski erschossen hat. Waren Sie es?«

Jessen schüttelte den Kopf. »Weder ich noch meine Frau.

Das müssen Sie mir glauben.« Er zögerte. »Aber ich denke, ich weiß, wer …«

Plötzlich zerriss ein Knall die Luft. Lizzi kannte das Geräusch. Sie hatte es schon einmal gehört!

Sie sah, wie der Mann auf der anderen Seite des Beetes nach vorn geschleudert wurde. Jessen riss noch die Arme hoch, als er auch schon fiel. Die Pfeilspitze der Sonnenuhr bohrte sich mit einem schabenden Geräusch in seinen Oberkörper, bremste den Fall nur unwesentlich. Der Körper rutschte an dem Stab herunter, bis dieser am Rücken des Mannes wieder austrat.

Lizzi presste die Hände vor den Mund und sah entsetzt, wie Jessens Arme über den Rand des Marmorsockels der Sonnenuhr sackten, während allmählich ein Rinnsal aus Blut unter ihm hervorquoll.

46

Alles, was folgte, zog wie im Nebel an Lizzi vorbei.

Mehrmals versicherte sie einer jungen Beamtin, dass es ihr gutgehe. Sie müsse aber sofort Kommissar Lindemann sprechen. Man setzte sie auf die Gartenbank bei der großen Weide und bat sie zu warten. Selbst wenn sie gewollt hätte, hätte sie nicht weggekonnt, denn ihre Beine waren weich und die Knie zitterten.

Über ihrem Kopf rauschten die Blätter. Zwei Schwäne zogen nahe dem Ufer vorbei. Nervös knetete Lizzi ihre kalten Hände. Irgendwann kam ein Arzt zu ihr, um sie zu untersuchen, was sie jedoch energisch ablehnte.

Endlich traf Lindemann ein. Einem Bulldozer gleich walzte er den Weg am Haus entlang, gab Anweisungen, ließ sich berichten.

»Herr Kommissar!« Lizzi winkte, während sie auf ihn zulief. Als sie das Rosenbeet passierte, versuchten gerade zwei Männer, den aufgespießten Leichnam von der Uhr zu heben. Sie wandte sich ab und hoffte, Lindemann würde verstehen, wer dort lag. Einer der Hellsten schien er ja nicht zu sein.

Da drehte Lindemann sich um und erkannte Lizzi. Seine Gesichtsfarbe nahm eine ungesunde rote Färbung an. Energisch schob er die Polizistin, die ihm gerade etwas erklärte, zur Seite. Dann marschierte er mit weit ausholenden Schritten über den Rasen auf Lizzi zu.

»Was machen Sie hier, Sie verrückte Alte?«, schnauzte er Lizzi schon von weitem an.

Gerade wollte sie sich diesen frechen Ton verbitten, um dem ungehobelten Kerl als Nächstes zu eröffnen, dass alles noch viel komplizierter war, als er es sich mit seiner Beamtenweisheit vorstellen konnte, da hörte sie einen gellenden Schrei.

Eine in Schwarz gekleidete Frau kam auf den Rasen gelaufen. Heftig stieß sie einen der Polizisten aus dem Weg, der sie aufhalten wollte. »Oje, Frau Jessen«, murmelte Lizzi.

Die Frau kreischte, als sie den Toten sah, den die Männer in diesem Moment anhoben. Sie rannte auf das Beet zu, wobei einer ihrer hochhackigen Schuhe im Gras stecken blieb. Noch immer als falsche Witwe verkleidet, stolperte Lara Jessen zum Leichnam ihres Mannes, den man gerade in einen schwarzen Plastiksack legte.

»Nein!«, schrie sie immer wieder. »Jens! Nein!«

Mehrere Beamte versuchten sie festzuhalten, doch sie schlug wild um sich.

Wütend blickte Lindemann zu Lizzi, als sei sie schuld an allem.

»Ich habe es Ihnen gleich gesagt, Herr Kommissar. Der Tote in der Residenz war nicht Jessen.« Mit ausgestrecktem Finger wies sie auf den Leichnam. »Das ist Jessen.«

Lindemann fluchte. Als er zu der hysterisch schreienden Witwe gehen wollte, hielt ihn Lizzi am Ärmel fest. »Sie müssen Frau Kaminski suchen.«

Lindemann stockte. »Warum? Ist sie die Mörderin?«

»Nein, aber sie könnte vielleicht unsere dritte Leiche sein.« Der Gedanke war ihr auf der Gartenbank gekommen, als sich das Wirrwarr in ihrem Kopf zu lichten begann.

»Frau Kaminski muss von der Scharade gewusst haben. Darum ja auch ihre Falschaussage bei der Identifizierung des ersten Toten. Wahrscheinlich haben die Jessens ihr Geld und die beste Pflege für ihren Mann geboten, wenn dieser die Rolle von Jens Jessen einnimmt.« Lindemann konnte ihr nicht folgen. »Sie ist eine Mitwisserin, Herr Kommissar«, erklärte sie mit Nachdruck. »Und mit dem Tod ihres Mannes ist sie überflüssig geworden. Sie müssen sie finden. Jetzt!«

Langsam nickte Lindemann. »Und wer hat Jessen umgebracht? Haben Sie jemanden gesehen?«

Lizzi zuckte mit den Schultern. »Das weiß ich nicht, aber um Himmels willen suchen Sie Frau Kaminski.« Sie wies zu der jungen Frau im schwarzen Kostüm, die laut wehklagte, während sich drei Beamte bemühten, sie ins Haus zu bringen. »Fragen Sie sie. Sie weiß, wo die Frau des Gärtners ist. Sie hat sie seit dem Tod des wahren Gärtners nicht mehr aus den Augen gelassen.«

»Scheiße«, entfuhr es Lindemann. »Wir müssen noch einmal ganz von vorn anfangen. Ein Toter, der nicht tot ist. Ein Gärtner der … Egal. Sie sind schuld, Frau Böttcher!«

Lizzis Augen wurden schmal. »Hätten Sie die DNA-Proben untersucht, die Pfeiffer Ihnen gebracht hat, dann wäre das hier nicht passiert«, zischte sie zurück.

»Die Proben hätten nichts bewiesen.«

»Das sehe ich anders. Die Haarprobe aus dem Koffer von Jessen hätte zumindest nahegelegt, dass der erste Tote nicht Jessen gewesen sein konnte.«

Lindemanns Kiefer mahlte. »Ihnen ist doch klar, dass ich Sie mitnehmen muss?«

»Bin ich etwa schon wieder Ihre Mordverdächtige Nummer eins? Sie enttäuschen mich, Herr Kommissar.«

Der Mann beugte sich zu ihr herunter. »Was haben Sie gesehen, Frau Böttcher?«

»Ich habe nichts gesehen.«

»Denken Sie noch einmal nach. Da muss etwas gewesen sein. Ein Auto an der Straße, ein Fremder, irgendetwas!«

Sie stemmte ihre Fäuste in die Hüften. »Ich soll nachdenken? Das tue ich schon die ganze Zeit! Hätte ich nicht nachgedacht, wäre mir nicht aufgefallen, dass der falsche Jessen in der Residenz erschossen wurde. Hätte ich nicht nachgedacht, wäre ich nicht hier, um dem richtigen Jessen beim Sterben …« Kurz versagte ihre Stimme. »Machen Sie Ihre Arbeit anständig, Herr Kommissar, dann …«

Glücklicherweise kam in diesem Moment einer von Lindemanns Kollegen. »Wir sind fertig«, sagte er.

Lindemann nickte. »Gut. Wir nehmen Frau Böttcher mit ins Präsidium. Sie macht dort ihre Aussage.«

»Nein, ich komme nicht mit«, entschied Lizzi. »Ich will nach Hause.« Sie machte sich auf den Weg.

Lindemann eilte ihr nach, hielt sie am Arm fest. »Das kommt gar nicht in Frage. Ich brauche Ihre Aussage.«

Sie stoppte. Langsam drehte sie sich zu ihm um. Dann schaute sie Lindemann in die Augen. »Ist es nicht komisch, Herr Kommissar«, fragte sie so leise, dass Lindemann näher kommen musste, »dass zum zweiten Mal jemand in meiner Nähe erschossen wurde?«

»Was meinen Sie?«

Lizzi löste seine Hand von ihrem Arm. »Halten Sie lieber Abstand, Lindemann. Die Männer neben mir sterben auffallend früh.« Sie ließ ihn stehen.

Lindemann rief ihr noch nach, dass ein Streifenwagen sie in die Residenz bringen würde. »Verlassen Sie nicht Ihre Wohnung«, warnte er sie. »Die nächste Leiche könnten Sie sein.«

47

Lizzi saß auf der Rückbank des Streifenwagens, der langsam durch die immer größer werdende Menge von Schaulustigen vor der Jessenvilla rollte. Sie sah, wie Journalisten ihre Kameras auspackten und Bilder machten, während zwei Beamte versuchten, der Lage Herr zu werden. Aus dem Augenwinkel bemerkte sie jemanden, den sie bei ihrem ersten Besuch hier und dann auf der Trauerfeier gesehen hatte. Es war die unfreundliche Nachbarin, die mit rosigen Wangen eifrig die Fragen einiger Presseleute beantwortete.

Während Lizzi aus dem Fenster blickte, zog immer wieder Jessens letzter fragender Blick an ihr vorbei. Es konnte nicht länger als einen Moment gedauert haben, bis die Kugel ihn getötet hatte, aber für Lizzi fühlte sich dieser Moment wie die Ewigkeit an.

Sie fragte sich, ob sie den zweiten Mord hätte verhindern können. Doch sie fand keine Antwort darauf. Es schien, als habe sie den Mörder ein weiteres Mal zu seinem Opfer geführt. Doch das konnte nicht sein. Wollte der Täter etwa, dass sie sah, wie Menschen vor ihren Augen starben? Hatten die Toten etwas mit ihr zu tun?

Sie schlug die Hände vor ihr Gesicht. »Tüdelkram«, sagte sie zu sich. »Das ist doch purer Unsinn.« Eines aber war sicher: Der Mörder hatte erfahren, dass seine erste Tat den Falschen erwischt hatte. Nur wie?

Der Streifenwagen fuhr über die Krugkoppelbrücke. Für

einen kurzen Moment bot sich Lizzi ein phantastischer Blick über die Außenalster bis hin zur Kennedybrücke. Doch Lizzis Augen waren geschlossen. »Alles verkehrt«, murmelte sie, die gefalteten Händen im Schoß.

»Wie bitte?« Die Beamtin vorn auf dem Beifahrersitz drehte sich zu ihr um.

Lizzi winkte ab. »Nicht jetzt. Ich denke nach.«

Sie musste noch einmal ganz von vorn anfangen. Also gut: Pfeiffer meinte schon die ganze Zeit, dass alles mit der Bank und dem Prozess zusammenhinge. »Möglich«, sagte Lizzi zu sich. »Aber unwahrscheinlich.« Warum sollte der Mörder so lange auf seine Rache warten? Die Erkenntnis, betrogen worden zu sein, dürfte ihm schon früher gekommen sein. Abgesehen davon hatte die Polizei doch bestimmt längst alle Verdächtigen befragt. Nein, die Bankfährte ging in die falsche Richtung. Was war mit Mareikes Idee eines Geliebten? Quatsch! Frau Jessen hätte wohl kaum versehentlich den falschen Jessen erschießen lassen. Ein solcher Fehler wäre ihr sicher nicht passiert. Hatte Jessen seinen Gärtner vielleicht selbst umbringen lassen, um zu verhindern, dass jemand etwas von ihrem Rollentausch merkte? Oder wollten die Kaminskis mehr Geld von Jessen haben, woraufhin sie von ihm aus dem Weg geräumt wurden? Erpressung also? Doch wer hatte dann Jessen erschossen?

»Frau Kaminski?«, murmelte Lizzi vor sich hin.

Die Polizistin warf ihrem Kollegen am Steuer einen vielsagenden Blick zu, der wohl »Schon wieder so eine verrückte Alte« sagte.

Ach, sollten die beiden von ihr doch denken, was sie wollten.

Als der Wagen den Klosterstern erreichte und sich in den

Eppendorfer Kreisverkehr einreihte, rief Lizzi: »Heureka! Ich hab's.«

Die Beamtin fuhr herum. Ihr Kollege zuckte zusammen. Scharf trat er auf die Bremse, so dass sie alle nach vorn geschleudert wurden. Er fluchte. »Was sollte denn das?«, rief die Beamtin.

»Lassen Sie mich raus!«, befahl Lizzi. »Sofort!«

Doch der Wagen fuhr wieder an. »Wir haben den Auftrag, Sie nach Hause zu bringen, Frau Böttcher«, erklärte der Fahrer.

»Ich weiß, aber mir fiel gerade etwas … ähm … Ich muss noch einkaufen.«

»Was müssen Sie?« Lizzi bemerkte den Blick der Polizistin und lächelte entschuldigend. Okay, einkaufen war eine blöde Idee gewesen. Man wurde nicht Zeuge eines Mordes und ging dann shoppen. »Egal«, grummelte Lizzi. »Lassen Sie mich einfach raus.«

Der Streifenwagen fuhr den Eppendorfer Baum entlang, vorbei an Edelboutiquen, teuer aussehenden Maklerbüros und Feinkostgeschäften. Lizzi rüttelte an der verschlossenen Tür. »Ich will hier raus! Oder bin ich verhaftet?« Die beiden vorn sahen sich an. Der Beamte am Lenkrad zuckte mit den Schultern. »Frag mal nach.« Die Kollegin griff zum Funkgerät.

Fünf Minuten später stand Elisabeth Böttcher an der Ecke Hegestraße und versuchte ein Taxi anzuhalten. Doch jedes dieser cremeweißen Dinger fuhr an ihr vorbei. Wütend brüllte sie einem Wagen hinterher, dessen Schild auf dem Dach anzeigte, dass er frei sei. »Bin ich etwa unsichtbar, du Lümmel?«

Sie fluchte, wie es nur eine Schlachtereiverkäuferin aus Altona konnte. Und es tat ihr richtig gut. Eine von Kopf bis Fuß durchdesignte Mutter mit ebenso hübsch hergerichtetem Kleinkind im stylishen Buggy schaute entrüstet zu ihr herüber. »Was gucken Sie so?«, rief Lizzi ihr zu. »Ich bin alt und pleite. Seit heute habe ich zwei Menschen auf dem Gewissen. Aber nur, weil die dritte Leiche noch nicht gefunden wurde. Noch Fragen?«

Mit weitaufgerissenen Augen schob die Frau eilig den Buggy um die nächste Ecke.

Noch immer war kein Taxi in Sicht. Lizzi erinnerte sich an das Handy in ihrer Tasche. So ein Ding mochte recht nützlich sein, zum Beispiel wenn man die Polizei rufen wollte, aber um ein Taxi zu ordern, hätte sie eine Telefonnummer haben müssen, was nicht der Fall war. Sie nahm das Ding aus der Tasche und starrte es wütend an. Dann warf sie es in einen unbepflanzten Blumenkübel am Rande des Bürgersteigs. »Albernes Spielzeug!«

Da, jetzt kam ein Taxi die Straße herunter! Entschlossen machte Lizzi zwei Schritte auf die Fahrbahn. Sie riss die Arme in die Höhe. Letztes Mal auf der Elbchaussee hatte das doch auch funktioniert. Mit quietschenden Reifen hielt der Wagen nur wenige Zentimeter vor ihr.

Als sich Lizzi auf die Rückbank fallen ließ, schnauzte der Mann sie mit schreckverzerrtem Gesicht an. »Meckern Sie nicht. Seien Sie froh. Dem Letzten erging es viel schlechter als Ihnen.« Sie nannte ihm die Adresse der Jessenvilla und starrte verärgert aus dem Fenster. Es war nicht das erste Mal, dass sie in diesem Fall etwas übersehen hatte. Wurde sie etwa alt?

48

Lindemann hatte Pfeiffer angerufen und vom Mord in der Jessenvilla berichtet. Eine Streife würde Frau Böttcher in diesen Minuten nach Hause bringen. Ob Pfeiffer schon einmal hinfahren könne. Lindemann selbst sei noch mit der Befragung der Jessenwitwe beschäftigt.

Pfeiffer war sofort zur Residenz gefahren. Mehrmals klingelte er an Lizzis Appartementtür, doch sie öffnete nicht. Mit mulmigem Gefühl griff Pfeiffer zu seinem Handy und wählte ihre Festnetznummer. Er lauschte. Deutlich war hinter der Tür das Telefonklingeln zu hören. Er wählte ihre Handynummer. Nach dem zwanzigsten Klingeln legte er auf und fuhr besorgt mit dem Fahrstuhl wieder nach unten. Unschlüssig blickte er sich im leeren Foyer um. Vielleicht war sie in den Park gegangen, um frische Luft zu schnappen. Er eilte hinaus, lief über den Rasen Richtung Elbe, wobei er laut Lizzis Namen rief.

Es wurde langsam dunkel, und der Wald neben dem Park verlor sich in grauen Schemen. Da sah Pfeiffer jemanden zwischen den Bäumen heraus auf den Rasen treten. Der Schatten bewegte sich Richtung Elbe. »Warten Sie!«, rief Pfeiffer und rannte los. Keuchend erreichte er die Gestalt. Diese trug einen zusammenklappbaren Campingstuhl über der Schulter sowie ein längliches Etui, in dem sich das Stativ für die Kamera befand, die sie um den Hals trug. Pfeiffer bemerkte das Vogelkundlerbuch in der Seitentasche der grünen Jacke. Der Mann zuckte zusammen, als er Pfeiffer bemerkte.

»Haben Sie Frau Böttcher gesehen?«, wollte Pfeiffer von ihm wissen, während er sich auf seine Oberschenkel stützte und nach Luft rang.

»Wen?«

»Frau Böttcher. Sie wohnt in der Residenz.« Pfeiffers Atem pfiff. Seit seiner Pensionierung hatte er keinen Sport mehr getrieben.

Der Mann schüttelte den Kopf.

»Wenn Sie sie sehen, sagen Sie ihr, sie soll Kommissar Pfeiffer anrufen. Es ist dringend.« Der Mann nickte wortlos. Dann machte er sich kopfschüttelnd auf den Weg zu einem Pavillon, hinter dem sich eine Pforte in der Mauer befand. Offenbar wollte der Alte zum Elbwanderweg hinunter.

Unentschlossen stand Pfeiffer auf dem Rasen der Residenz und schaute sich um. Er wusste nicht, was er tun sollte. Dann rief er im 21. Revier an, um zu fragen, wo Lizzi sei. Die Beamtin am Telefon informierte ihn darüber, dass Frau Böttcher sich habe absetzen lassen, um einkaufen zu gehen.

»Einkaufen? In Eppendorf?«, schrie Pfeiffer in sein Handy. »Spinnt ihr? Die Frau ist pleite! Das kann sie sich überhaupt nicht leisten! Und da draußen rennt ein Mörder rum, der sich nicht sicher sein kann, dass sie ihn nicht identifizieren könnte.« Wütend drückte er die Taste mit dem roten Hörer. Dann rannte er zu seinem Wagen zurück. Bilder einer Leiche, die man kürzlich aus dem Isekanal gezogen hatte, gingen ihm durch den Kopf. Es war ein Unfall gewesen, aber dennoch. Oder die Rentnerin, die man auf offener Straße überfallen hatte. Wegen drei Euro hatten die Kerle sie halb totgeprügelt.

Schnell schob Pfeiffer diese Gedanken fort. Vielleicht war sie zu Mareike gefahren. Im Laufen griff er noch einmal zu seinem Handy.

49

Gespenstische Stille lag im Foyer der Residenz. Die Rezeption war verwaist. Über dem Empfangstresen brannte nur ein spärliches Licht. Das Kasino war vorerst geschlossen worden, da außer Lizzi und Uhlendorf keiner mehr im Haus lebte. Ein Aushang an der Pinnwand empfahl einen geeigneten Mittagstisch in Blankenese oder Essen auf Rädern.

Lizzi nahm den Schlüssel vom Haken. Dann ging sie zum Fahrstuhl. »Wenigstens haben sie den noch nicht abgestellt«, murmelte sie, als sie hochfuhr. Wieder einmal dudelte die Konservenmusik, und wieder einmal dauerte ihr die Fahrt viel zu lange. Als sie endlich im dritten Stock ankam, drängte sie sich durch die aufgleitenden Türen in den Flur hinaus.

Vor der Appartementtür von Regierungsrat Uhlendorf blieb sie stehen. Nachdem sie dreimal tief Luft geholt hatte, klingelte sie, während sie nervös mit dem Schlüssel zu seinem Appartement klimperte. Als sie einigermaßen sicher sein konnte, dass ihr Nachbar nicht da war, schloss sie auf.

Der schmale Flur lag im Halbdunkel. Lizzi widerstand dem Wunsch, die Deckenleuchte einzuschalten. Sie tappte ins Wohnzimmer. Dort war im letzten Licht des Tages alles nur noch schemenhaft erkennbar.

Sie bemerkte, dass Uhlendorf seinen Ledersessel umgestellt hatte. Das wuchtige Ding stand jetzt direkt an der

Wand zu ihrem Appartement. Neben dem Stuhl hatte Uhlendorf den kleinen Tisch positioniert, den er bisher als Ablage für seine Zeitungen genutzt hatte. In der Mitte des Tischchens sah sie ein einzelnes leeres Wasserglas.

Sie schüttelte den Kopf.

»Abhören für Anfänger«, murmelte sie. Aus alten Filmen wusste sie, dass es bei dünnen Wänden funktionierte, wenn man ein Glas an die Wand hielt und sein Ohr daran presste. So konnte man selbst leisen Gesprächen auf der anderen Seite der Wand folgen. Zum Beispiel Diskussionen darüber, dass Jessen nicht Jessen war. Oder dass sie pleite war.

Lizzi blickte sich um. An der Wand hingen die Fotos eines langen Lebens. Wie schon einmal betrachtete sie aufmerksam jedes einzelne Bild. Bei dem mit dem Pärchen unter dem Baum hielt sie inne und trat dicht heran. »Wusste ich es doch!«, jubelte sie leise.

Dann bemerkte sie einen hellen Fleck auf der Tapete. Die Bilder waren offensichtlich umgehängt worden, und nun fehlte eines. Sie schloss die Augen und rief sich die vorherige Anordnung wieder ins Gedächtnis. Nach einigen Sekunden sah sie das fehlende Foto vor sich. Es zeigte eine Gruppe Jäger mit über die Schulter gehängten Waffen. Zwar war Uhlendorf nicht darauf zu sehen, doch irgendjemand hatte sicherlich das Bild gemacht.

Dieses Bild könnte ein Beweis sein.

Lizzi öffnete die Tür zur Abseite, wo sie zwei leere Koffer fand. Sie schaute unter dem Bett im Schlafzimmer und sogar in der Küche nach. Doch nirgends konnte sie das Bild finden. Genauso wenig wie ein Jagdgewehr.

»Mist«, murmelte sie, unschlüssig, wo sie noch suchen könnte. Gerade als sie auf dem Ledersessel balancierte, um auf der Schrankwand nach dem fehlenden Foto oder dem Gewehr zu tasten, hörte sie den Fahrstuhl nach unten fahren.

»O nein!« Schnell kletterte sie vom Sessel. Hektisch suchte sie eine Fluchtmöglichkeit. Warum hatte sie nur ihren eigenen Schlüssel am Haken der Rezeption hängen lassen! Sonst hätte sie schnell in ihre eigene Wohnung schlüpfen können. Sie überlegte, ob sie über Uhlendorfs Balkon auf ihren hinüberklettern könnte, doch schon ein Blick auf die hohe Brüstung machte ihr klar, wie unsinnig der Plan war.

Doch plötzlich verstand sie, dass der Fahrstuhl ganz automatisch wieder nach unten ins Foyer fuhr. Das war immer so gewesen. Lizzi entfuhr ein erleichterter Seufzer. Trotzdem spürte sie, wie die Angst immer schneller in ihr hochkroch. Ihre Gedanken rasten. Sie musste endlich die Polizei rufen!

Hektisch sah sie sich um. Wo war das verdammte Telefon ihres Nachbarn? Oder hatte er etwa keins?

Mit wildpochendem Herzen wollte sie schon das Appartement verlassen, als ihr Blick aus dem Fenster fiel. Sie kniff die Augen zusammen und sah Uhlendorf über den Rasen gehen. Er steuerte direkt auf das Haus zu. Plötzlich blieb er stehen. Lizzis Atmen stockte.

Er hob den Kopf und blickte nun direkt zu ihr hoch. Schnell trat Lizzi hinter die Gardine zurück. Doch sie war sicher, dass er sie gesehen hatte. Ohne weiter zu überlegen, rannte sie hinaus auf den Flur. Wieder und wieder ließ sie ihre Hand auf den Knopf sausen, um den Fahrstuhl zu holen. Ihr war klar, dass sie die Residenz verlassen musste, bevor Uhlendorf das Haus erreichte. Zumindest aber musste sie an ein Telefon kommen, um die Polizei rufen zu können. Da Uhlendorf besser in Form zu sein schien, als sie es war, entschied sich Lizzi, statt einer Flucht aus dem Haus lieber ihren Appartementschlüssel von der Rezeption zu holen, sich oben zu verbarrikadieren, Lindemann zu rufen und aufs Beste zu hoffen.

Als sich die Fahrstuhltüren im Foyer endlich öffneten, lief Lizzi hinüber zur Rezeption. Sie versuchte den Schlüssel ihres Nachbarn an den Haken zu hängen, damit Uhlendorf nicht merkte, dass jemand in seiner Wohnung gewesen war. Doch das Ding rutschte ihr aus den zittrigen Fingern und fiel zu Boden. Fluchend tastete sie danach. Ihr Blick schoss zur Eingangstür hinüber, durch die Uhlendorf jeden Moment kommen konnte. Endlich hing der verdammte Schlüssel neben dem ihren. Doch sie wusste, dass sie keine Zeit mehr hätte, ihren Schlüssel zu nehmen und zum Fahrstuhl zurückzurennen. Jeden Moment musste Uhlendorf hereinkommen. Hektisch sah sie sich nach einem Versteck um. Doch weder der Flur zu Doktor Hoffstätters Praxis noch die Rückenlehne des Sofas schienen ihr sicher genug, um nicht entdeckt zu werden. Uhlendorf würde sie finden, egal, wo sie sich verkroch. Sie war hier unten gefangen!

Da fiel ihr Blick auf die Telefonanlage. Sie musste Hilfe holen! Mit rasendem Herzen griff sie nach dem Hörer, presste ihn ans Ohr und wartete auf das Freizeichen. Doch die Leitung war tot. Hilflos suchte sie das Display und die Zifferntasten ab, das Kurzwahlregister und eine angeschlossene Computertastatur mit Bildschirm. Wie telefonierte man bloß mit dieser Höllenmaschine? Wahllos drückte sie irgendwelche Knöpfe und lauschte auf das, was aus dem Hörer kam. Ein Piepen, aber kein Freizeichen. Lizzi fluchte erneut. Da sah sie Uhlendorf. Schnell hockte sie sich hinter den Tresen, den piependen Hörer fest an die vor Aufregung schmerzende Brust gedrückt. Die Eingangstür wurde geöffnet, Schritte schlurften über den Marmor. Hosenbeine tauchten neben der Rezeption auf.

»Da stecken Sie also, Frau Böttcher.«

Umständlich rappelte Lizzi sich auf.

»Wen rufen Sie gerade an?«

»Was denken Sie, wen ich anrufe?« Sie drückte sich an die Wand mit den Schlüsselhaken. Schmerzlich pikten die Dinger in ihren Rücken. Noch immer hielt sie den Hörer fest umklammert.

»Ich habe die Polizei schon informiert. Sie ist auf dem Weg hierher«, bluffte sie.

Uhlendorf blickte zur Telefonanlage. »Sie lügen.« Er drückte einen grünen Knopf in der oberen Reihe. Im selben Moment hörte Lizzi aus dem Hörer an ihrer Brust das Freizeichen. »Sehen Sie, wie nützlich es sein kann, wenn man sich der heutigen Technik nicht verweigert?«

»Man wird Ihre Waffe finden, Herr Uhlendorf.« Lizzi schluckte. »Sie waren nicht tief genug im Wasser. Bei Ebbe findet man das Gewehr.«

Uhlendorf blickte an sich herunter. Seine Hose tropfte bis zu den Taschen. Das Elbwasser musste ihm sogar in die Stiefel gelaufen sein. Auch die Kamera um seinen Hals schien gelitten zu haben, denn das Objektiv war ebenfalls nass. Er lächelte schief. »Falsch, liebe Frau Böttcher. Das Gewehr ist unter den Steinen der Uferbefestigung sehr gut aufgehoben.« Er ließ die leere Stativtasche, in der er die Waffe bei seinen letzten Ausflügen offenbar transportiert hatte, zu Boden fallen. Zu seinen Füßen sammelte sich eine Lache aus bräunlichem Flusswasser. »Solange keiner der Polizei erzählt, was ich dort gemacht habe, wird auch niemand etwas finden.« Er zog einen Mundwinkel nach oben. Dann trat er einen Schritt auf Lizzi zu.

Erschrocken warf sie ihm den Hörer entgegen. Doch das blöde Ding fiel zu Boden, um dann gleich wieder an seiner gewundenen Schnur hochzufedern. Lizzi rannte auf die andere Seite der Rezeption. »Warum?«, fragte sie. »Was hat Jessen Ihnen getan?«

In dem Moment griff Uhlendorf über den Tresen hinweg. Lizzi wich zurück, so dass seine Hand ins Leere fasste. »Wovon reden Sie, Frau Böttcher?«

»Dass der Tote in unserer Residenz nicht Jens Jessen war, begriff ich ziemlich schnell, bloß hat mir keiner geglaubt. Nur einer ahnte, dass ich recht hatte – Sie! Durch diese verflixt dünnen Wände haben Sie alles hören können. Gelauscht haben Sie! Pfui! So etwas tut man nicht.«

»Meine Gute, Sie reden wirres Zeug.«

»Denken Sie wirklich, ich habe nicht gemerkt, wie Sie immer wieder versuchten, mich auf eine falsche Fährte zu locken? Erst war da der Umschlag mit den Artikeln, den Sie mir gegeben haben. Das meiste aber waren Klatschgeschichten um die Scheidung der Jessens und seine so plötzliche Ehe mit der neuen Frau Jessen.«

Uhlendorf zuckte mit den Achseln. »Ich ging davon aus, dass Sie wie alle Frauen sind – geschwätzig und nur an Tratsch interessiert.«

»Sie wollten, dass ich die Ehefrau verdächtige. Egal welche. So etwas tut man nicht, Herr Regierungsrat. Außerdem haben Sie den Mann im Park getötet, weil Sie dachten, es wäre Jessen. Und als Sie erkannten, dass es der Falsche war, folgten Sie mir, um den richtigen Jessen in seiner Villa zu erschießen. Das tut man übrigens auch nicht.«

Uhlendorf sagte nichts. Langsam ging er um den Tresen herum, während Lizzi auf die andere Seite trat, den Mann nicht aus den Augen lassend. »Sie sind wohl etwas überspannt, meine Liebe.«

»Ich soll verrückt sein?«, rief sie wütend. »Ich? Sie sind hier doch derjenige, der einen an der Waffel hat.« Lizzi überlegte, wie sie zur Eingangstür kommen könnte, doch Uhlendorf stellte sich ihr in den Weg. Schnell ging sie hinter die Rezeption zurück. Nur eine Armlänge trennte sie von dem zweifachen Mörder.

»Zum Töten muss man geboren sein, Frau Böttcher.«

»Nun, Sie sind Jäger. Jäger töten.«

Uhlendorf lächelte schief. »Ah, das mit dem Foto haben Sie auch bemerkt.« Er machte einen Schritt nach vorn, als wolle er Lizzi hinter dem Tresen hervorscheuchen. Doch sie fiel auf den Trick nicht herein.

»Sie verschwiegen mir, dass die Villa am Feenteich einmal Ihnen gehörte.«

Das saß. Uhlendorfs Mund wurde schmal. »Es war mein Elternhaus. Und er hat es sich unrechtmäßig angeeignet!«

Lizzi ahnte, dass sie endlich sein Motiv gefunden hatte. Doch sie bedauerte sehr, keinen Zeugen dafür zu haben. Außerdem wusste sie nicht, wie sie aus dieser Sache heil herauskommen sollte. Immerhin hatte Uhlendorf bereits zwei Menschen getötet. Er würde es auch ein drittes Mal tun.

»Ich war ein angesehener Mann in dieser Stadt. Ich hätte es bis zum Senator schaffen können. Ich kannte die richtigen Leute auf den richtigen Posten. Aber dann kam Jessen eines Tages zu mir.« Uhlendorfs Hände begannen zu zittern. »Wir kannten uns von ein paar Empfängen in der Handelskammer. Er bot mir an, Teile meines Familienvermögens zinsgünstig im Ausland anzulegen. Ich sollte ihn nur mit den wichtigen Leuten bekanntmachen. Er wollte bei offiziellen Anlässen mit ihnen an einem Tisch sitzen.«

»Es ging um Geschäfte?«

Uhlendorf versuchte sich den trocknenden Schlamm der Elbe von den Händen zu wischen. Er nickte.

Lizzi dachte an den Koffer in der Jessenvilla. »Verstehe. Reisen nach Moskau, Rüstungsgeschäfte, Umgehung von Exportverboten und so was.« Sie fragte sich, warum Reiche stets so viel Wert darauf legten, noch reicher zu werden.

Immer energischer wischte Uhlendorf sich den Dreck von den Händen. »Ich verschaffte ihm Kontakte, die ihn zum Vorsitzenden der Hansebank machten und zu einem der reichsten Männer im Land.«

»Und nicht zu vergessen, zum Träger der Bürgermeister-Stolten-Medaille«, rutschte es Lizzi heraus.

Uhlendorf fuhr hoch. »Was wissen Sie schon!«, schrie er sie an. »Er nutzte jeden aus. Nicht nur mich!«

»Wie ging es weiter?«, wollte Lizzi wissen. Ihr Blick fiel durch die Haustür zur verwaisten Auffahrt hinaus.

Uhlendorf versuchte sich zu sammeln. »Erst lief alles gut, aber dann stand die Polizei eines Tages vor meiner Tür. Steuerhinterziehung. Verstoß gegen das Kriegswaffenkontrollgesetz. Es folgte ein Prozess mit entsprechendem Medienrummel, der mich vollends ruinierte.«

Lizzi erinnerte sich vage. Der Skandal war nur kurze Zeit in den Schlagzeilen gewesen. Der Krieg im Persischen Golf hatte Uhlendorf schnell wieder von der ersten Seite verdrängt.

»Ich bekam sechs Jahre Haft«, flüsterte Uhlendorf. »Jessen trat damals als Zeuge gegen mich auf. Er war es, der mich angezeigt hatte. Ausgerechnet er! Dabei hatte er mich erst dazu gebracht! Jessen wollte mich loswerden. Er hatte alles bis ins Kleinste eingefädelt.« Uhlendorfs Gesicht erstarrte zu einer Maske. »Ist das nicht verrückt? Ich, den man den Machiavelli von Hamburg nannte, wurde nach allen Regeln der Kunst ausgetrickst.« Er holte ein Taschentuch aus seiner Jacke und rieb es wieder und wieder über die schmutzige Handfläche. »Nach meiner Entlassung aus dem Gefängnis verkroch ich mich in einem bayrischen Dorf.«

»Was ist mit dem Herzen in dem Baum?«, fragte Lizzi. »*M & H 1956* – das waren Sie und Ihre Frau, richtig?« Sie selbst hatte in den letzten Tagen mehr als einmal auf der Gartenbank unter den Zweigen des Baumes gesessen. »Es ist die Weide am Feenteich, die auf dem Bild zu sehen war, stimmt's?«

Der Mann sog die abgestandene Luft im Foyer tief ein. »Während ich im Gefängnis saß, starb meine Frau. An Kummer. Und Jessen, der Aasfresser, kam, um sich alles, was von meinem Leben noch übriggeblieben war, unter den Nagel zu reißen. Das Haus, die Uhren meines Großvaters, die Gemäldesammlung – alles. Nur eine einzige Uhr blieb mir.«

»Preußens Gloria«, sagte Lizzi, worauf Uhlendorf nickte. »Haben Sie ihm vor einiger Zeit ein Angebot gemacht, eine der wertvollen Taschenuhren zum doppelten Marktpreis zu kaufen?« Wieder nickte Uhlendorf. »Sie waren ihm also schon länger auf der Spur. Und als er dann scheinbar in der Residenz einzog, mussten Sie Ihre Pläne ändern.« Uhlendorf kämpfte mit den Tränen. Vorsichtig kam Lizzi ein wenig hinter dem Tresen vor. Uhlendorfs Knie schienen einzuknicken. Mit einer Hand stützte er sich an der Rezeption ab, die Stimme versagte ihm.

»Das Gewehr, woher haben Sie es, Herr Regierungsrat?«, fragte Lizzi leise.

»Von einem Bekannten aus Gefängnistagen.«

»Sie schießen ausgezeichnet.« Lizzi wusste nicht, wie lange sie den Mann noch am Reden halten konnte. Sie hoffte, ihn zum Aufgeben bewegen zu können. Vielleicht würde er sein Geständnis vor der Polizei wiederholen.

»Jagen war in unserer Familie eine alte Tradition«, murmelte er.

»Doch etwas verstehe ich nicht. Wie haben Sie die Miete für die Residenz aufbringen können?« Das interessierte Lizzi nun wirklich.

Uhlendorf blickte auf. Ein schiefes Grinsen zog über sein Gesicht. »Als braver Staatsdiener habe ich in dieser Stadt Dinge erlebt, die mir auch Jahre später noch gewisse Unterstützung garantieren.«

»Erpressung?«

Plötzlich kam ein Scheppern aus dem Kasino.

Uhlendorf und Lizzi fuhren herum.

»Wer ist da?«, rief Uhlendorf. Niemand antwortete.

Bevor Lizzi reagieren konnte, stand Uhlendorf bei ihr und ergriff ihren Oberarm. Erschrocken schrie Lizzi auf. Dicht zog er sie an sein Gesicht heran. »Haben Sie geglaubt, ich falle auf Ihren zuckersüßen Trick herein?« Er lachte auf. Dann zischte er ihr ins Gesicht: »Wer ist dahinten im Kasino? Die diebische Elster, Mareike Gödecke? Oder Ihr unfähiger Polizistenfreund?«

Lizzi versuchte sich von ihm fortzudrehen. »Ich weiß nicht«, keuchte sie. »Eine Katze vielleicht. Lassen Sie mich los!«

Sie zerrte, konnte sich jedoch nicht befreien. Uhlendorf versuchte sie nach draußen zu ziehen. »Sehr bedauernswert, aber Sie werden gleich einen Unfall in der Elbe haben, Frau Böttcher.« Er drehte sie zu sich um, presste seine dreckige Hand auf ihren Mund und schob sie zum Eingang hinüber. Sie war überrascht, wie kräftig Uhlendorf war.

Einer Eingebung folgend, ließ sich Lizzi zu Boden fallen. Manchmal waren hundert Kilo eben doch zu etwas nütze.

Der Mann fiel ebenfalls. Um sich abzustützen, musste er Lizzi loslassen, woraufhin sie sich zur Seite drehte und ihm mit der Faust ins Gesicht schlug. Ein stechender Schmerz zuckte durch ihre Finger, in die Hand, den Arm hinauf. So schnell es ging, rappelte sie sich hoch und rannte los, während sie ihre schmerzende Hand hielt. Stöhnend mühte sich Uhlendorf, sich hochzustemmen. Doch er rutschte auf dem Marmorfußboden aus.

Zu spät merkte Lizzi, das sie in die falsche Richtung gerannt war. Statt nach draußen lief sie direkt auf den Fahrstuhl zu.

Egal, sie musste weg. Sie stürzte in die Kabine. Dann schlug sie ihre Hand auf die 3. Sie sah noch, wie Uhlendorf sich aufrichtete, wobei er seine Hände auf die blutende Nase hielt. Er wankte stolpernd auf den Fahrstuhl zu. Ängstlich presste Lizzi ihren Rücken gegen die kalte Fahrstuhlwand.

Endlich schlossen sich die Türen, doch nicht schnell genug. Zwei Hände griffen durch den Spalt. Lizzi schrie auf.

Immer wieder schlug sie nach den Händen, während die blutigen Finger die Türen langsam aufdrückten.

Lizzi brüllte um Hilfe. Schon drängte sich Uhlendorf zu ihr in die enge Kabine. Voll Hass blickte er Lizzi an, die sich in die Ecke zwängte, während sich die Türen hinter ihm schlossen.

Er legte seine klebrig blutigen Hände um ihren Hals und drückte zu.

Sie spürte, wie sich die Kabine mit einem leichten Ruck in Bewegung setzte. Die ersten Sekunden versuchte sie noch, sich gegen den Mann zu wehren. Sie trat und schlug um sich. Doch seine kalten Finger waren wie Schraubstöcke. Uhlendorf kniff die Augen zu, als wolle er ihr beim Sterben nicht zusehen.

Irgendwo über ihren Köpfen erklang seichte Fahrstuhlmusik. Ein wehmütiger Tango aus alten Tagen. Sollte das die letzte Erinnerung an ihre Zeit auf Erden sein?, fragte sie sich.

Da blieb der Aufzug plötzlich stehen. Im selben Moment ging ein schrilles Alarmsignal durchs Haus. Feuer!

Erschrocken ließ Uhlendorfs Griff für einen Moment nach. Sofort schlug Lizzi ihm die Hände fort, griff die Kamera, die um seinen Hals hing, und schmetterte sie ihm ins Gesicht. Ein Knacken. Uhlendorf schrie auf und sackte zu Boden. Blut quoll zwischen den Fingern hervor, die er auf sein Gesicht presste.

Sie hörte sich aus Leibeskräften um Hilfe schreien, während sie immer wieder auf den Mann am Boden eintrat.

Plötzlich gingen die Türen auf. Kräftige Hände griffen nach ihr. Man zerrte sie aus der Kabine. Sie spürte, wie ihre Beine nachgaben.

50

Jemand legte ihr eine Decke über. Man hatte sie auf das weiße Sofa gesetzt.

»Alles in Ordnung?« Es war Pfeiffers Stimme dicht neben ihr. Sie nickte stumm.

Zwei Uniformierte führten gerade den noch immer blutenden Uhlendorf zum Ausgang, wo mehrere Streifenwagen mit Blaulicht standen. Lindemann stand im Foyer und gab wütend Anweisungen in sein Handy.

»Das Gewehr liegt in der Elbe unter den Steinen«, flüsterte Lizzi. Sie spürte ihre Kehle. Der Hals schmerzte höllisch.

»Es wird noch ein paar Tage dauern, bis das wieder weggeht«, erklärte Pfeiffer. »Hatte mal jemanden, der wollte sich mit 'nem Gürtel an einem Heizungsrohr … Ach egal.« Er lächelte matt.

»Wer hat den Alarm ausgelöst?«, krächzte Lizzi kaum hörbar. Pfeiffer wies in Richtung Kasino. Dort stand die tüdelige Gerda. Sie schob einen Würfelzucker nach dem anderen in den Mund und lutschte, während sie mit großen Augen vor sich hin starrte. Mareike stand neben ihr. Beruhigend streichelte sie die schmale Schulter der kleinen Frau.

»Sie hat mir das Leben gerettet«, flüsterte Lizzi. »Der Alarm erschreckte Uhlendorf so sehr, dass er mich kurz losließ.«

Pfeiffer nickte. »Die Frau war Ihr Glück. Als wir ankamen, ging der Alarm gerade los, und sie zeigte schreiend auf den Fahrstuhl.«

»Danke, Gerda, danke«, sagte Lizzi zu der kleinen Frau und lächelte zu ihr hinüber. »Jetzt bin ich dir noch einen Gefallen schuldig.«

»Was wollte sie eigentlich hier?«, fragte Pfeiffer. »Ich dachte, alle Bewohner seien ausgezogen?«

»Wahrscheinlich ist sie mal wieder ausgebüxt.« Lizzi tastete nach ihrem schmerzenden Hals. »Und woher wussten Sie, dass ich hier bin?«

Pfeiffer erzählte, dass er zur Villa der Jessens gefahren war, weil er hoffte, sie sei zurückgefahren. »Eine Nachbarin sagte mir, Sie hätten tatsächlich mit ihr gesprochen.« Lizzi nickte. »Sie hätten sich schrecklich über irgendetwas aufgeregt. Wie ein Fischweib sollen Sie geflucht haben. Dann seien Sie mit dem Taxi wieder weggefahren. Den Fahrer konnten wir schnell ausfindig machen. Was hat Sie denn so aufgeregt, Lizzi?«

»Die Frau erzählte mir, dass ihr ehemaliger Nachbar Uhlendorf kürzlich an ihrem Haus vorbeigegangen sei, ohne zu grüßen. Und plötzlich machte alles Sinn. Das Herz in der Weide, das Jagdbild.«

»Was?«

»Die Weide in Jessens Garten. Darin ist ein Herz geritzt. Die Initialen aber stimmen nicht mit den Namen der Jessens überein. Die Villa gehörte früher einmal der Familie Uhlendorf. Und dessen Initialen entsprechen auch denen in dem Herzen.«

»Und warum hat die Nachbarin das nicht der Polizei erzählt?«

»Weil keiner sie gefragt hat, nehme ich an.«

Plötzlich hörte man zarte Töne durch das Foyer klingen. Lizzi blickte zum Fahrstuhl. Es war »Preußens Gloria«. Einer der Beamten ging hinüber, um die Uhr des Mörders einzustecken.

»Mitternacht«, raunte Pfeiffer. »Die Frist der Geschäftsleitung ist um. Wir haben gewonnen.« Er drückte Lizzis Hand.

51

Man hatte Lizzi gegen ihren Willen zur Beobachtung im Krankenhaus untergebracht. All ihre Fluchtversuche waren fehlgeschlagen. Beim ersten Mal lief sie Mareike im Treppenhaus in die Arme. Beim zweiten Mal erwischte Pfeiffer sie im letzten Moment, als sie sich durch die Großküche verkrümeln wollte. Mit strengem Blick hatte er sie zurück auf die Station gebracht. Auf dem Weg in ihr Krankenzimmer erfuhr Lizzi, dass Lindemann Jessens Witwe hart ins Verhör genommen hatte. Aber erst Rechtsanwalt Siebelt hatte seine Mandantin dazu bewegen können, den Aufenthaltsort von Frau Kaminski zu verraten.

»Die hätte die arme Frau in dem Pensionszimmer beim Hauptbahnhof krepieren lassen«, hatte Pfeiffer gesagt.

Lizzi war unendlich erleichtert, dass man Frau Kaminski noch rechtzeitig gefunden hatte, denn irgendwie hatte sie das Gefühl, schuld an dem Mordversuch gewesen zu sein. Hätte sie dem Rechtsanwalt nicht gesagt, sie verfolgten eine interessante Spur und müssten nur noch Frau Kaminski befragen – wer weiß, vielleicht hätte Frau Jessen nicht versucht, die arme Frau zu vergiften.

Jetzt aber sei Frau Kaminski nur allzu bereit, eine Aussage zu machen, meinte Pfeiffer.

Das alles aber tröstete Lizzi nur wenig, denn kurze Zeit später waren ihre Klamotten aus dem Spind im Krankenzimmer verschwunden, und im Nachthemd konnte sie unmöglich flüchten. »Pfeiffer!«, rief sie wütend, als sie vor dem leeren Schrank stand. »Bringen Sie mir sofort meine Sachen zurück!«

Doch Pfeiffer kam nicht.

Die Drohung der Stationsschwester, sie am Bett festzuschnallen, wenn sie nicht endlich mit dem Unsinn aufhöre, gab ihr den Rest.

»Keiner ist auf meiner Seite«, jammerte sie, als Mareike, Pfeiffer und Martin am nächsten Tag an ihrem Bett standen. Nur mit Konfekt und dem Versprechen einer neuen Brockhausreihe für ihre Schrankwand ließ sie sich überzeugen, ein wenig zu schlafen.

Irgendwann war auch ihre Tochter zu Besuch gekommen, doch das hatte Lizzi gar nicht mehr mitbekommen. Wunderbar traumlos verschlief sie ihre restliche Zeit im Krankenhaus.

Als sie ein paar Tage später in Mareikes Fiat die Auffahrt zur Residenz hochfuhr, war alles wie früher. Im Foyer saßen Frau von Eversberg und Frau Stöver in der Sitzecke am Fenster. Jessica stand hinter dem Tresen der Rezeption und tippte etwas in den Computer ein. Jemand hatte die Lilien in den Bodenvasen im Gang gegen langstielige Rosen ausgetauscht. An der Pinnwand hing die heutige Menükarte für das Kasino: krosser Spanferkelrücken auf Kartoffeln und Steckrübengemüse mit Senfsoße und glacierten Perlzwiebeln, danach Apfel-Quitten-Crumble mit Fliederbeersorbet und warmer Vanillesoße. Lecker.

Doch bevor Lizzi in ihr Appartement gehen konnte, musste sie ihren ganz persönlichen Gang nach Canossa antreten.

Schwer schluckte sie, als sie vor der Bürotür der Geschäftsführerin stand. Rechtlich gesehen müsste die sich wohl kaum an die nächtliche Abmachung halten. Lizzi wusste nur zu gut, dass sie Frau Alberding-Wischenberg auf Gedeih und Verderb ausgeliefert war.

Sie klopfte und trat ein.

Fast hätte Lizzi den jungen Mann am Fenster nicht erkannt. Noch bevor sie etwas sagen konnte, kam die Geschäftsführerin schon auf sie zu geeilt. »Frau Böttcher! Ich gratuliere Ihnen von Herzen.«

Lizzi warf Martin, der sich mit seinem dunkelblauen Anzug mächtig in Schale geworfen hatte, einen schnellen Blick zu. Er grinste nur und legte seinen Zeigefinger auf die Lippen.

Frau Alberding-Wischenberg stellte Lizzi den jungen Mann vor. »Herr Wendemann kommt aus der Senatskanzlei des Rathauses. Er wurde vom Bürgermeister persönlich geschickt, um uns darüber zu informieren, dass Sie, liebe Lizzi – ich darf doch Lizzi sagen?«, sie lächelte breit, »also dass Sie die Bürgermeister-Stolten-Medaille erhalten werden.« Sie klatschte freudig in die Hände, als sollte ihr persönlich der Staubfänger überreicht werden. »Ist das nicht wunderbar?«

Fast hätte Lizzi laut losgelacht.

»Frau Elisabeth Böttcher, nehme ich an.« Martin Mistkerl Müller trat einen Schritt vor und deutete eine Verbeugung an. Er wirkte in der Rolle eines Mitarbeiters des Hamburger Rathauses außerordentlich überzeugend. »Sicherlich ist Ihnen bekannt, dass diese Medaille sonst nur hochrangigen Persönlichkeiten aus Wirtschaft und Politik überreicht wird.«

»Nun, dann dürfte ich wohl die erste Schlachtereiverkäuferin sein, der diese Ehre zuteil wird.« In erhabener Gelassenheit neigte sie den Kopf.

Er grinste. »Wir senden Ihnen die persönliche Einladung des Herrn Bürgermeisters für den Empfang im Festsaal des Rathauses schnellstmöglich zu. Wohin dürfen wir sie schicken? Hierher?«

Mit fragendem Blick drehte sich Lizzi zur Geschäftsführerin, die eine Spur blasser geworden war. Nervös blickte die Frau zwischen dem falschen Mitarbeiter der Senatskanzlei und ihrer renitenten Bewohnerin aus dem dritten Stockwerk hin und her. Deutlich konnte Lizzi in ihrem Gesicht lesen, dass sie begriff, wie hier die einzige Möglichkeit vorbeischwamm, ihre Lieblingsfeindin loszuwerden.

Nach einigen endlos scheinenden Sekunden meinte Frau Alberding-Wischenberg endlich: »Aber natürlich wohnt Frau Böttcher hier. Wo sollte sie denn sonst wohnen?« Sie lächelte ein wenig bitter.

Lizzi schmunzelte. »Mietfrei.«

Die Geschäftsführerin stockte. »Mietfrei?«

Lizzi nickte. »Mietfrei.«

»Das hatten wir so nicht vereinbart.«

»Doch. Hatten wir.« Lizzi verschränkte die Arme vor der Brust. Sie hatte nichts zu verlieren.

Die Augen der Frau wurden kleiner. Dann zischte sie leise: »In Ordnung, aber Sie wechseln das Appartement. Ab morgen Rückseite.«

Doch Lizzi schüttelte den Kopf. »Flussseite. Und mietfrei.«

Als sie den Blick der Frau sah, zuckte sie zusammen. Gut, dass sie mit der Wischenberg nicht allein im Raum war.

Mit einem schiefen Lächeln zum Mitarbeiter des Bürgermeisters hinüber nickte die Geschäftsführerin. »Das wäre geklärt«, schloss sie das Thema ab und wollte sich gerade abwenden, als Lizzi eilig noch einmal nachhakte. Natürlich nur, um sicherzustellen, dass auch alles seine Richtigkeit hatte: »Schriftlich.«

Jetzt ging der Teint der Frau in ein ungesundes Rot über, und Lizzi wusste, dass sie dabei war, den Bogen zu überspannen. Aber wenn sie ihr Zuhause auf Dauer behalten wollte, würde sie ein amtliches Dokument brauchen.

Martin tat, als horche er auf. »Gibt es Probleme, meine Damen?«

»Aber nein. Wie kommen Sie denn darauf?« Sekundenlang klebte Frau Alberding-Wischenbergs Blick an Martins höchst charmantem Lächeln. Dann hatte sie sich wieder gefasst. Wütend schnaufend ging sie zu ihrem Schreibtisch und nahm ein Blatt Papier zur Hand. Erleichtert atmete Lizzi auf.

Als Frau Alberding-Wischenberg ein paar kurze Zeilen geschrieben und alles mit ihrem Namen versehen hatte, schob sie das Blatt zu Lizzi hinüber. Doch die schüttelte den Kopf. »Stempel.«

»Jetzt reicht es aber!« Die Geschäftsführerin sprang auf. Ihr linker Mundwinkel zuckte. Den silbernen Füllfederhalter hielt sie wie eine Waffe gegen Lizzi gerichtet, die vorsichtshalber einen Schritt zurücktrat.

Da beugte sich Martin der vor Wut zitternden Frau entgegen.

»Geben Sie der Streitenden nach. Nachgeben macht Sie zum Sieger.«

Irritiert sah sie Martin an. »Was?«

»Ovid«, lächelte er. »Römischer Dichter.«

Sie zögerte. Dann öffnete sie die obere Schublade ihres Schreibtisches. Mit Wucht knallte der Stempel der Residenz Hanseatica auf das Papier.

Lizzi war klar, dass sie sich soeben eine Feindin fürs Leben gemacht hatte.

52

»Was macht denn der hier?« Mareikes Augen weiteten sich vor Erstaunen, als Lizzi mit Martin an ihrer Seite zu ihnen auf den Balkon trat.

Lizzi tat, als überlege sie. »Ich denke, er hat ausnahmsweise etwas richtig gemacht.«

»Der? Niemals. Der ist durch und durch ein falscher Hund. Der klaut dir beim Einkaufen die Einlagen aus den Schuhen.«

»Die Kunst besteht darin«, lächelte Martin ihr zu, »dass es keiner merkt. Schon gar nicht derjenige, dem sie fehlen.«

»Blödmann«, zischte Mareike. Sie wandte sich ab, was auf dem schmalen Balkon gar nicht so einfach war, denn auch Pfeiffer stand dort. Auf dem Tisch warteten Gläser und eine Flasche Sekt. »Jetzt sollten wir darauf anstoßen, dass unsere Lizzi wieder da ist«, schlug Pfeiffer vor. Er öffnete die Flasche.

»Ich behalte dich im Blick«, fauchte Mareike Martin über die Schulter zu.

»Das will ich doch hoffen«, flüsterte er zurück. »Aua!«

Martin rieb sich seine Rippen, die soeben Bekanntschaft mit Mareikes Ellbogen gemacht hatten.

»Noch so ein blöder Schmalzspruch und du fliegst über die Brüstung.«

»Keinen Streit, Kinder«, sagte Lizzi.

Und während Pfeiffer begann, die Gläser zu füllen, drehte

Lizzi sich zu Martin. »So, Kleiner, und nun erzähl mir mal, woher du Ovid kennst und warum du Französisch sprichst.«

Da trat Martin dicht an Lizzi heran und flüsterte ihr ins Ohr: »Wenn ein Mann etwas gänzlich Dummes tut, so ist es stets aus den edelsten Motiven.«

Lizzi meinte sich zu erinnern, das auch schon mal irgendwo gehört zu haben. Doch wo? Und was meinte er damit überhaupt? »Das heißt?«, fragte sie.

»Ich bin nicht der, von dem Sie glauben, dass ich es wäre. Aber ich bin mir sicher, Sie werden es eines Tages herausfinden.«

Bevor Lizzi fragen konnte, was das nun schon wieder bedeuten sollte, schob Mareike die beiden auseinander, um sich über das Balkongitter hinunterzubeugen. »Ich werd nich mehr!«

Die anderen folgten ihrem Blick auf die Terrasse.

Unten stürmte soeben eine kleine rundliche Frau mit einer Reisetasche in der Hand in Richtung Parkplatz. Doktor Hoffstätter folgte ihr. »Irenelein, so warte doch! Ich kann dir alles erklären.« Mit wehendem Kittel lief er seiner Gattin hinterher. Deutlich hörten die vier auf dem Balkon die Stimme von Frau Alberding-Wischenberg aus ihrem Büro kreischen: »Du bist entlassen, du Schuft!«

»Juchhu!«, rief Mareike. »Gib mir fünf, Lizzi.«

»Was soll ich dir geben?«

»Einfach abklatschen«, flüsterte Pfeiffer Lizzi zu.

»Ach so.«

Und während Pfeiffer und Martin nicht recht verstanden, warum die beiden Frauen so zufrieden grinsten, griffen alle nach den Gläsern und stießen an. »Auf unsere Detektei!«, sagte Mareike.

»Detektei?«, fragte Martin.

»Nein, nein, nein!«, rief Lizzi. »Ich kann das nicht. Ich bin keine Detektivin.«

Kurz schien Pfeiffer in sich zusammenzusinken. Betreten blickte Mareike in ihr Glas.

»Trinken wir doch auf uns, ihr Lieben«, schlug Lizzi vorsichtig vor. »Immerhin sind wir gesund, und einen Doppelmörder haben wir auch gefunden. Also: auf uns!«

Noch einmal hoben sie die Gläser. »Auf uns!«, riefen Pfeiffer und Lizzi, Mareike und Martin. »Und auf die Detektei!«, kam es aus drei Kehlen.

Lizzi seufzte. »Och nö.«

LESEPROBE

Honey mochte kaum glauben, was alles passiert war. Dazu noch im Juni. Und in einem so herrlichen Juni, dem perfekten Monat für Sommerbräute.

Als sie über die High Street zur Kirche fuhr, kam sie an einem Polizeiauto vorbei, das neben einem Häuschen aus rotem Backstein mit grüngerahmten Fenstern geparkt stand – dem Zuhause des Opfers. Die Polizei hatte das Haus versiegelt, und die Leute im Polizeiauto sollten wohl alle Gaffer fernhalten und jeden daran hindern, im Haus irgendwas zu verändern.

Zwei weitere Polizeiautos und ein weißer Lieferwagen standen dicht nebeneinander auf dem Platz vor der Kirche. In Belvedere House war kein Lebenszeichen auszumachen, ganz gewiss keine Spur von Mr Clinker.

Die Tatortteams hatten ihre Absperrbänder angebracht und ihre Zelte aufgebaut und zogen ihre komischen blendendweißen Overalls an. Meine Güte, dachte Honey mit einem Grinsen, ob die wohl wussten, dass so was inzwischen in manchen Kreisen der letzte Schrei war?

Doherty winkte sie von der anderen Seite des überdachten Friedhofstors zu sich.

Sie gingen zusammen in die Kirche. Dort war es kühl und roch nach Möbelpolitur und Staub, aber es lag auch ein sehr schwerer Duft im Raum. Blumen, dachte sie, als sie die atemberaubend schönen Gestecke in den Nischen und auf den schmiedeeisernen Ständern zu beiden Seiten des Altars sah. Ein weiteres großes Arrangement lag auf einem länglichen Kasten – einer Art uralter Wäschetruhe, dachte Honey – aus grobbehauenen Brettern, die aussahen, als taugten sie höchstens noch als Anmachholz.

Mrs Flynn saß in der vierten Reihe, mit dem Rücken an die Chorschranke gelehnt. Von hinten konnte man nur den oberen Teil ihres Kopfes sehen.

Honey schaute sich das totenbleiche Gesicht von Mrs Flynn an, während sie Doherty eine kurze Zusammenfassung von Dickens' Roman *Große Erwartungen* gab: Frau, vor dem Traualtar verlassen, rächt sich auf dem Umweg über ihre wunderschöne junge Adoptivtochter und den glücklosen Pip.

»Dann dürfte Mrs Flynn aber nicht verheiratet gewesen sein. Miss Havisham hat das Kleid, in dem sie hätte heiraten sollen, nie wieder ausgezogen. Wenn ich mich recht erinnere, hat sie es jeden Tag getragen, nachdem man sie am Altar sitzengelassen hatte. Sogar das Hochzeitsfrühstück, komplett mit Hochzeitstorte, stand noch auf dem Tisch. Das Essen war verdorben und voller Maden, alles war mit Staub und Spinnweben bedeckt, auch Miss Havisham selbst.«

»Ach wirklich?«

Doherty teilte ihr im Gegenzug die wichtigsten Fakten dieses Falls mit. »Mrs Flynn hat das Brautkleid sonst nie getragen. Sie war stets so gekleidet, wie es für eine Frau über achtzig normal ist.«

»War sie verheiratet?«

»Wir glauben schon. Sie hat gelegentlich erwähnt, ihr Mann wäre vor Jahren gestorben. Wir können also davon ausgehen, aber ich lasse es überprüfen.«

»Kinder?«

»Das überprüfen wir auch.« Er legte eine Pause ein und deutete mit gerümpfter Nase auf das Kleid. »Hat diese Miss Havisham ihr Brautkleid wirklich tagein, tagaus getragen?«

»Hm.« Honey nickte. Es war schlimm genug, in das tote Gesicht zu schauen, aber der Anblick des Kleides war noch mal was ganz anderes. Irgendwie war Honey so, als wäre Miss Havisham wiedergekehrt, um sie heimzusuchen. Das Buch war für sie immer ein Alptraum gewesen. Die vielen, vielen endlos langen Englischstunden, in denen sie sich Tag für Tag in einem staubigen Klassenzimmer durch dieses Buch hatten quälen müssen. So wurde aus dem spannendsten Roman ein grässlicher Alptraum.

Die Angst, die sie als Kind empfunden hatte, drohte sie jetzt wieder zu überwältigen. »Ich habe *Große Erwartungen* wirklich gehasst.«

Doherty war sich nicht sicher, welche Relevanz das hatte, versprach aber, diese Geschichte im Hinterkopf zu behalten. Er hatte sich um einen fragwürdigen Todesfall zu kümmern. Er würde jetzt aber erst einmal ganz nüchtern vorgehen, als würde ihn die körperlose Stimme eines Navis führen: an dieser Abzweigung links, rechts bis zu dieser hier, alles auswerten und dann geradeaus weiter bis in die Morgenstunden. Falls die Todesumstände sich als verdächtig erweisen sollten, würde es wirklich bis in die frühen Morgenstunden so weitergehen, denn die ersten vierundzwanzig Stunden nach einem Todesfall waren ausschlaggebend. Danach erkalteten die Spuren schnell. Falls es überhaupt ein Mord ist, brachte er sich in Erinnerung, obwohl er eigentlich vermutete, dass es einer war.

Doherty legte die Hände auf die Knie und beugte sich vor, um näher hinzusehen.

»Das Kleid sieht nicht so aus, als hätte sie es ständig getragen. Es ist ein bisschen vergilbt, aber es riecht nicht schmutzig.«

Honey musste zustimmen, dass das Kleid für sein Alter in einem recht guten Zustand war.

»Es ist also alt. Ich bin ja kein Modeexperte, aber ich habe doch recht, wenn ich annehme, dass dieses Brautkleid mit der Arche Noah gekommen ist, wie meine Mutter gesagt hätte. Stimmt's?«

Honey schob die Unterlippe vor und nickte. »Volle Punktzahl für Modekenntnisse.«

Das Kleid hatte ein sehr enges miederartiges Oberteil, lange Spitzenärmel und einen gerade geschnittenen Rock. Honey überlegte, dass es nicht aus den fünfziger Jahren, sondern eher vom Ende der sechziger, vielleicht sogar dem Anfang der siebziger Jahre stammte. Der Schleier war kurz und wurde von einem Haarschmuck gehalten, den eine Schwanenfeder zierte.

Er war sicherlich einmal strahlendweiß gewesen, wie es sich für eine jungfräuliche Braut geziemt. Nun war er ziemlich vergilbt, die Spitze hing schlaff und müde herab, und die Feder war welk und zerrupft.

»Was meinst du?«, fragte Doherty.

»Ich frage mich, ob sie dieses Kleid aus einem ähnlichen Grund wie Miss Havisham trägt.«

»Im Dorf sagen sie, dass sie verheiratet war. Aber wir haben noch nicht in den offiziellen Aufzeichnungen nachgesehen.«

»Vielleicht hat sie ja jemand am Altar sitzenlassen? Andererseits könnte sie es auch zur Erinnerung an ihren verstorbenen Ehemann getragen haben. Trauernde Leute machen die seltsamsten Dinge.«

»Was ist denn mit der Braut, die du gestern über den Dorfanger hast laufen sehen?«

Honey schüttelte energisch den Kopf. »Das kann sie nicht gewesen sein! Die Braut, die ich gesehen habe, ist gerannt, und das Kleid war auch anders …«

»Wirklich?« Dohertys Miene verriet, dass er ihr nicht recht glaubte. »Konntest du denn aus dieser Entfernung ein Kleid vom anderen unterscheiden?«

»Glaub mir! Eine Frau kann so was.«

Doherty würde sich hüten, die Fähigkeit einer Frau anzuzweifeln, ein Kleid vom anderen zu unterscheiden. Er jedenfalls besaß diese Fähigkeit gewiss nicht.

»Okay. Ich nehme mal an, die Frau, die du gesehen hast, war nicht Mrs Flynn.«

»Hatte sie Verwandte?«, fragte Honey.

»Ich bin mir nicht sicher. Wie gesagt, wir überprüfen die Akten.« Er schaute sie von der Seite an und schüttelte den Kopf. »Ich kann es einfach nicht glauben. Ich hätte gedacht, du würdest neugieriger sein.«

»Worauf?«

»Du hast mich nicht gefragt, wie sie gestorben ist.«

»Soll ich raten?«

»Wenn du willst.«

»Kriege ich einen Preis, wenn ich die richtige Antwort weiß?«

»Ich will mal großzügig sein. Du kriegst deinen Preis, ob du es rausbekommst oder nicht.«

»Sag bloß.«

»Du bist eben ein Glückspilz.«

Er streichelte ihr langsam über den Rücken, vom Nacken bis hinunter zu ihrem Hinterteil.

»Okay.« Sie biss sich auf die Lippe und tat ihr Möglichstes, um sich zu konzentrieren. Einfach war es nicht.

»Dann wollen wir mal sehen.« Ihr Blick wanderte über die Vorderseite der Leiche. Mrs Flynns Kopf war zur Seite geneigt. Ihre Miene drückte Überraschung aus.

Honey kaute auf ihrer Unterlippe herum, während sie nachdachte. Sie lehnte sich vor.

»Nicht anfassen«, warnte Doherty sie.

»Keine Sorge. Ich werde mich hüten, den Tatort zu kontaminieren.«

Es gelang ihr, den Kopf so zu verrenken, dass sie auf Mrs Flynns Hinterkopf schauen konnte.

»Da ist eine Mordsbeule. Aber das bedeutet doch noch lange nicht, dass sie ermordet wurde. Sie könnte ja auch hingefallen sein und sich den Kopf angeschlagen haben. Alten Leuten passiert so was.«

»Manchen jungen Leuten auch, wenn ich das mal anmerken darf«, wandte Doherty ein. »Da musst du dich nur an einem Freitagabend im Stadtzentrum umschauen. Aber ich weiß, was du meinst. Der Arzt am Tatort hat sie für tot erklärt. Jetzt muss der Mann mit dem weißen Kittel und der Säge ran und die Todesursache rausfinden.«

Honey wusste, dass er damit auf den Pathologen anspielte. Die Säge war ein todsicheres Indiz dafür.

»Aber seltsam.«

»Sehr seltsam.«

»Ich meine, dieses Kleid.« Sie legte die Stirn in Falten. »Vielleicht hat sie ja erst geheiratet, als sie schon älter war.«

»Das kannst du an dem Kleid sehen?«

»Also, hör mal! Sie ist über achtzig. Die meisten Frauen ihrer Generation haben geheiratet, als sie um die zwanzig waren, vielleicht sogar noch Teenager. Das war damals so. Aber dieses Kleid, wenn es überhaupt ihr Brautkleid war, stammt aus den späten Sechzigern oder vom Anfang der siebziger Jahre.«